정도(正道)로 성공한 언론인

– 매일경제신문 창업주 정진기(鄭進基) 이야기

최인수

강원도 원주 출생
고려대학교 철학과 졸업
성균관대학교 무역대학원 수료
매일경제신문 기자, 국장
농업
저서 : 『이제는 문화전쟁이다』(한가람, 출판진흥원 우수도서)

정도(正道)로 성공한 언론인

초판 인쇄 / 2022년 12월 23일
초판 발행 / 2022년 12월 30일

지은이 / 최인수
펴낸곳 / 도서출판 말벗
펴낸이 / 박관홍
신고일 / 2007년 11월 2일

주소 / 서울 노원구 덕릉로 127길 25 상가동 2층 204-384호
전화 / 02)774-5600
팩스 / 02)720-7500
메일 / malbut1@naver.com
ISBN 979-88286-33-1 03800

www.malbut.co.kr
ⓒ 2022 최인수

정도(正道)로 성공한 언론인

말벗

♠ 무(無)에서 4대 언론으로 키운 정진기(鄭進基)의 철학과 경영 전략

1. '빠른 뉴스' 경쟁보다 정확한 정보를 제공하라.
2. 비판을 위한 비판을 하지 말라.
3. 부정(否定)이 정의는 아니다.
4. 고정관념에서 벗어나라.
5. 조국 근대화는 옳은 길이다.
6. 뜻이 있는 곳에 길이 있다.
7. 독자의 머릿속으로 들어가라.
8. 전천후 사원이 돼라.
9. 최고를 추구하라.
10. 먼 앞날을 내다보라.

"빠른 뉴스보다 정확한 정보를"

요즘 가짜 뉴스(fake)가 사회적 이슈가 되는 언론의 행태를 보고 생각나는 말이 있다.

"속보 경쟁하지 말고 정확한 정보 경쟁을 하라."

'신의 성실한 보도'를 사시(社是)의 첫머리로 설정한 매일경제신문의 창업주 정진기(鄭進基)가 평소에 강조하던 말이다. 그 사시는 매경 제호 밑에 표시했는데 요즘은 표시되지 않는다.

그는 사시를 장식품처럼 걸어놓는 것이 아니라 실천을 위해 각별한 노력을 했다. 요즘 세태에 그가 불현듯 생각나서 펜을 들었다.

그는 새로운 개념의 언론관으로 15년을 불같이 살면서 매일경제신문(이하 매경)을 반석 위에 올려놓고 타계했다. 짧다면 짧고, 길다면 긴 동안 그의 열차에 동승했던 우리(사원)의 시간은 나의 황금기이기도 했다.

이제는 세계지식포럼을 열어 세계적인 명사들이 몰려올 정도로 큰 발전을 했다. 추억 속으로 사라져 가는 '개발시대(開發時代)', 회고해 보면 '한강의 기적'으로 달아올랐던 그 시대에는 각 분야에서 찬연한 공적을 이룬 소영웅들이 많았다. 굳이 '소영웅'이라고 하는 것은 나라 전체의 운명에 영향을 미칠 정도는 아니지만 그 분야에서는 발군이었다는 뜻이다. 창업주도 그중의 한 사람이다.

평기자(경제) 출신이었던 그는 적수공권(赤手空拳)으로 신문경영에 뛰어들어 경제신문의 새 지평을 여는 데 성공했다. 신문의 신규 발행이 철저히 억제된 금단의 벽을 뚫고 새로운 이정표를 세운 것이다. 신문등록부터 큰 난관이었다. 정부는 대형 신문들이 기득권으로 구축해놓은 철옹성의 언론시장에 새 언론기업의 진입금지라는 보호벽까지 쌓아주고 있었다(재벌 신문 하나는 허가됐다). 그는 포기하지 않고 과감히, 끈질기게 도전해 드디어 그 벽을 넘었으며, 새 언론인상(像)을 창조했다는 점에서 기적을 이뤘다고 할 만하다.

창업주를 감히 그 영웅의 반열에 올림은 단순히 한 언론기업의 성공 때문만은 아니다. 그는 불가능을 가능하게 만든 개척정신, 무에서 유를 일구어낸 근검절약, 새 언론상 창조로 경제정보의 새 지평을 연 공로가 뛰어나다. 그는 그 결과로 경제·언론계에서 '신문경영의 귀재'라고 불리게 되었다. 현재는 4대 신문으로 평가된다.

그러나 그의 업적을 기적이라고 함은 옳지 않다. 매경은 그의 피와 땀의 결정체이기 때문이다. 생명을 담보하는 혼신의 노력이 영근 자기희생의 결과물이다. 그는 "매일경제는 내 생명이다"라고 말하곤 했다. 그는 매경에 그의 모든 것을 쏟아 부었다.

그는 신문발행 허가를 얻기 위해 공보처를 37번이나 찾아가는 집념을 보였다. 그러나 집념과 끈기만으로 문제가 해결되는 것은 아니다. 그는 상식을 넘는 전략으로 현실의 벽을 하나하나 넘어갔다.

그의 출발은 1965년 8월(신문사 설립) 창업 자본금은 500만 원. 무

6

모할 수도 있는 출발이었다. 그렇게 뿌린 씨앗이 30여 년 만에 한국에서 굴지의 신문사로 자라는 위업을 일궈냈다. 매경이 창간 30주년을 맞아 자체 조사한 바로는 우리나라 신문계에서 '신뢰도 1위, 직장구독 1위, 경제신문 1위, 전 일간지 4위 자리'를 차지했다고 한다(2001. 4. 4).

그로부터 20년이 더 흘러 창간 50주년을 넘긴 매경은 이제 언론계의 거목으로 자랐다. 그 후의 사람들이 경영을 잘한 원인도 있으나 창업주가 초석을 탄탄하게 놓은 공적임은 의심의 여지가 없다.

다른 입지전적 인물들과 마찬가지로 그도 의지는 강했고, 이상은 높았으며, 전략은 뛰어났다. 그는 '뜻이 있는 곳에 길이 있다'는 경구를 매경(필동 구 사옥) 현관에 크게 써 붙여 걸었다. 그의 신조였으며, 사원들도 공감하고 동참해 달라는 주문이었다. 채찍질이기도 했다. 그의 뜻은 '한국경제의 자립과 번영의 길잡이'가 되는 신문을 만드는 것. 그는 그 외길로 달렸고, 달려서 성공했다.

그는 그만의 전략이 있었다. 이 글은 그가 어떤 의지와 전략을 펼쳤는가를 창간 때부터 참여한 기자로서, 불같았던 그의 체취를 느끼며 함께한 행적을 더듬어 보는 것이다. 그러나 전기도, 사사도 아니다. 그의 공식적인 전기는 매경이 『매일경제(每日經濟)여 영원하라』라는 제호로 발간했다. 그와 사내외에서 접촉한 인사들의 회고담도 『특근기자(特勤記者)』라는 제호로 역시 매경이 출간했다.

이 글은 말하자면 '내가 만난 정진기'다. 그의 전모는 아니고, 나의 눈을 통해 본 편린(片鱗)에 불과하다. 그를 전인적으로 이해한다는 것은 어려운 일이다. 내 경험으로 그를 해석하려 함엔 위험이 따른다. 동일한 행동을 놓고도 상이한 해석이 가능할 수 있기 때문이다. 커뮤니케이션 코드를 해석하는 차이 때문이다.

그러나 그 경험은 그의 상(像)에서 매경의 발전 동인을 천착해 보며, 나아가 우리나라 신문경영의 한 단면을 이해하는 데 도움이 될 것이다. 언론학도에게는 60년대, 신문경영의 한 사례연구가 될 수도 있을 것이다.

그의 사거(死去) 후 매경을 떠난 지 10여 년 때 기억을 더듬어 초를 잡았던 원고를 다시 꺼내 20여년이 지나서도 생생한 기억들을 살려본다. 특히 그가 걸어온 길에서 언론이 가야 할 길에 하나의 힌트를 얻을 수 있을 듯해서이기도 하다.

이제 그를 대중 속에 세우고, 그의 행적을 밝히는 것은 그를 사실 이상으로 미화하려는 것도 아니고, 폄하(貶下)하자는 것은 더욱 아니다. 그의 체취를 접하며 공유했던 환희와 고뇌를 되새김질하면서, 한 신문이 탄생에서부터 걸어온 길을 더듬어 보고자 할 뿐이다. 매경의 뿌리와 전통을 이해하는 데 조금이라도 도움이 된다면 다행이겠다.

나는 창간 직전에 수습기자 1기로 입사하여 20여 년을 근무했다. 인생의 황금기를 여기서 보낸 것이다. 편집국에선 취재 각부를, 국장급 때는 5개 국을 섭렵하는 기이한 경력을 소유함으로써 비교적 그를 다방면에서 접촉·이해하는 기회가 됐다. 그런 예는 내가 유일했다. 이 글은 연대기적 기술이 아니라 문제별로 구성했다.

2022년 12월
남한산성 산하에서

1. 인연

1965년 박정희 정부가 후에 '한강의 기적'으로 이름 붙여진 산업화정책을 밀어붙일 때, 월남파병으로 나라가 흥분과 혼란이 끓고 있었다.

나는 정부 산하기관에 취업했다가 그만두고 시골에 가 있었는데, 취업 연령이 한계에 찼다. 당시는 입사시험 한계 연령이 대부분 28세였다.

다시 서울에 올라와 입사시험 기회를 찾는데 언론사 두 곳이 눈에 띄었다. 한 곳은 재벌신문으로 수습기자 2기를 모집했고, 또 하나는 신생 경제신문이었다.

1965년 9월 16일 조선일보에 '매일경제신문의 창간을 준비하면서'라는 제하의 광고가 게재됐다. 5단에 15센티 크기의 작은 지면이었다. 사장 명의의 광고였는데 신문사 명칭도, 사장 이름도 처음이었다. 그는 이 광고에서 '한국경제의 자립과 번영의 길잡이'란 거창한 명분을 내걸어 주목을 끌었다.

그는 '경제에도 영원히 변할 수 없는 원칙'은 '자유주의 경제'라 보고, 그 원칙이 '이 나라의 경제적 후진성을 탈피하고, 조국을 근대화하는 길이라는 확신'에서 출발한다는 요지의 입지(立志)를 밝혔다. 당당하지만 초라해 보이기도 했다. 신문 창간의 뜻을 이렇게 밝힐 수밖에 없단 말인가. 규모가 작다는 뜻이 아닌가.

당시엔 사이비 언론이 문제되던 때라 언뜻 마음이 내키지 않았는데, 그 광고에 담겨진 뜻이 주목됐다. 그 광고를 몇 번 다시 읽어보는 등 주저하다가 마감일을 넘겼다.

그래도 사장이 무엇인가 지향하는 바가 뚜렷한 사람 같은 생각이 들어, 시험이나 한번 보자는 생각으로 마감 다음 날 접수처를 찾아갔다. 빌딩은 너무도 초라했다. 중구 소공동이라는 요지에 위치했지만, 낡고 허름한 4층 빌딩이었다. 사무실도 제대로 갖추어져 있지 않았다. 빌딩 정리가 덜 되어 1층에는 이발소(후에 운전실)가 들어 있었다. 엘리베이터도 없고, 입구 계단 옆에는 화장실이 있었다.

2층이 접수처였다. 임시 사무실 같았다. 책상이 몇 개 놓여 있고, 남자 직원 2명과 여직원 1명이 지원서를 정리하고 있었다. 지원자가 많아 보였다. 접수철이 여러 개였다. 내가 들어선 순간은 그 마지막 철(우편 접수분)을 묶으려는 찰나였다.

나는 아무 말 없이 이력서(지원서)를 내밀었다. 남자 직원들은 어이없다는 표정으로 힐끗 쳐다보다가 마감이 지나 안 된다고 거절했다. 사정(부탁)을 잘하지 못하는 나는 그냥 돌아 나올까 말까 하는데, 여직원이 아무 말 없이 내 손에 있는 이력서를 받아 갔다. 그리고 마지막 철 맨 끝에 끼워주었다. 나는 맨 끝번의 수험번호를 받았다.

나와 매경은 이렇게 인연이 맺어졌다. 그 인연이 20여 년간 지속됐다.

입사시험은 필기시험과 면접으로 이뤄지는 것이 보통이었는데,

그는 한 단계를 더 했다. 나는 전직 경험이 있었다. 문교부(당시) 산하기관이었다. 거기도 시험을 쳐서 입사했었다. 필기시험으로 1차 합격자를 가려낸 후 2차로 기사작성 시험을 치렀는데, 그게 말하자면 센스 시험 같은 것이었다.

1차 합격해서 2차 시험장에 나갔더니 시험 시작 시간에 한 젊은 사람(30대)이 나와 인사말을 했다. 나이 많은 사람을 대동하고, 그가 앞에 나와 이야기하는 것으로 보아 그가 대표 같았다. 그의 이야기는 단순한 인사말이라기에는 좀 길었다.

'아차 이게 시험이구나!'

이미 배포해준 시험지에 그의 이야기 요점을 메모했더니 아니나 다를까, 그것을 요약해내라는 것이었다. 그것이 기사 작성이었다.

그 젊은 사람(사장)은 의욕이 넘치는 연설을 했다. 그는 나름의 뚜렷한 생각이 있는 듯했다. 주관과 신념이 넘치는 사람으로 인상적이었다. 그는 열정과 패기가 넘쳤다. 그는 강렬한 인상이었다. 게다가 둥글고 균형이 잡힌 잘생긴 얼굴에 이마 한복판의 부처 백호(白毫) 위치에 사마귀 같은 작은 흑점이 나 있었다. 그의 외모와 연설은 호기심을 자극하기에 충분했고, 호감이 갔다.

그 시험이 끝난 다음 외국인이 등장해 말하고는 그 요점을 쓰게 했다. 영어 듣기 시험이었다. 당시로서는 좀 파격이었다. 그만큼 신경을 쓴 것이다. 그의 정성이 느껴졌다. 제대로 할 신문사인가.

그러나 후의 수습기자 시험 때는 그런 3단계 시험 방법을 쓰지 않았다. 아마 처음이니까 특별한 관심을 가졌던 것 같다. 신문도 없는 데서 사람을 모으는 일이다. 그 자신을 담보로 하지 않으면 안 되었을 것이다. 그것도 그의 지명도나 권위가 아니라, 그의 마음속에 가지고 있는 그 무엇으로 호소하지 않으면 안 되었을 것이다.

그의 특이성은 3차 면접 때도 드러났다. 그는 대기하는 수험생들에게 점심 식대를 제공했다. 드문 일이었다. 다른 큰 신문사도 시험 때 점심값을 주지는 않았다. 입사 후 알고 보니 경제적으로 어려운 형편이었지만 수험생들이 시험 때문에 허비한 시간을 보상한다는 뜻이었단다. 후에 생각하면 매경에 대한 좋은 인상을 심어주려는, 무엇인가 다른 신문사와 다른 것이 있다는 점을 인상지어 주려는 치밀한 타산이었는지도 모른다.

심모원려(深謀遠慮)? 후에 경험한 바로 그는 어떤 일이든 한 가지 목적이 아니라 다목적으로 사고하는 사람이었다. 그는 생각했을 것이다. '신문의 성패는 얼마나 우수한 사람들을 확보하느냐에 달렸다'고. 그런데 출발도 안 한 그는 다른 큰 신문사와 경쟁하지 않으면 안 됐다.

매경의 1차 수습기자 시험은 다른 종합신문(재벌계)의 수습기자 시험과 비슷한 시기에 치러졌다. 말하자면 매경은 그들과 경쟁하는 꼴이었다. 매경의 시험이 며칠 앞섰다. 매경의 필기시험 합격자가 발표되기 전에 그 신문사의 필기시험이 있었다. 아마 두 신문사의 시험을 치른 사람이 많이 있었을 것이다. 나도 그랬다.

두 신문사의 면접시험도 비슷한 시기였다. 매경의 1차 필기시험 합격자 발표가 있은 후 면접시험장에 가보니 생각보다 많은 사람이 와 있었다. 많은 사람을 뽑는가 보다 싶었다.

매경의 최종합격자 발표가 있기 전에 그 종합지의 면접시험이 있었다. 나는 그 종합지의 1차 시험에도 합격하여 면접시험장에 갔더니 매경 면접시험장에서 본 얼굴들이 몇 명 있었다.

그런데 그때 내게 이상한 일이 벌어졌다. 한 수험생이 다가오더니 매경 면접시험장에서 나를 보았다는 것이다. 나는 그를 알아보

14

지 못했는데. 그는 나와 같은 학교 출신도 아닌데 나에게 접근해온 것이다. 그는 S대학인데 나와 같은 과(철학과)라고 자기를 소개하면서 면접시험에서 합격하는 요령을 가르쳐 주었다. 그리고 같이 합격하여 일하자고 했다.

도대체 이 사람은 누구인가. 이 회사와 무슨 인연이 있는가. 나는 의아했다. '경쟁자인데'. 나는 놀라웠고, 고맙기도 했고, 반신반의하기도 했다. 도대체 나를 어떻게 알았나. 그러나 자세히 물어볼 수는 없었다. 그렇다고 그가 나를 희롱하는 것 같지는 않았다. 그는 진지했다.

그런데 나는 이 신문사에도 늦게 지원해서 번호가 거의 끝 순이었다. 많은 시간을 기다리면서 나는 그가 코치해준 대로 답변 준비를 했다.

그 사이 나는 화장실에 갔다. 내가 일을 보고 나오려는데 세 사람이 몰려 들어왔다. 한 노인을 가운데로 앞뒤에 청년이 섰다. 그들은 통로를 비켜주지 않았다. 나는 멈춰 서서 그들을 지켜보았다. 다시 보니 그 노인은 그 사주였다. 신문에서 자주 보던 우리나라 재벌총수. 그들이 길을 비켜주지 않아, 나는 그들이 하는 양을 지켜보았다. 그들은 나에게는 눈길도 주지 않았다.

젊은이들은 비서 같았다. 내 존재는 싹 무시했다. 그는 손을 씻으러 들어온 것이었다. 젊은이 한 사람은 손에 수건을 받쳐 들고 섰고, 또 한 사람은 세면기 옆에서 수도꼭지를 틀어주었다. 그는 손을 씻은 다음 옆 청년의 손에 들려진 수건으로 손을 닦았다.

나는 의아했다. 순간에 닥친 이 풍경을 어떻게 생각해야 좋을지 몰랐다. 이 노인은 수도꼭지도 자기가 틀지 못하는가. 장애자도 아닌데, 순간 여러 가지 생각이 스쳤다. 재벌은 화장실에서도 비서의 수발을 받는가. 대통령은 어떻게 할까. 대통령은 그렇게 하지 않을 것 같았다. 돈의 위력이 권력의 위력보다 센가. 나는 그에게 물어보고 싶었다.

"회장님은 수도꼭지도 손수 못 트십니까?"

그러나 말이 입 밖으로 나오지 않았다. 그의 권위에 압도당한 것이다. 나는 착잡한 느낌이어서 면접을 포기하고 돌아갈까 하다가 그래도 면접은 보자고 기다렸다.

면접은 여러 단계였다. 최종단계에서 그가 좌우에 여러 시험관들을 거느리고, 한복판에 앉아 있었다. 그가 직접 물었다.

"우리 신문을 보는가?"

"안 봅니다."

그는 같은 질문을 두 번 더 했다. 나는 똑같이 대답했다. 면접은 그것으로 끝이었다. 나는 그 신문의 문제점이나 소감을 물으면 대답할 말을 준비했으나, 그는 묻지 않았다. 그런데 이 재벌신문사는 면접자에게 점심값을 주지 않았다.

두 신문사가 비교되는데 신생의 매경에 대한 호감이 커졌다. 면접 분위기도 두 신문사는 크게 달랐다. 재벌신문사는 위압적으로 권위가 압도했는데, 매경은 창업주가 홀로 질문하는데 자기가 선택하는 것이 아니라 선택받고 싶어 하는 기색이었다. 질문보다 자기 설명을 더 많이 했다. 주로 어떤 신문을 만들고 싶다는 내용이었다. 면접이 아니라 친근한 사이의 격의 없는 대화 같았다. 그러니 우리 신문사로 와라. 그가 선택받는 입장 같았다.

그가 선택받고 싶어 하는 듯한 태도를 취한 것은 나름의 이유가 있었다. 후에 밝혀진 바이지만 그는 신문도 나오지 않았는데, 그의 이름을 보고 찾아왔다는 데 상당한 고마움과 부채의식을 가지고 있는 듯했다. 그 이야기를 여러 번 했다.

내 면접이 마지막이었다. 긴 면접이 끝나갈 때 그가 물었다.

"합격되면 기자를 얼마나 하고 싶어요?"

"5년 하고 다시 생각해 보겠습니다."

면접은 면접관과 수험생의 관계가 아니라 가까운 선후배 사이의 격의 없는 대화 같이 느껴졌다. 며칠 후 매경에서 합격통지가 왔다.

그렇게 매경과의 인연이 맺어졌다. 그 5년이 결국 20년이 됐다.

그는 1기생을 단순한 노사관계가 아니라, 특별한 인연으로 생각하는 듯했다.

"저 재벌 신문은 사람을 채용할 때 관상을 본다고 하지만, 나는 당신들의 심상(心象)을 보았어."

그 재벌은 면접 때 실제로 관상가를 옆에 앉힌다는 소문이었다. 창업주의 그 말은 1기생에 대한 믿음의 표시 같이 보였고, 심리적 접근의 표시 같기도 했다. 또는 그 신문사에서 낙방한 사람들을 위로하려는 것인지, 그 자신을 독려하려는 것인지, 아니면 자신감을 나타내려는 것인지 알 수 없었으나 확실히 그와 친밀감은 더해 갔다.

그의 진의는 매경보다 규모가 훨씬 큰, 여러 가지 필요·충분조건을 갖추고 호기 있게 나가는 재벌 신문사의 시험에서 떨어진 사실에 괘념치 말라는 당부 같기도 같았다. '우리 같이 믿고 함께 나가자'는 뜻을 담고 있는 것 같았다. 치밀하게 계산된 의도라기보다는 자연스런 감정(아마 그의 진심이었을 것이다)의 교류를 통해 사주와 기자들이 일체감을 갖도록 하려는 마음 씀이었을 것이다. 그는 열악한 조건에서 기자들, 특히 새로 출발하는 가능성이 많은 수습기자들에게 동기를 유발하는 여러 가지 배려가 필요했을 것이다.

그는 심정적 친근감을 표시하곤 했다. 마음으로 통하는 관계가 되고 싶어 한 것이다. 창업주는 1기생을 고급식당에 불러 점심도 사주고, 그 아내들도 초청하여 점심을 사주기도 했다. 그는 1기생을 '4월의 사자'라고 농담처럼 부르기도 했는데, '장하다'는 뜻보다는 의기는 가상하지만 부족한 점이 많아 더 배워야 한다는 암시였다. 나는 4·19 때 군 복무 중이어서 데모에 참가하지 않았다. 나는 '4월의 사자'라는 말에 실감이 나지 않았다.

그가 선택받아야 한다는 태도는 그의 인생철학에서 나오는 것이었다. 후에 그가 사원들에게 밝힌 바로 그의 인생역정이었다. 그는 시골 출신으로 서울에 올라왔는데 하는 일마다 실패하여 끼니가 어렵게 됐다. 한겨울 냉방에서 식사도 못 할 처지가 되어, 벽을 보고 앉아 생각에 잠겼다가 3일 만에 깨달았단다.

'남에게서 무엇을 얻으려고 기대하지 말고, 내가 그에게 필요한 사람이 되어 선택을 받자.'

말하자면 그의 깨달음, 거창하게 말하면 득도였다.

그는 그 생각으로 인생의 전환점을 맞았다. 그 힘으로 무일푼의 극한 상황에서 일어서 10년도 안 되는 기간에 신문사까지 차리게 된 것이다. '선택받는 사람이 되자.'

그는 그 생각으로 살았다 했고, 사원들도 그렇게 생각하기를 바랐다.

수습기자는 24명을 합격시켰으나 4명은 포기했다. 이들을 한 달간 교육시켜 현업에 투입하려고 했다. 한 달의 수습기자 교육? 너무 짧았다. 철저한 교육으로 유능한 기자가 되고 싶었는데.

그런데 윤전기 도입이 늦어져 교육을 두 달 연장했다. 그 교육은 외부 전문가를 초청하여 경제이론을 가르치는 것이 주였다. 취재 방법이나 요령, 기사작성 같은 실무 교육과 훈련은 별로 없었다.

그런데 창간이 닥치자 수습기자 세 사람을 뽑아 기사를 쓰라고 취재 지시를 했다. 나도 그중에 포함됐다. 특집기사인데 총론은 선배 기자가 쓰고, 우리에게는 각론(업계 이야기)을 쓰라고 했다. 막막했다. 어느 회사를 찾아가서, 누구에게, 무엇을 물어보라는 구체적인 지시가 없었다.

우리는 나름대로 알아서 취재했고, 기사를 썼다. 그것이 활자화되어 기사로 나갔다. 내가 쓴 글이 기사화된다는 데 뿌듯하기도 하고, 재미도 있었으나 그보다는 두려웠다. 이것은 아니지 않는가. 잘못되면 어떻게 하나. 그런 두려움은 앞으로도 계속됐다. 특히 데스크가 기사를 읽지 않고, "다시 한번 읽어보고 편집에 넘겨" 할 때는 더 두려웠다. 그 황망함이란….

그런데 창간호 인쇄가 잘못되어 1면 사진이 까맣게 나왔다. 기차가 동굴에서 나와 검은 연기를 푹푹 뿜어내는 새로운 출발을 알리는 상징적 사진이었는데, 형체를 알아볼 수 없었다. 사내에 침통한 분위기가 돌았다. 창업주는 두 달간 창간 인사를 다니지 못했다고 실토했다.

그런데 사장실에서 창간호에 기사를 쓴 1기생 세 사람 중 두 사람을 불렀다. 금일봉씩을 주었다. 기쁘기는커녕 이건 더 황망한 느낌이었다. 잘했다기보다는 격려금일 터인데, 분간이 잘 안 됐다. 망망대해에 빠져 허우적대는 꼴이었다. 나는 기자 훈련을 철저히 받고 제대로 된 기자가 되고 싶었는데….

더욱 불행한 일은 나의 선임기자가 없어진 것이었다. 수습기자는 각 경력기자와 짝지어 따라다니며 배우도록 했는데, 나의 선임기자는 그의 부친이 다른 신문사 논설위원으로 "얼마 가지 못해 망할 신문사인데 무엇 하러 가느냐"고 만류했다는 소문이었다. 그래서 하루 만에 그만두었다. 불행한 일이었다. 나는 오기가 생겼다.

'내가 한번 일으켜 보자'

그런데 몇 년 후 그 선임기자는 나의 밑으로 들어왔다. 참 묘한 인연이었다. 하필이면 그렇게 할 것이 무엇이람. 나는 회사도 원망했으나, 그는 감수했다.

회사 일은 그렇게 떠밀려 움직였다. 주도적으로 어떤 취재계획 아래 움직이기보다는 일에 떠밀려갔다. 신문이 나올 수 있도록 기사를 써내야 했다. 선임기자도 없는 속에서 기사 작성이건 취재 방법이건 스스로 터득해야 했다. 두렵기도 하고, 무척 바빴다. 낮에는 취재하고, 기사는 집에서 써오는 일도 비일비재했다.

신문이 나오기 시작하고는 더 어처구니없는 일이 벌어졌다. 부장은 '경제의 불모지대'라는 장기 시리즈를 계획하고, 그 첫 번째로 '이중장부'를 나에게 맡겼다. 그 황망함이란….

나는 경제 공부를 안 해서 회계장부, 대차대조표, 손익계산서도 모르는데 이중장부라니? 그래도 열심히 취재해 원고를 제출했더니 창간 4호부터 6호까지 3회에 걸쳐 게재했다. 지금 다시 읽는다면 이게 기사인가 할 것이다. 신문은 그렇게 만들어져 나갔다.

그런데 더 황당한 일이 벌어졌다. 편집국장이 동시에 '녹색 제도'에 관한 시리즈를 또 준비하라는 것이었다. 취재지시는 녹색 전화, 녹색 법인(수출 우대업체)을 가지고 엮어내라는 것이었다.

당시는 신문 발행이 4페이지였는데 나에게 2면에 걸쳐 시리즈를 게재하라는 것이었다. 국장에게 부장의 취재 지시를 보고하고, 다른 사람에게 시켜달라고 했더니 황당한 대답이 돌아왔다.

"너, 부장이 시키는 일은 하고, 국장이 시키는 일은 안 해?!"

할 수 없이 두 문제를 동시에 취재하는데, 될 일이 아니었다. 다른 사람도 많은데 왜 내게 이렇게 많은 일을 시키나 원망도 했다. 내가 계획을 세워 기사를 발굴해야지 이렇게 떠밀려가서야 어찌 될 것인가.

'녹색 제도'는 문제를 잡을 수도 없었다. 국장에게 취재 중간보고를 하고 다시 취소하자고 했더니 받아들였다.

1년여 후 3기 수습기자부터는 내가 교육을 담당했다. 나도 배우는 처지인데, 교육을 시키는 입장이 됐다. 나는 '이들에겐 철저한 교육을 해야지' 하고 마음먹었으나 뜻대로 되지 않았다. 그들에게도 미안했다.

그렇게 매경의 일은 시작됐다. 창업주는 그 과정을 다 알았다. 그리고 나에게 관심을 보였다. 일을 묻고, 직접 지시하기도 했다. 말하자면 그가 나의 선임기자, 군대용어로 '사수'같이 된 것이다. 그와의 접촉 시간이 많아졌다.

2. 작게 시작했으나 '창대하게' 발전

1) '뉴스 신문'에서 '정보 신문'으로

'한국경제의 자립과 번영의 길잡이가 되겠다.'

창업주가 신문 창업의 뜻을 세운 시기는 우리나라 근대 역사상 가장 역동적인 '개발시대' 출발과 거의 궤를 같이한다. 그는 자유당 말기에 30세의 나이로 언론계에 투신해 자유당과 4·19, 민주당, 군사정부의 궤적을 보고 겪으면서 뜻을 세운 것 같다.

그가 매경 회사를 세운 것은 1965년 여름 제1차 경제개발5개년계획(1962~66)이 4년차를 맞을 때였다. 5·16 세력은 '조국근대화(祖國近代化)'의 기치를 내걸고 무서운 집념으로 공업입국(工業立國)을 향해 매진하던 때였다. 후에 명명된 '한강의 기적'이 태동하고 있었던 때였다.

'우리도 한번 잘살아 보자'는 희원(希願)과 '하면 된다'는 철학을 품고 출발한 경제건설의 고동이 힘차게 전국 방방곡곡에 울려 퍼졌다. 제1차 경제개발5개년계획이 '돌격내각[정일권(丁一權) 국무총리, 장기영(張基榮 부총리 겸 경제기획원장관)]'에 의해 강력히 추진되었다. 동시에 제2차 경제개발5개년계획이 입안되어 장밋빛 그림을 그리기 시작했다. 외국에서나 보던 근대화된 대규모 공장들이 하나둘씩 세워져 높은 굴뚝에서 검은 연기를 힘차게 품어냈다. 꿈만 같던 공장들이 하나둘 우리 손으로 세워져 꿈이 현실화하는 순간순간들이었다.

경제개발계획에 따른 공장건설계획은 각 부문에서 속속 모습을 드러냈다. 비료, 제철, 제련, 알루미늄, 시멘트, 석유화학…. 소비재 수공업의 단계에서 중후장대(重厚長大)의 중공업 시대로 진입하는 것이다. 오랜 염원인 나라의 부강을 향해 돌진해 가는 것이다. 우리도 '대망(大望)'을 안게 된 것이었다.

'한국경제의 자립과 번영의 길잡이가 되겠다.'는 기치를 내걸고 신문을 창간한 창업주는 조국 근대화 노선에 공감한다는 전제로 쌍방향 역할을 지향했다. 군사정부에 공감이 아니라 조국근대화정책에 찬성한다는 자세였다. 그가 설정한 역할은 정부의 정책을 국민에게, 생산(자)정보를 소비자에게 제공하고, 동시에 국민과 소비자에 관한 정보를 정부와 생산자에게 제공한다는 것. 비판도 단순히 부정을 고발하는 것이 아니라 정보나 지식이 부족해 오류나 오판을 범하는 것을 시정하는 데 도움을 준다는 것이었다.

그는 기회 있을 때마다 그의 뜻이 사원들, 특히 1기생들의 머리에 심어 의식화하도록 노력했다. 공식·비공식적 회의가 많고, 회의가 아니라도 기회 있을 때마다 그의 뜻을 알리려고 설명했다. 신문이 나오고 얼마 지나서 토요일엔 전 사원을 모아 놓고 '토요회의'를 열었다. 회의가 아니라 강연, 교육이었다. 사원들을 세뇌하려는 노력의 일환이었다.

그는 뉴스란 사실에 근거해야 함을, 비판은 최고의 지성이어야 한다고 강조했다. 그래서 기자는 '신의 성실한 보도'를 해야 했고, 필진은 최고의 전문가를 동원했다. 그들은 이 신생 소규모의 경제 신문 지면에 등장하려 하지 않아 창업주는 특별한 노력을 기울였다. 그 일은 창업주가 직접 관리하다시피 했다. 비판할 것은 그들의 글을 통해서 했다. 정부도 그에 제동을 걸거나 불편해하지 않았다. 특집도 거의 다 그의 아이디어였다.

그는 언론의 타성화된 부정적 고발이나 비판에서 벗어나려고 했다. 기사의 관점뿐 아니라 기사 용어의 부적절까지도 시정하려고 했다. 예를 들면 주식시세의 표현에 관해 천편일률적 선정성(폭등, 폭락)에 비판적이었고, 사회현상에 관해서도 똑같은 견해였다. 경제 현상을 세분화하고, 그에 적합한 용어를 쓰도록 지시했다.

당시 정황은 한일국교수립 후 청구권자금을 경제개발에 투입하고, 수출산업육성에 중점을 두는 가운데 한국인과 한국 상품이 세계로 뻗어나가기 시작했다. 특히 월남전을 계기로 '코리안의 고동'이 울리기 시작했다.

당시 유행하던 말로는 후진국에서 중진국을 향해 '이륙(離陸, take-off)'하고 있다는 것이었다. 의욕과 야망의 시대였고, 노도와 질풍의 시대이기도 했다. 새 시대를 맞고 있었다. 창업주는 그 시대 정신을 정확히 읽고 있었다. 그는 그 희망에 부풀고 가슴이 뛰는 생기발랄한 분위기에 어떻게 동참하는가에 몰두했다.

그러나 정치적으로는 군사정부에 대한 저항이 만만치 않았다. 정치권과 학생, 학자들, 재야학자들의 저항, 특히 한일국교수립 반대로 국론이 심한 갈등과 분열상을 보였다. 부(富)가 일부 층에 편중되고, 권력형 부정이 만연되어 있다고 보는 세력의 저항운동이 가열돼 정치는 혼미를 거듭했다. 지금과 마찬가지로 정치권은 헌법, 정당법, 선거법 등을 둘러싸고 지루한 정쟁으로 날이 새고 해가 졌다.

경제적인 분쟁도 끓기 시작했다. 당시 개발철학은 공생공사(共生共死), 동고동락(同苦同樂)이었지만 사회적 공감대가 쉽게 이뤄지지 않았다. 오히려 음지에선 사회적 갈등이 심화하고 있었다. 정부는 개발에 드라이브를 걸면서 "우선 파이를 크게 하고, 분배는 그다음에 생각하자"라고 했다. 그러나 개발성과의 편중은 소득불균형을 불러 부익부빈익빈(富益富貧益貧) 현상의 조짐이 나타나면서 사회갈등이 깊어지고 있었다. 1970년엔 불멸의 청년노동운동가 전태일이 분신자살했고, 저항시인 김지하의 담시(譚詩) 『5적(五敵)』이 발표되어 큰 사회적 반향을 불러일으키기도 했다. 사회는 '전진'과 '저항'의 대결이 점점 깊어져 갔다.

그러나 경제 약진은 이런 불만과 저항을 압도해 갔다. 시대가 이렇게 변하고 사람들이 새로운 세상에 눈을 뜸으로써 경제인 기업인뿐만 아니라 일반 국민도 경제 지식, 경제 상식이 필요해졌다.

창업주는 그 시대의 변화로 국가 경제가 국민의 경제로 확산해 경제정보의 수요 폭증에 대비하고, 또 선도하는 방향을 찾는 데 고민하고 고심했다. 우선 종전의 경제 뉴스와 다른 경제정보로 차별화하려고 했다(특히 주식정보에 대한 수요가 크게 번져나갔다. 일부 사람들이 하던 증권투자는 그 폭이 보통 시민에게로 점점 넓어져 갔다. 경제 기사의 수요가 점점 증폭돼 가고 있었다).

그는 경제 뉴스의 시장을 경제주체들뿐만 아니라 일반가정, 그러니까 보통 시민에게로 넓히려고 했다. 요즘 말로 경제정보의 블루오션을 본 것이다. 그것을 여러 방면으로 구체화해 갔다. 경제개발에 대한 홍보, 경제 상식의 계몽, 기업에 질 높은 경제정보의 제공,

경제정책에 대한 피드백, 경제개발 효과의 균점(均霑)…. 그는 하고 싶은 일이 너무도 많았다. 그래 무지 바빴다.

그러나 창업주의 이상은 높았으나 출발은 초라했다. 당시 거함들이 즐비한 언론계를 일엽편주(一葉片舟), 조각배 하나로 대드는 형국이었다. 신문을 경영하는 데 갖춰야 할 여러 가지 충분조건은커녕 필요조건도 갖추지 못했다. 거함들에 비하면 적수공권(赤手空拳)이나 마찬가지였다.

그러나 뜻이 있어 길이 열렸다. 그의 작은 사무실 빌딩은 후에 알려진 바로, 그 나름의 확고한 관(觀)이 서 있는 '기자 활동'으로 얻어진 것이었다. S신문사 기자 시절 사심 없이 쓴 기사로 도움을 받은 한 기업인이 무상으로 대여해 주었다는 것이다. 전매청에 담배 필터를 납품하던 기업이었다. 매경은 1977년 중구 필동으로 이사할 때까지 이 빌딩을 사무실로 사용했다.

그 밖의 조건도 열악했다. 인원도 1백 명이 되지 않았다. 임원은 창업주 외에 전무와 상무가 각 한 명이었으나, 신문경영에 별로 관여하는 것 같지 않았다. 편집국은 40여 명에 불과했다. 취재진은 경력기자 5~6명에 수습기자 20여 명이었다.

당시 큰 종합지(기자 80여 명)와 비교하면 큰 열세였다. 그래도 신문은 똑같이 4페이지를 냈다. 취재 능력은 일당백이 아니라 병아리 수준, 일의 과부하가 심했다. 그의 이상과 현실은 큰 괴리에 빠졌다. 그는 그것을 그의 창의와 노력으로 극복하려고 했다. 그에 제일 필요한 것이 사원들의 공감과 동참이었다.

그의 출발은 수습기자 교육으로부터였다. 당시 K 편집국장은 후에 밝힌 바로 창업주가 다른 경제신문에 있을 때 경제부장으로 모시던 분이다. 창업주가 그를 편집국장으로 모신 것은 '은혜 갚기'였다. 그는 연로해 수습기자들이 의아하게 생각했는데, 창업주는 그가 경제부장으로 모신 기간만큼 편집국장으로 모신다는 것이었다. 또 한 사람은 C 취재부장. 수습기자 교육은 그가 담당하고 있었다. 교육계획도 그가 짜고, 강사도 그가 교섭했다. 그리고 몇 사람의 실무자가 있었다.

그가 수습기자 교육에 주력하는 것은 그의 형편으로 유능한 경력기자를 스카우트할 수 없고, 또 하나는 고정관념으로 굳어진 낡은 기자가 아닌 때 묻지 않은 젊은이들을 원하는 방향으로 교육해 씀이 그가 목적하는 바를 이루는 데 지름길이라고 생각했기 때문이다. 그는 때로 우리를 '4·19 사자들이…'라고 불렀다. 그것은 두 가지 뜻이 들어 있었다. 하나는 그 의기를 높이 사는 것이고, 또 하나는 '그래도 너희들은 미숙하다. 많이 배워야 한다'는 것.

수습기자 교육이 끝나갈 무렵 경력기자들이 한 사람 두 사람 들어왔으나 신문이 나올 때도 소수에 불과했다. 취재 경험이 전연 없는 신출내기 수습기자들이 취재의 주력이 된 것이다. 수습 교육도 3개월로 모험이라기보다 무모한 출발이었다. 수습 교육에 현장실습은 없었다. 그는 이 병아리 기자들을 이끌고 '한국경제의 자립과 번영의 길잡이'라는 거창한 깃발을 내걸고 닻을 올린 것이다.

윤전기도 낡은 것이었다. 일본 다니구치 제작소(谷口製作所)의 마르노니로 인쇄는 시간당 공칭 2만 부(?)였으나 실제는 1만 부도 찍을 수 없었다. 이 윤전기는 10여년 후 필동 새 사옥으로 옮길 때까지 사용했다.

신문사이지만 취재 차량도 한 대 없었다. 회사 차량은 두 대의 지프차가 전부였다. 한 대는 창업주용, 또 한 대는 임원용이었다. 창업주는 회사 일이나 취재용으로 급한 일이 있으면 자기 차를 내주었다. 사장 차라고 하기보다는 업무용이었다. 창업주가 그렇게 말했지만 실제로 그 차를 타는 사람은 없었다. 그러나 나는 그 차를 여러 번 타고 취재 다녔다. 멀리 급하게 가야 할 일이 있으면 그 차를 신청했다. 차가 낡아 속도를 좀 내면 후드가 후들후들 떨렸다. 창업주는 싫어하지 않고 오히려 좋아하는 기색이었다. 나보다 나이가 많은 기사도 싫어하지 않았다.

또한 급여는 큰 신문사에 비해 대단히 낮은 수준이었다. 창업주도 그것이 마음에 걸리는 듯했다. 그는 창간사원들에 백지어음과 같은 약속을 했다. "대우는 남만큼 해준다."라고. 그러나 언제부터라고는 하지 않았다. 아마 큰 신문사만큼 발전하면 해준다는 뜻이었을 성싶다. 그러나 그 약속은 20년 후 내가 신문사를 그만둘 때까지 지켜지지 않았다.

그러나 그의 약속이 사원을 회유하기 위한 의도적인 회유책은 아닌 것 같았다. 그는 진지했고, 그런 노력을 했다. 아마 그런 약속은 그가 실천하려는 이상이고, 진심이었을 것이다. 그런데 그는 실적을 내지 못해 고민하는 듯했다. 실제로 회사 형편이 호전되면 사원들 대우부터 고치기 시작했다.

그렇지만 상당 기간 기자들은, 대우는 다른 신문사에 비해 극히 낮고 업무는 배를 넘었다. 업무가 양적으로 과중할 수밖에 없었다. 그것은 기사의 질로 연결이 됐다. 그들은 그 업무량에 쫓겨 다른 문제에는 신경을 쓸 겨를도 없었다. 사원 대우, 후생 복지 같은 문제는 관심 밖이었다. 창업주의 약속이 어느 땐가는 실현되리라 믿었고, 신문을 만들어내는 데 전력을 다했다.

당시 노조는 태동도 안 했다. 어떻게 하면 신문을 잘 만들어내고, 어떻게 하면 질 좋은 기사를 쓰느냐, 어떻게 하면 내가 일류 기자가 되느냐에 관심을 집중했다. 그것은 창업주의 홍복(洪福)이고, 동시에 그의 강의 등 노력이 미치는 효과도 컸다. 그는 기자들이 나름의 보람을 느끼고 일하도록 유도하는 데 성공하고 있었다.

나는 선임이 없어 유감이었지만 자유로운 이점도 있었다. 취재비가 없었지만 나는 전차 회수권(당시는 지하철이 없고 지상의 전차였다)을 받았다.

그런데 나는 어찌 된 영문인지 처음부터 편집국장으로부터 직접 취재지시를 받는 경우가 종종 있었다. 물론 소속부장은 따로 있었다. 취재지시를 이중으로 받은 것이다. 그 편집국장이 내게 내린 첫 취재지시는 다음과 같은 것이었다.

"저 영등포 공장지대에 가서 공장경영에 애로사항이 무엇인지 알아 와."

나는 영등포에 어떤 공장이 있는지, 어떤 공장을 찾아가야 하는지, 공장에서는 누구를 만나야 하는지도 몰랐다. 그래도 그의 말대로 영등포 공장지대를 찾아갔다. 어떤 공장에 무작정 들어가서 "당신네 공장의 애로사항이 무엇입니까?"라고 물었을 때 어처구니없어 하던 그 공장 사람들의 얼굴이 지금도 잊히지 않는다.

"어떤 신문이라고요?"

"매일경제신문입니다."

"일본에서 나오는 신문이요?"

나는 맥이 풀렸으나 그래도 어떤 사람들은 친절하게 여러 가지를 이야기해 주었다. 기자라고 신분을 밝히고 여러 가지 질문을 하면 그들 마음속에 있는 애로사항을 털어놓는 사람도 있었다.

장난기가 있는 사람도 있었다. 어떤 회사에서 따라오라고 해서 갔더니 여자들 수십 명이 화장하고 있었다. 얼굴에 팩을 쓴 사람도 있고, 어떤 사람은 옆에서 화장을 해주고 있었다. 총각이었던 나는 당황했으나 설명은 다 들었다.

나는 짝 지워진 선배도 없고, 윗사람으로부터도 취재지시가 구체적으로 없는 터라 혼자 취재 방법을 터득하지 않으면 안 되었다. 완전히 독학인 셈이었다. 우선 누구에게 무엇을 물을지 알 수 없었다. 누가 무슨 일을 하는지 전연 알지 못했다. 출입처도 변변치 않았다. 막막했다. 고민 끝에 생각해낸 것이 어떤 분야가 취재 대상이 되면 관련 법령을 찾아 공부하자는 것이었다. 상대가 어떤 일을 하는지, 그들에게 던질 질문거리를 찾아야 했다. 우선 법령집을 사서 읽었다. 법 조항을 뒤져보니 질문거리가 많이 나왔다.

그것은 꽤 효과적이었다. 우선 상대방에게 말을 붙일 거리가 생긴 것이다. 당국자에게는 법령에 규정된 일이 현재 어떻게 되어 있고, 부진하면 그 이유가 무엇인지, 앞으로의 계획은 무엇인지 등을 물을 수 있었다. 상대방도 '이 사람이 무엇을 알고 왔구나' 이해했기 때문인지 때로는 변명을, 때로는 계획을 이야기해 줬다.

기업인들에게는 주로 정부에서 이렇게 저렇게 지원해주기로 되었는데, 현실은 어떠냐고 물었다. 그들은 애로사항을 묻는 것이라 설명을 잘해주었다. 하소연하는 사람들도 있었다.

그런데 나는 눈치가 좀 없었다. 다른 동료들은 출입처에 관심을 두는데, 나는 기사를 좇았다. 나는 수습 교육이 끝나고 희망 취재 분야를 써낼 때 '공업, 노동, 농업'을 선택했는데, 공업 분야가 엉뚱했다. 상공부 외곽부처가 배정된 것이다. 표준국(세종로), 계량국(원효로), 특허국(갈월동), 공업연구소(혜화동)…. 가르쳐주는 사람도 없고, 다른 기자들은 취재 대상도 아닌 듯했다. 그에 관한 기사는 없었다. 그런데도 나는 이중으로 취재지시를 받아서 일이 많았다. 출입처 이외의 일이었다. 그것은 앞으로 일을 과중하게 할 것이란 신호 같았다.

나는 고독한 늑대처럼 홀로 미개척분야를 뛰니까 기사는 많았다. 상대도 반겨 나는 기사를 많이 썼다. 기사는 항상 부족한 형편이라 쓰는 대로 기사화가 됐다. 어느 날은 당시 발행 4면 중 3개 면 톱을 쓴 기록을 세우기도 했다. 가십난도 3꼭지 모두를 내가 채우기도 했다. 참으로 정신 못 차릴 상황이 전개됐다.

창업주가 그것을 알게 된 것 같았다. 그의 방으로 부르더니 좌담회를 하자는 것이었다. 당신이 사회를 볼 터이니까 사람을 모으라는 것이었다. 이제는 창업주의 취재지시까지 직접 받게 됐다. 그것은 창업주가 내 사수라는 의미도 될 수 있어 나로서는 반가운 일이었다. 그런데 거기에 창업주의 배려가 또 따로 있었다.

"너희들이 초년생이라 윗사람 만나기도 어려울 것이다."

그래서 사람도 소개해 주고, 취재도 보완시켜준다는 것이었다. 다목적이었다. 그는 무슨 일이건 다목적이었다. 사실 올챙이 기자 시절, 더구나 신문이 널리 알려지지도 않았던 시절, 윗사람들을 만나기는 대단히 어려웠다. 그때 그 사장을 만나는 기회를 창업주가 만들어주는 것이다.

나는 1년도 안 된 수습기자였다. 주제도 어려운 공업인데, 선임도 없이 혼자 뛰는 나를 도와준다는 배려 같았다. 나는 선임이 없는 대신 창업주의 지원을 직접 받게 된 것이다. 그것은 행운이었다.

그 좌담회는 기획이나 초청 연락은 내가 하고, 사회는 창업주가 맡았다. 참석자들은 공업 관련이 많았다.

"사장이 좌담회를 한다면 나올 것이다."

실제로 기획해 연락하면, 특히 사장이 사회를 본다고 하면 그들은 모두 참석했다. 그 후에는 그들을 만나기가 수월했다. 창업주는 수습기자들이 사람 만나는 것을 도와주고, 지면 메우기도 도와주고, 지면도 빛내주면서 다양한 효과를 거두었다. 이후에도 좌담회를 많이 열었는데 찬반 토론이 아니라 공무원과 교수, 업계 사람, 소비자를 고루 참석시켜 민관 소통을 목적으로 했다.

그런데 그 좌담회가 좀 이상하게 열렸다. 낮이 아니라 저녁에 여는 것이다. 일과 시간이 끝난 후 서울시청 맞은편에 있는 중국 음식점 'ㅇㅇ원'에 초청해 놓고, 저녁 식사를 겸하면서 이야기를 나누었다. 나는 기록해야 해서 식사를 못 했다. 녹음을 하는 것이 아니라 받아 적는 식이었다.

나는 후에 사회를 많이 보았는데, 그럴 때도 그가 옆에서 지켜보았다. 그가 지켜보고 있으면 진행이 어려웠다. 자연 그의 눈치를 보게 되었다. 그러면 그가 직접 참여하기도 했다. 사회(司會) 훈련이라고 할까.

창간 때의 업무 과부하(過負荷)는 상당 기간 계속됐다. 아니 그게 일상이 됐다. 지금 생각하면 상식 밖이었지만 당시는 그것도 몰랐다. 내가 간부(부장)가 되고서도 그대로 지속이 됐다. 부국장 겸 총괄부장 겸 사회생활부장 겸 경제연구소 주비(籌備)위원장…. 그리고 무슨 무슨 위원회 위원. 발령이 날 때마다 직함이 몇 줄씩 됐다. 그런 식이었다. 몇 사람 몫의 일을 하는지 몰랐다.

당시 정기회의만 하루 5번씩 참석했다. 8시에 사장실 회의(이사회는 없고, 국장 회의가 최고전략 회의였다. 나는 편집국 총괄부장이기도 해 부장으로서는 유일하게 참석하라는 지시를 받았다), 9시에 편집국 편집회의(당시는 석간이라 오전 일찍 회의했다), 12시에 사설 회의(당시는 논설위원이 없어 내가 주관했다), 그리고 오후 각국 회의(나는 타국 업무 관련 회의에도 대부분 참석했다. 공식 발령사항은 아니었다), 5시에 신문 평가 회의, 그 사이 부회의도 두어 번은 했다.

당시는 상근 논설위원이 없고 비상근(객원) 논설위원만 4~5명 있었다. 상근 논설위원을 둔 것은 훨씬 후의 일이다. 사설 회의는 초판을 기다리는 시간에 각 부장이 모여 사설 주제와 필자를 정했다. 내부에서 쓰기도 하고, 객원논설위원에게 맡기기도 했다. 객원 논설위원이 간혹 원고를 펑크내면 담당 부장이 급조해 메우기도 했다. 나는 그 많은 회의 사이의 짬에도 펑크낸 사설을 당일에 메워 쓴 적이 여러 번 있었다.

창업주도 상임 논설위원의 필요성을 느끼고 있었다. 그러나 사내서는 마땅치 않았는지, 빼돌릴 인력이 부족해서였는지 단을 내리지 못했다. 하루는 적당한 사람이 있으면 추천하라고 했다. 나는 노동청 현직 E 과장을 추천했다. 취재 과정에서 알게 된 사람인데 기획원 출신으로 정의파였다. 노동정책에 대한 이론이 깊었다. 그는 후에 매경의 상임고문으로 모신 최호진 박사의 애제자 중 한 사람이었다.

창업주는 그 사람을 만나겠다고 했다. 둘은 몇 시간을 이야기했다. 그날 대연각 화재가 일어났다. 대참사였다. 아마 그 불이 아니었으면 그들의 대화는 더 길어졌을지 모른다. 그러나 일은 성사되지 않았다. 나는 두 사람에게 이유를 묻지 않았다. 두 사람도 설명해주지 않았다.

이후에도 상당 기간 상임 논설위원은 없었다.

연구소 준비 업무는 사실 제일 하고 싶은 일이었지만 손도 대지 못했다. 유감이고, 창업주에게도 미안한 일이다.

나는 편집국 행정업무를 맡으면서도 데스크 업무를 겸임했다. 일주일에 데스크를 보는 지면이 최고로 37면에 달한 때도 있었다. 주간 신문을 인수한 초기의 일이었다. 보통은 하루 2페이지 정도였는데, 나는 과부하로 취재기자들이 써내는 기사를 다 읽을 수도 없었다. 집으로 싸 들고 다니기가 일쑤였다.

나뿐만이 아니었다. 대부분 기자가 다 그랬다. 그 업무량에 쫓겨 기자들은 숨 돌릴 틈이 없었다. 다른 문제에는 신경을 쓸 겨를이 없었다. 대부분 능력보다 많은 일을 시켰기 때문에 항상 긴장하고 전심전력하지 않으면 안 됐다. 말로는 고등학생에게 대학생의 일을 시키면 안 된다고 했지만, 실제로는 중학생에게 대학생의 일을 시킨 격이나 마찬가지였다.

사적(私的)인 일은 엄두도 내지 못했다. 나는 그때 저녁 시간에 영어와 일본어 학원에 다니고 있었으나, 잦은 야근 때문에 출석하는 날이 절반도 되지 않아 중도에 포기하고 말았다. 창업주는 그것을 알고, "후에 보상해 줄게"라고 하더니 얼마 후에 다른 방법으로 보상해 주었다. 아예 일어 선생을 채용했고, 영어 회화 선생을 회사로 초빙했다. 두 사람 다 내가 섭외했다.

그것이 창업주의 의도된 용병술이었을까. 경영비법이었을까. 아니면 불가피한 선택이었을까. 아무튼 그게 현실이었다. 초년병기자들은 그 과중한 업무에도 불평할 줄을 몰랐다. 데스크의 지시에 따라 '뛰고 또 뛸' 뿐이었다.

창업주는 해야 할 과제를 계속 직접 주문하고 독려했다. 능력보다 목표를 앞세우니까 다른 생각을 할 여유가 없었다. 그런 경영전략이 효과를 보는 것은 틀림없어 보였다. 인력을 100% 이상 활용하고, 기자들의 잠재 능력을 최대한 계발하며, 곁눈질하지 않고 목표를 향해 일로매진하게 하는 다목적 효과를 거두고 있었다.

또 하나 중요한 문제는 매경이 언론기업을 하는 데 얼마큼의 지적 능력을 갖추었냐는 것이다. 그것은 누구도 한마디로 평가할 수 없다. 그것은 우리 자신에 대한 평가이고, 나에 대한 평가다. 그러나 외부에서 객관적으로 평가할 일이지 안에서 자체 평가할 수 없었다. 그것은 객관적인 평가에 맡길 수밖에 없다. 결국 신문의 성공 여부는 그런 평가에 좌우될 것이고, 매경은 거기 상응하는 대우를 받을 것이었다. 당시 상황을 알 수 있는 몇 가지 예를 들어본다.

내가 겪은 한 가지 어처구니없는 일은 외래어 표기에 관한 것이다. 나는 일본공업신문 중 공업 기술에 관한 기사를 번역해 게재하곤 했다. 그런 지시였다. 우리 기업에도 정보가 되고, 더 솔직히는 부족한 기사를 그렇게 메웠다. 특히 과학기술 면을 별도로 두고부터는 더욱 심했다. 기사가 턱없이 부족했다. 나는 그 땜질을 하느라 일본 신문 기사도 번역해 싣곤 했다. 그러나 나는 그만한 일본어 실력이 안 되었지만 지시라 할 수밖에 없었다. 만용이나 마찬가지여서 불안하기 짝이 없었다. 일본경제신문과 일본공업신문도 자주 읽게 되어 결과적으로는 도움이 됐지만, 문제는 그것을 기사화해야 하는 것이었다.

또 당시 동남아국가연합(ASEAN)이 결성되어 일본 신문에 자주 오르내렸다. 나는 흥미로워 자주 번역해 실었다. 그런데 표기에 문제가 생겼다. 나는 '아세안'이라고 했는데 교정에서 '아시안'이라고 정정했다. 신문을 인쇄하기 전의 대장을 보니 그렇게 돼 있었다. 나는 편집국장에게 '아시안'이 아니라 '아세안'이 바르다고 했다. 둘이 어떻게 다른지도 설명했다.

그러자 편집국장은 교정부장을 불렀다. 나는 다시 설명했다. 그러나 교정부장은 벽창호였다. 영어 E는 무조건 '이'로 발음한다는 원칙에 철저했다. 아무리 설명해도 요지부동. 확신이라기보다 옹고집이었다. 그러자 편집국장이 최종 단안을 내렸다.

"교정부장 의견대로 하자."

나는 무력한 절망감을 느끼며 그대로 물러설 수밖에 없었다.

비슷한 예로 '부의 경제학'도 있다. 창간 특집에 편집국장(위의 편집국장과는 다른 사람)이 직접 기념사를 썼는데 '부(否)의 경제학'이라는 말이 들어 있었다. '부(負)의 경제학'이라고 써야 할 것을 잘못 쓴 것이었다. 아마 오식(誤植)이었을 것이다. 그 국장은 경제전문가였다. 그것을 모를 리 없었다.

나는 윗사람에게 그것을 정정하도록 요구했다. 그때는 사시의 '신의 성실한 보도'를 지키기 위해 '정정란'을 두고 조금 틀린 것이 있어도 정정하도록 창업주가 특명을 내려놓고 있었다.

그러나 "국장이 썼는데 그대로 넘어가자"라며 부장은 그것을 보고하지 않았고, 정정하지도 않았다.

또 어떤 편집국장은 "언로가 무엇이냐?"고 물었다. 대장을 보다가 나를 불러 그렇게 물어 처음엔 무엇을 묻는지 몰라 멍해 있었다. 그러자 그는 다시 물었다.

"언로가 무슨 뜻이냐고?"

언로(言路)의 의미를 묻는 것이었다. 편집국장이 '언로'라는 말의 뜻을 모르다니…. 난감했다.

그러나 이런 일은 작은 웃음거리고 지엽적인 문제였다. 문제는 총체적으로 어떤 정신을 갖추고 있느냐 하는 것이었다. 뉴스 밸류는? 지적 수준은 어느 정도인가. 판단력은 어떤가. 판단의 기준은 무엇인

가. 정의감은?…. 일상에서 아무도 그것을 가르쳐주지 않았다.

그렇게 신문은 만들어졌고, 쉼 없이 발행돼 나왔다. 6개월을 넘기지 못하고 문을 닫을 것이라던 일부 부정적인 예상을 잠재우고, 매경은 발행 호수를 더해갔다. 그것은 현상 유지가 아니라 차분한 전진, 발전이었다.

그렇게 하는 과정에서 창업주는 '신문경영의 귀재'라는 명성이 따라붙었다.

2) 뉴스보다 담론

창업주는 뉴스 개념의 혁신에서 출발했다. 당시는 군사정부가 사이비 언론을 대량 정비한 후였다. 그래도 경제신문사가 3사나 되었다. 우리나라보다 인구와 경제 규모가 몇 배나 되는 경제대국 일본에도 일간 종합경제신문은 니혼게이자이신문(日本經濟新聞) 1개에 불과했다. 산케이신문(産經新聞)이 있지만 이름뿐 종합지에 가까웠다.

그런 상황에서 경제신문을 하나 더 하자는 것은 기존 방식의 경제신문에 하나를 더 보태자는 것이 아니라 전혀 새로운 경제신문을 만들자는 것이었다. 새로운 경제신문이란 한마디로 기사에 대한 개념이 다른 신문이었다. 뉴스 밸류가 다른 신문을 만들려고 한 것이다.

그는 처음엔 기존 경제신문 중 하나를 인수하려고 했지만 무산되고, 결국은 그 자신이 창업했다. 인수가 여의찮았던 점도 있고, 또 그의 이상을 펼치기에는 새로 창간하는 편이 더 좋을 것이라는 생각도 한 것 같았다. 비유하자면 '헌 집을 고치느니 새집을 짓겠다'는 그런 생각 같았다. 고정관념에 사로잡혀 있는 기자들의 생각을 바꾸는 일은 대단히 어려울 것이었다. 매경을 제작하는 과정에서 그가 보여준 노선에 비춰보면, 그가 기존 신문을 인수했을 경우 모든 부문을 '혁명적으로' 뜯어고치는 수고로움이 대단히 컸을 것이다. 조직의 틀과 운영 방법과 편집 방향, 무엇보다 편집 인력의 사고방식을 근본적으로 뜯어고쳐야 할 터인데 대단히 어려웠을 것이다. 그 과정에 얼마나 큰 노력과 시간과 어려움이 뒤따라야 하겠는가. 고정관념에 물들지 않은 수습기자들을 길러서 쓰자, 그런 생각이었다는 것이다. 결과를 보면 기존 신문을 인수하지 않고 새로 창간한 것은 탁월한 좋은 선택이었다.

'신문 혁신'은 기존 신문의 틀에서 벗어나자는 것이다. 일반적으로 새 시대를 맞는 자세는 과거는 잘못됐으니 '뜯어고치자'라는 것과 과거의 연장선상에서 '더 확장하자'라는 것으로 나눠볼 수 있다. 창업주는 어느 편인가 하면 둘을 합친 경우이다.

그가 고치려고 한 것은 다양했다. 그 하나는 '뉴스의 신문'에서 '정보의 신문'으로 탈바꿈하는 것이다. 신문상품(기사)의 개념과 질을 바꾸려고 한 것이다. 그 자신은 그런 말을 뚜렷하게 하지는 않았다. 그러나 그가 특집기사 방향을 지시한 내용이나(직접 기사는 대개 그가 기획하고, 방향을 정했다), 또 뉴스나 정보에 대해 말한 내용이나 행동으로 추구한 방향을 정리해보면 그렇게 결론지을 수 있다.

'뉴스'와 '정보'의 개념을 정확히 구분하기는 어렵다. 당시는 정보라는 말이 일반화되지도 않았다. 오히려 기피됐다. '정보' 하면 중앙정보부가 주는 좋지 않은 인상으로 해서 부정적인 이미지가 강했기 때문이다. '군사정보', '비밀정보', '비밀첩보'의 뉘앙스가 강해 사용이 기피됐다.

'중앙정보부'도 '정보부'라고 하기보다는 '남산'이라고 은유적인 표현으로 말하는 경우가 더 많았다. 마치 옛날 촌부들이 호랑이가 무서우니까 '호랑이'라고 말하지 않고 '눈 큰 짐승'이라고 하던 것과 비슷한 심정이었던 것 같다.

창업주는 정보의 속성을 일찍 꿰뚫은 것이다. 당시 신문은 '뉴스'의 전달자였지 아직 '정보'의 제공자는 아니었다. 매경이 창간되고도 훨씬 후에 나온 언론학 교과서에는 신문이라는 상품에 담긴 내용을 '뉴스를 몇 가지 과정으로 처리해서 신문지에다 인쇄해 놓은 것'(신문학 이론. 차배근, 박유봉 등. 1980년)으로 정의하고 있다. "신문의 핵심은 뉴스이며, 뉴스의 개념을 떠나서는 신문이란 생각하기 어렵다"라는 것이었다. 그러나 "많은 신문학자가 뉴스에 대해 정의하고 있지만 아직도 그것의 본질적 내용을 간결하게 규명한 정의는 드물다"라는 실정이었다. 뉴스의 개념이 완벽하게 정의되기도 전에 신문은 새로운 개념에 부딪히게 된 것이다. 곧 정보의 등장이다.

'정보'가 완전히 생소한 개념은 아니었다. 차배근 교수(서울대)는 앞에 든 교과서가 나오기 전, 매경 창간기념 특집(1978. 3. 24)에서 "매일경제신문은 인간 생활에서 가장 중요한 경제라는 특수관심의 '정보'를 전문적으로 보도하고 해설·논평하는 전문지"로 규정해 매경의 정보제공 역할을 강조했다.

다시 뉴스의 사전적 정의를 보면, "뉴스는 일상적인 관습이나 질서에 대하여 그 테두리 밖으로부터 침투하는 이질적인 정보로서 관습·질서에 입각한 일상적인 영위에서 여러 가지 정보와는 구별된다"라고 하기도 했다. 여기서는 정보와 뉴스를 동일시한다. 보통 뉴스는 '일반에게 알려지지 않는 새로운 소식'으로 이상성(異常性), 사회성, 새로운 사실을 전제한다.

그러나 그 이전에도 '정보'라는 말은 사용됐다. 이미 선진국에서는 '정보화사회'('정보사회'), '정보산업'과 같이 다른 부문에서 먼저 사용됐다. 새로운 첨단사회를 열어가고 있는 사람들이 새 시대를 그렇게 알리고 있었다.

정보는 특히 컴퓨터를 통한 가공의 용이성으로 인해 대량생산, 논리적, 예지적, 행동 선택적 등의 특성을 갖는다. 뉴스와 정보는 차이점을 갖게 되는 것이다. 먼저 뉴스는 '뉴스 밸류'가 상징하는 바와 같이 가치판단에서 찾아볼 수 있다. 전통적으로 뉴스 밸류의 척도가 되는 저명성(prominence), 중요성(importance), 흥미성(interest), 갈등성(conflict), 희귀성(unusualness), 시의성(timeliness), 근접성(proxomity) 등이 정보 밸류에서는 그대로 적용되지 않는 것이다. 정보는 활용성, 유용성, 효용성이 기준이 된다.

창업주는 경제신문의 관점을 달리 잡고, 기자들에게 강조해서 반복적으로 설명하곤 했다. 교육이고, 일종의 세뇌였다. 필요한 경제 뉴스는 경제 사건보다 경제정보라고 봤다. 경제 사건은 개별 경제주체들이 벌이는 사건에 관한 것이다. 경제 현상도 사건의 관점에서 보는 것이다. 그러니 경제정보는 그 경제 현상 속에 숨어 있는 의미를 찾아내 활용할 경제활동에 참고하게 하는 것이다. 그것은 경제 현상에 내재해 있는 의미를 분석 가공하는 것이다. 자료의 수집, 축적, 분석이 필요하다. 경제정보는 그런 가공의 작업을 통해 얻어진다.

창업주는 정부가 경제개발 의욕이 강렬했으나 국민은 경제문제에 대한 이해가 부족하고, 기업은 필요한 정보를 충분히 얻지 못한다고 파악했다. 종합적이고 질 높은 경제 기사의 필요성, 전문 경제신문의 여건이 성숙해가고 있다고 본 것이다. 특히 경제신문으로선 좋은 여건이 조성되어 가고 있음에 그는 물 만난 고기였다. 그는 하고 싶은 일이 너무도 많았다.

정부도 그런 경제정보 보급, 경제 상식의 확산, 기업인의 폐쇄적 경제독점 타파 등의 필요성을 느끼고 있었다. 그래서 경제 장관들은 요일별로 겹치지 않게 장관의 회견 혹은 간담회를 열게 했다. 발표할 계획이 있으면 회견, 중요사항이 없으면 간담회로 했다. 장관들이 직접 경제홍보에 나서라는 것이었다. 정부가 그만큼 대국민 경제홍보에 힘을 쏟은 것이다. 장관들의 회견, 혹은 간담회는 활발했다. 정부의 주요 계획을 비교적 소상하게 알려줬다. 경제 기자들은 활기를 찾았다.

경제 기자 출신의 창업주는 그런 상황변화를 재빨리 감지해 적응하려고 했다. 아니 선도하려고 했다. 자신이 그런 소임을 선도적으로 다하겠다는 뜻을 세웠던 것으로 보인다. 그는 신문 발행 초기, 전체 사원 회의(교육강좌) 때마다 강조하고 다짐했다. 그러나 '한국 경제의 자립과 번영의 길잡이가 되겠다'라는 거창한 꿈과 현실의 거리는 너무도 멀었다. 창업주는 손발이 문제였다. 그의 생각을 실천할 인력을 충분히 확보하지 못한 것이다.

경제 기사를 이런 구별로 본다면, 경제 기사는 사건보다는 분석적인 경우가 많다. 사건 뉴스보다 정보가 많다는 의미다. 경제문제는 단위 사건보다는 현상적인 것이 많고, 그 현상은 복합적이기 때문이다. '사회정보', '정치정보'라는 말은 어색해도 '경제정보'는 거부감 없이 많이 쓰인다. 경제정보는 '새로운 소식(사건)'이 아닐 수도 있다. 물론 경제 기사도 공장건설, 화재, 인사 등과 같은 사건도 많으나 연속적인 경제 현상에 함축된 의미를 보도하는 경우가 더 많다. 경제 사건도 거기서 파생되는 연관효과를 추적하는 정보의 보도가 뒤따른다. 경제문제 보도는 경제 사건보다 경제정보의 가치가 큰 경우가 많다.

매경의 정보개념 도입은 빠른 편이었다. 1970년 창간기념일에 '제2 창간'을 다짐하면서 '신문은 정보산업'임을 명확히 선언하고 있다. "신문은 오늘날 컴퓨터와 함께 정보시대의 주역을 담당하고 있다는 사실이다. 여러 매스미디어는 매일 '정보'라는 상품을 양산하고 독자들은 이를 대량 소비하고 있다"라고 설명했다.

"작전을 백업할 정보, 예측과 판단을 도울 각종 정보의 처리 속에서 자칫하면 '정보의 폭발' 우려도 있다. 경제정보는 양산과 동시에 소비자의 욕구를 충족시키게끔 좀 더 가다듬어지고 참신한 포장으로 마케팅이 되어야 하겠다"고 의식하고 있었다. 좀 현학적(衒學的)이지만, "그 속에서 자칫 정체할 수도 있는 '고식(姑息)'을 경계, '고식의 우(愚)'를 범하지 않도록 다짐"하기도 했다.

매경은 창간 4주년 기념특집으로 독자 여론조사를 시행했는데 '보다 많은 경제정보'를 원한다는 응답이 제일 많았다. 독자들 사이에서도 경제정보가 분명한 자리를 잡아가고 있었다. 창업주는 "뉴스의 사회적인 성질을 보도 주체의 보도 가치판단과 그것을 수용하는 대중의 가치판단 사이의 차이와 관계에 따라 규정지어진다고 하겠다. 즉 대중과 보도 주체 쌍방이 각각 그 전제가 되는 관습·질서에 대하여 비판적으로 대처하는 과정이 뉴스를 매개로 한 사회 인식에 있어서 공명(共鳴)의 관계 영역을 지니게 하는 중요한 요소가 되는 것이다."라고 정의했다.

창업주가 뉴스보다 정보를 중시한 것은 사시에서도 나타난다. 사시 첫머리의 '신의 성실(信義 誠實)한 보도'는 '새로운 것', 곧 뉴스보다는 정보를 중시하는 데서 나온 것이다. '새로운 것'은 신속성이 있어야 한다. 뉴스는 시간이 지나면 자연히 소멸하는 한시간성(限時間性) 때문에 항상 남보다 빠르고 앞서야 하는 것이다. 종래의 뉴스 중심의 신문들이 '신속 정확한 뉴스'를 기치로 속보 경쟁을 했던 것과는 대조적이다. '정보'는 한시간성을 뛰어넘는다. 어제의 정보가 내일에도 정보일 수 있는 것이다. 정보는 '신속'보다는 그 함축하는 의미가 중요하다. 그런 정보(가공)는 '성실'한 과정을 거쳐야 하고 내용은 풍부해야 한다. 또 믿을 수 있어야 한다. 그것을 정보의 속성으로 본 것이다.

그래서 창업주는 사시에서 '신속한 보도'보다는 '신의 성실한 보도'를 택한 것이다. 그는 그 정보의 속성을 일찍부터 꿰뚫어 보고 있었다. 매경 창간 5돌을 맞으며 독자들에게 드리는 인사말에서 "한낱 기업이기 전에 정보산업으로서 그리고 보다 고급화된 상품으로서의 신문을 여러분에게 약속드립니다"라고 말했다. 신문의 성격을 정보로 명확히 규정하는 것이다.

그러나 정보의 가치판단과 전파는 그렇게 용이한 것이 아니다. 정보의 가치 곧 유용성은 이익 창출에 직접 관여하는 것을 비롯하여 개인의 호기심 충족, 만족감의 제공, 생활 편리 등 다양한 모습으로 나타난다. 그래서 과거에는 신문에 실리지 않던 많은 사상(事象)이 지면을 장식하고 있다.

창업주는 시대를 앞질러 정보를 상품화하려 했다. 그가 신문상품(뉴스·정보)의 유익성을 강조한 데서 잘 나타난다. 독자에게 도움이 되느냐가 판단기준이었다. 그 이익은 개인이나 특정 집단의 이익(私利)이 아니라 국가의 '번영', 민족 전체의 번영이 기준이었다. 그런 뜻을 밝히기 위해 창업주는 신문에 직접 '번영에의 길'이라는 글도 썼다.

그가 염두에 두고 있는 정보 부문은 기업이었다. 기업은 그 자신이 정보 소스도 되고, 정보수요자도 된다. 그는 특히 기업을 정보수요자로서 보는 측면이 많았다. 정보제공의 역할로서 매경은 기업에 '기업 하는 사람들의 사전'이 되게 하려는 것이었다.

매경은 자연 단순 경제사건 기사보다 분석·종합기사, 문제 제기 기사가 많았다. 그는 일반독자에게 유익한 정보와 기업에 유익한 정보는 구분해서 보았다. 일반시민을 위한 정보로서는 '가계 생활의 벗'이 되기를 원했다. 경제신문이 담는 내용이 '정보'라는 뜻을 한마디로 함축한 것이다.

그 하나의 예가 정부예산 분석이었다. 창업주의 아이디어였다. 기업 독자에게 도움이 되는 기사, 도움을 주는 기사를 크게 다루도록 강조한 예의 하나로 기본 데이터(정부예산)에서 정보를 가공해 낸 것이다.

1971년 12월. 정부예산이 국회를 통과하자 그는 정부 각 부처의 예산서를 두 부씩 얻어오도록 했다. 그 가운데 정부(관급) 공사, 물품구매의 입찰 정보는 건축업자, 납품업자들에게 필수적인 정보다. 그런데 그 정보가 각 부처에 산재해 정부 전체의 공사, 납품에 관한 정보를 일목요연하게 찾아볼 수 있는 자료(정보)가 없었다. 필요한 사람이 각 부처의 것을 일일이 찾아보지 않으면 안 되었다. 그것은 쉬운 일이 아니었다.

창업주는 그들이 그런 정보를 손쉽게 얻을 수 있도록, 즉 편리하게 찾아보도록 재가공(재배열)해 줄 필요가 있다고 생각했다. 지금 생각하면 정보의 가공(데이터베이스)인데, 당시는 데이터베이스라는 말이 쓰이지 않을 때였다.

예산서는 관·항·목으로 편제되어 있다. 그는 정부 전 부처의 예산 중 같은 항목은 같은 항목끼리 모으는 작업을 시켰다. 각 부처의 같은 항목 예산을 한곳에 모으는 것이다. 건축이면 건축, 토목이면 토목, 구매 물품도 같은 항목끼리 모으는 것이다. 데이터의 가공이었다.

그렇게 하는 목적은 건축업자, 물품 납품업자에 '도움을 주는' 정보를 제공한다는 것이었다. 사무용품을 납품하는 업자면 어느 부처에서 얼마, 어느 부처에서 얼마를 구매한다는 계획을 한눈에 알게 한다는 얘기다. 곧 데이터베이스를 구축하는 것이다.

당시는 컴퓨터가 없어 모든 것을 수작업으로 처리했다. 기자들이 각 항목을 오려 같은 항목끼리 재조합하는 작업이다. 그래서 예산서를 두 권씩 얻어오게 한 것이다. 인쇄가 앞뒤로 되어 있으므로 앞뒷면이 따로 필요했던 것.

그 작업은 방대했다. 우선 많은 인원이 필요했다. 편집국 취재부서 기자 전원이 동원됐다. 그러나 목적한 대로 되지 않았다. 작업에 시간이 오래 걸렸다. 기자들은 일상 취재 활동을 마치고 특근 작업을 했다. 그렇게 정리한 자료를 신문 6페이지에 걸쳐 게재했다.

이것은 창업주의 정보 인식을 잘 엿보게 해주는 사례였다. 동시에 독자에의 봉사, '독자에 도움을 주는 신문'을 제작하기 위해 그가 얼마나 노심초사했는지 알 수 있다. 그는 기자 편에서 뉴스(정보)를 제공한다는 차원이 아니라, 독자(사업가) 편에 서서 필요한 정보를 찾아 가공(생산)해내려 한 것이다.

그는 체계적으로 배우지 않고도 데이터베이스의 개념을 스스로 체득한 것이다. 경제 현장의 정보 수요의식이 확고히 서 있는 데서 오는 것이었다.

그러나 그 정보는 그렇게 유용한 것 같지도 않았고(업자들은 독자적으로 그 정보를 얻고 있었다), 작업에 너무 많은 인력이 필요해 더 이상 계속하지 않았다. 다음해에는 그 작업을 하지 않았다.

정보가공의 또 하나 예는 기업의 결산 분석이다. 당시는 12월말 결산법인의 결산 주총이 끝나고도 우리나라 전체 기업들의 경영실적이 어떠했는지 즉시 알 수 없었다. 한국은행, 산업은행, 능률협회 등에서 분석해내지만 컴퓨터가 없던 당시로서는 그 분석에 많은 시간이 걸렸다. 한 6개월 이상 지난 다음에야 분석 결과가 나왔다. 너무 늦었다. 창업주의 생각이었다.

'그것을 우리가 즉시 해내자.'

당시 주식회사는 결산 주총이 끝나면 신문에 결산공고를 게재했다. 우리가 그것을 모아서 경영분석을 하자는 것이었다. 산업계의 경영추세를 신속하게 알리기 위함이었다.

처음 시작은 1972년. 자산을 기준으로 2억 원 이상의 12월말 결산법인 271사를 분석했다. 유동비율(流動比率), 고정비율(固定比率), 고정장기적합률(固定長期適合率), 부채비율(負債比率), 유동부채비율, 자기자본비율, 총자본이익률, 자기자본이익률 등 경경 상태를 알 수 있는 재무분석을 통해 12월말 결산법인의 결산공고 마감일이 끝나는 다음날(3월 2일) 매경에 게재했다. 정보가공에 의한 매경의 특종인 셈이다. 아니 특종을 만들어낸 것이다. 신문에 공고되는 대차대조표에는 매출액이 나오지 않기 때문에 매출액 관련 분석은 하지 못했다.

분석은 편집국 수습기자 전체가 동원되다시피 했다. 각 신문 광고란에 게재되는 결산공고를 하나하나 칼로 오려 업종별로 분류하고, 분석 용지에 필요항목을 옮겨 썼다.

그리고 다시 분석해 여러 가지 비율을 계산해냈다. 당시는 컴퓨터는 물론 전자계산기도 없었다. 주판을 가지고 수작업했다. 그래서 결산공고가 본격적으로 나올 때는 기자들이 매일 야근, 일요일에는 특근했다. 이 작업에 기자들을 동원하는 것은 자료 분석과 관리능력을 키워주기 위한 '교육 목적'도 있었다.

그러나 그들은 낮에 담당 영역에서 취재하고, 저녁이면 이 작업을 해야 했으므로 피곤한 일이었다. 그래도 불평하는 사람이 없었다. 그 결과가 어떻게 나오는가에 관심이 쏠려 있었다.

그 비율계산은 경제부 여직원(증권시세 담당)이 혼자 담당했다. 그 여직원은 증권시세를 받기 위해 특별히 채용된 고졸 출신의 직원이었다. 증권시세란, 처음에는 그 여직원이 이웃 증권회사 지점 시세 현황판에서 전장 마감(12시) 시세를 적어와 신문 증권시세란에 옮겨 싣는 것이었다. 오후에는 종가를 그렇게 했다. 그런 작업을 하루 두 번씩 한 것이다.

상장종목이 더 늘어나고부터, 다른 신문에도 증권 면이 신설되자 증권거래소가 기자실에 신문사별로 전용 전화를 놓아줘 기자 한 사람이 시세를 부르면 신문사 안에서 한 사람이 그것을 받아 적었다. 그 시세를 컴퓨터로 자동 수신한 것은 그 훨씬 후의 일이다. 매경은 그 전담 여사원을 채용한 것이다.

그 담당 여직원은 주판을 아주 잘 놓았다. 기자들이 각 결산법인의 항목 현황표를 작성하면 그 여직원이 혼자 그 비율을 계산해냈다.

이 작업은 처음부터 내가 실무 총괄을 맡았다. 그런데 한번은 겨울철에 그 여직원이 얼음판에서 넘어져 다리가 골절돼 입원했다. 그래서 기자들이 계산했는데, 저녁 늦게 나온 총괄표를 내가 상하좌우로 검산해보니 계산 비율이 맞지 않았다.

기자들은 피곤한 작업을 끝내고 막 손을 털고 퇴근 준비를 할 때였다. 나는 그들을 불러 세워 다시 작업하게 했다. 그 난감해하는 표정들이라니…. 그래도 그 작업은 그날 수정을 마치고 다음날 기사화했다.

다음해엔 254개 사를 분석해 3월 2일 자에 게재했다. 이 숫자는 점점 늘어나 1977년에는 3472개 사에 달했다. 이때는 공개법인뿐만 아니라 일반법인도 다수 포함했다. 우리나라 기업의 경영추세를 짐작해볼 수 있는 자료가 결산공고 마감과 동시에 나온 것이다.

해를 거듭하면서 분석 항목도 규모별, 업종별 등 여러 가지를 더 추가했다. 그 분석 기사는 첫날엔 개황을 1면 머리에 싣고, 분야별 내용을 시리즈로 해설했다. 이 내용은 한국은행이나 산업은행, 능률협회 등에서 훨씬 후에 나온 결과와 비교해 좀 차이가 났던 것으로 기억한다.

나는 이 작업을 몇 번 담당하는 과정에서 재무분석 외에 부수적으로 관심을 끌 만한 항목을 따로 추출해 별도 분석했다. 광고비, 채권, 토지 보유현황 등이었다. 가공정보 뉴스가 그만큼 많아진 것이다. 그 자료는 기사가 부족한 때에 잘 활용하곤 했다. 특히 증권면에서 유용했다.

창업주가 기존 신문의 틀에서 벗어나 정보신문을 지향하면서 벤치마킹 대상으로 삼은 신문은 일본경제신문이었다. 그는 그 신문을 모델로 삼았다. 경제가 발달한 일본에서 경제신문의 역할을 보았고, 우리도 그런 시대가 올 것이고, 그러면 그런 경제신문이 필요하다고 믿었다. 더 나아가 그런 시대를 앞당기는 데 일조하자는 것이었다.

일본경제신문은 1970년대 단순한 '경제신문'에서 '종합정보 매체'로 변신을 꾀했다. 그러면서 대대적인 IC 개편 작업도 병행했다. 마크도 새로 정했다. 창업주는 그 과정을 본 것이다. 이후 일본경제신문과 제휴의 인연을 맺으며 유대를 돈독하게 하고, 여러 가지 협력사업도 한다.

당시 일본경제신문은 종합지 두 곳과 기사 제휴 관계를 맺고 있었다. H일보는 일본경제신문의 서울 특파원에게 사무실을 제공하고 있었으며, J일보는 그 회장이 매년 일본경제신문사를 방문하여 유대를 공고히 하고 있었다.

그 틈새에서 창업주는 일본경제신문과의 유대를 공고히 하기 위해 다각적으로 노력했다. 인맥으로 구실을 만들어 수시 접촉했다. 그는 일본경제신문의 오노끼 준조(大軒純三) 사장에게 접근했다. 오노끼 사장은 외유내강형의 인물이었다. 창업주 개인으로는 술을 좋아하지 않지만, 그들과 어울려 노래 부르고 술도 마셨다. 창업주는 그와 친밀한 인연을 맺는 데 성공했다. 오노끼 사장은 한국에 오면 H일보나 J일보에 가기 전에 매경을 찾아줄 정도가 됐다.

그 인연으로 창업주는 ㄱ 일본경제신문과 제휴 관계를 맺는 데 성공했다. 형식적인 기사 제휴가 아니라 실질적인 제휴를 맺은 것이다. 하나는 매년 일본경제신문이 한국경제 특집을 하도록 하고, 그 자료를 매경이 제공하는 것이다. 이는 한국경제, 기업의 해외홍보 차원에서도 도움이 되는 일이었다. 정부도 각별한 관심을 가졌다. 기사 자료뿐만 아니라 그 특집에 게재되는 광고(한국기업)도 매경이 유치해줬다.

또 하나의 구체적인 사업은 한일(韓日) 광고인 세미나를 매경과 일본경제신문사가 번갈아 주최해 양국의 광고인들을 자국에 초청하여 세미나를 여는 것이었다. 광고인들끼리 서로의 관심사를 아는 데 도움이 되어 많은 호응이 있었다.

그런 노력 덕분으로 일본경제신문과의 협력관계는 잘 유지됐다. 일본경제신문과 다른 신문과의 제휴는 그대로 유지됐으나 매경과의 유대가 특히 돈독해졌다. 후에 안 사실이지만, 그들은 독점관계를 맺지 않는 원칙을 가지고 있었다.

매경은 훨씬 후에 일본경제신문과 NIKKEI TELECOM(온라인 기업정보 제공) 제휴를 추진하면서 알게 된바, 일본경제신문은 누구하고든 독점적 관계를 맺지 않는 것이 기본 방침이라고 했다.

NIKKEI TELECOM은 일본경제신문이 아시아 9개국의 기업정보를 취합해 PC통신을 통해 온라인으로 제공한다는 야심 찬 계획이었는데(인터넷이 나오기 전이었다), 한국기업은 매경을 통해 얻으려고 했다. 그 실무를 내가 맡았는데, 나는 그 정보의 국내 서비스를 매경이 맡는다는 조건으로 합의했다. NIKKEI TELECOM 제휴도 독점제휴가 아니었다. 형식적으로는 그래도 실질적으로는 독점관계를 지켜주기로 했다.

후에 일본경제신문과의 제휴 관계는 출판 등의 부문까지 확대됐다. 내가 출판업무를 담당하게 됐을 때, 매경에서 출간하는『회사연감』을 개편하기 위해 일본경제신문사에 가서 그들의 기업연감 제작과정을 견학하고 매경 회사연감의 자료 항목을 보충했다.

창업주가 정보에 치중한 것은 신문뿐만이 아니다. 주간지와 단행본 발간으로 입체화하는 것이다. 1978년에는 '정확 신속한 기업정보', '경영정보'를 제공한다는 명목의『매경 회사연감』을 발간했다. 일본경제신문에서 내던『기업연감』을 본뜬 것이다. '정보 수요가 복잡해져 가고, 기업 경쟁이 첨예화해 가는 상황에서는 기업정보가 기업생존의 첫째 조건'이라는 전제하에 상장사를 비롯하여 일반 법인기업, 재일 한국기업체, 주한 외국기업체의 주요 내용과 대차대조표, 결산 명세까지 상세히 수록했다.

그 자료수집에는 편집국의 전 기자가 동원됐다. 그 자료는 주총에서 얻는데 기자가 얻어와야 했다. 하루 수십여 개 사의 주총이 동시에 열려 그 자료를 얻기에 대단히 바빴다. 총무부서 사람들까지 동원했다.

이 사업은 연례 사업이 돼 처음엔 한 권으로 시작해 내가 담당했을 때는 3권으로 늘었다. 상장사가 대폭 늘어나고, 수록 항목도 늘렸기 때문이다. 5천여 페이지에 달하는 방대한 양의 기업정보였다.

내가 사업(출판)국장이 됐을 때, 앞에서 설명한 바와 같이, 일본 경제신문사의 『기업연감』 제작과정을 견학하고 재무분석 자료 등 편제를 보충했다.

또 1981년에는 『상품 대사전』을 냈다. 이것도 4만여 국내외상품이 수록된 방대한 정보다. 이 사전은 제작 과정이 대단히 어려웠다. 이 사전은 전임 국장 때 시작했는데 내가 완결했다. 처음엔 5년 주기로 개정판을 낸다는 목표였으나 1회로 끝나고 말았다. 더 이상 발간하지 못했다. 작업이 대단히 어려웠고, 수요가 적어 수익에도 도움이 되지 못했다. 그런 류의 상품정보가 필요한 것인가에 회의가 생긴 때문이다.

이 밖에도 기업에 도움이 되는 책자 발간을 시작했다. 『매경 통계 편람』 『신 경제용어사전』, 특히 일본의 세계적 경영 귀재 마쓰시타 고노스케(松下幸之助)의 경영철학 등은 경영자들이 필요로 하는 정보여서 기업에서 많이 찾았다.

마쓰시타 고노스케의 저서는 당시 K 경제부장이 일본으로 그를 직접 찾아가 인터뷰하고 판권을 얻어온 것이다. 한국 기자로서 마쓰시다 인터뷰는 그가 최초였다. 나는 그 밑의 경제부 차장일 때였는데, 그는 여러 경로를 통해 그와의 인터뷰에 성공했다. 그 인터뷰 내용은 '마쓰시타의 경영철학과 전략'이라는 제하로 10여 회에 걸쳐 연재했다.

후에 5권의 책으로 출판했는데 '실천경영철학(實踐經營哲學)', '인간을 생각한다', '경영명심록(經營銘心錄)', '사업 성공의 길', '인간 활용의 경영비결' 등이었다. 한국 기업인들도 그에 관심이 많았기 때문에 그의 책은 상당한 부수가 판매됐다. 큰 수익사업이 되었다. 당시에는 출판부서가 없어 그 출판을 내가 담당했다.

창업주는 경제도서 출판에 많은 열의를 보였으나 일부 도서는 기획만 했고, 결실을 보지 못한 것도 있다. 『상품 대사전』과 함께 '경제학 대사전', '경영학 대사전'의 발간도 추진했으나 결실을 보지 못한 것이다. 처음 이 3개의 사전은 매경 창간 10주년 기념사업으로 사고(社告)까지 냈으나 『상품 대사전』만 결실을 보았다.

『상품 대사전』을 발행하는 데도 많은 진통과 우여곡절을 겪었다. 다른 대작을 만들 만한 여력이 없었다. '경제학 대사전'과 '경영학 대사전'은 착수도 하지 못했다. 능력에 비해 의욕이 앞섰던 계획이었다.

그러나 출판사업은 기업인만을 대상으로 한 것이 아니다. 나는 「매경 문고」를 새로 시작했다. 일반인의 경제 상식을 넓혀준다는 목표로 4×6판 시리즈로 내기 시작했다. 창업주는 실무 부서의 안을 그대로 승인했다.

3) '고정 관념을 깨라'

매경 초기, 사원들은 창업주로부터 "고정관념을 깨라"는 말을 귀가 아프게 들었다. 그는 전체 사원 회의 때나 부문 회의 때면 꼭 그 말을 반복했다. 몇 번씩 강조해서 말해 귀에 못이 박힐 지경이었다. 말하자면 사원들의 의식개혁 작업이었다. 사원들에게 주입하고 싶은 그의 생각을 '반복 학습'을 통해 달성하려는 것이었다.

그 말은 그의 '신문혁신'을 한마디로 함축하는 말이었다. '정보'가 신문상품의 내용을 규정하는 말이라면, "고정관념을 깨라"는 말은 그 사람(기자)들의 머리를 개조하기 위한 것이었다. 한마디로 사고방식을 바꾸라는 주문이었다. 새로운 개념(정보)의 신문을 만들려면 우선 그 종사자의 의식부터 고쳐야 했다. 그가 깨고자 한 '고정관념'은 '가치관'이나 '뉴스 밸류' '정보의 기준' 같은 업무 관련뿐 아니라 전반적인 경제의식, 사고방식, 편견, 선입견, 가치관, 관행, 관습 등 광범위한 것이었다. 구체적으로는 기자사회에서 일반적으로 통하는 사고방식, 관습 같은 것이 포함됐다.

사회통념은 기존 가치나 질서 위에 형성된 것인데, 그중에는 잘못된 것이 많으니 그 생각을 바꾸라는 것이었다. 생각을 바꾸려면, 즉 고정관념을 깨려면 그 대안이 있어야 했다. 단순한 파괴로 끝나서는 의미가 없다. "고정관념을 깨라"는 말은 동시에 새로운 사고방식, 가치관을 요구했다.

그는 사원들에게 그것을 주입하기 위해 많이 노력했다. 우선 사원 회의를 많이 열었고, 회의하면 몇 시간씩이고 계속 훈시했다. 말이 참으로 많아졌다. 그것이 태생적인지 신념에서 나오는 것인지 알 수 없었지만, 말주변이 없거나 말하기를 싫어하면 그렇게 오랜 시간 계속 말할 수 없었을 것이다. 그것은 그의 신념에서 나오는 것이었다.

그렇게 긴 시간 말을 하다 보면 그 자신도 자기 말에 도취하는 듯했다. 흥분하기도 하고 희열에 젖는 듯도 했다. 그것은 자기 확신, 체계가 잡힌 생각을 표현할 수 있다는 데 대한 기쁨 같은 것이었다. 그 열정이 전 사원에게 전달되도록 정성을 다하는 모습이었다.

그러나 때로는 사원들을 지치게도 했다. 너무 시간이 길었고, 직설적으로 표현했으며, 무엇보다도 그와 사원들의 생각에 거리가 있었다. 그럴수록 그는 그 자신의 생각과 사원들의 생각을 일치시키기 위해 열변을 토했다. 그것이 한두 번으로 가능한 일이 아니라는 사실을 알기 때문에 그는 반복해 강조했다.

사원들은 긴장하지 않으면 안 됐다. 때로는 불만의 표정이 지어지기도 했다. 반복되니까 기계적으로 듣기도 했다. 타성이 생긴 것이다. 그저 들어야 하는 시간쯤으로 생각하는 사원들도 없지 않았다.

'고정관념을 깨라'는 주문은 신문제작 담당 부서에만 해당하는 일이 아니었다. 어느 부문의 사람이나 어떤 일이든 적용되는 것이었다. 그 효과가 어느 정도였는지는 정확히 알 수 없다. 그러나 그가 생각하는 방향을 사원들에게 뚜렷이 전달하는 데는 일단 성공했다.

그는 고정관념을 비유해 설명했다. 그는 '사실'을 중시했다. 말하자면 실사구시 같은 것, 사실 보도의 바탕이 되는 것이다. 당시는 '팩트 체크' 같은 말은 쓰이지 않았지만, 관념적 구호보다 실질 문제로 다가갔다. 다음은 그가 강조한 예의 하나다.

"연중 뜨거운 폭양 아래서만 살아왔던 아열대 국가 국민이 겨울

철에 한국을 방문했다고 하자. 그 관광객은 김포공항에 내리자 마자 이질적인 추위에 아주 당황해할 것이다. 그는 이질적인 현실에 대한 적응력을 상실하고, 그가 대면하고 있는 새로운 환경에 대해 환멸까지 느끼는지도 모른다. 이유는 간단하다. 그는 자기가 살아온 아열대의 현실밖에 몰랐고, 그 토대 위에서의 지식만을 바탕으로 한 고정관념의 범주 안에서만 새로운 관광지대를 이해할 수밖에 없는 입장에 있었기 때문이다."('국가구성원의 정신' 1972. 1. 11)

그가 말하는 고정관념에서 벗어남은 단순히 어떤 편견이나 왜곡된 사고방식에서 벗어나자는 것뿐만 아니라, 사고(思考)의 지평을 넓히자는 폭넓은 것이었다. 단순한 과거 부정, 과거 비판이 아니라 새로 전개되는 상황에 대한 새로운 사실, 현상에 대한 바른 인식이었다. 기존 가치를 부정하고, 고정관념에서 벗어나는데 필요한 새로운 가치를 그는 새로 전개되는 사회에서도 찾으려고 했다.

"고정관념에 집착한 사람은 새로운 환경변화가 자기에게도 다가올 것이라는 것을 느끼지 못하기 때문에 휩쓸려오는 격류를 받아들이는 과정에서 항상 당황하고 두려워하며 이를 이겨내는 힘을 갖추지 못한다."('국가구성원의 정신')

'고정관념을 깨자'는 두 가지 측면으로 구체화했다. 하나는 크게 보는 측면으로 한국의 미래에 닥쳐올 변화를 미리 읽고 국가가 달라져야 할 방향을 강조하는 것이다. 우리가 처한 환경의 급변 속에서 살아남기 위해서는 기존의 고정관념을 과감히 벗어나야 한다는 것이다. 고정관념을 깨자는 구체적으로 사회통념이나 선입견, 편견을 깨자는 것이었다. 그 자체가 관념화되면 안 된다.

그런 혁신은 상황 인식에서 출발했다. 그는 경제 시대의 도래를 내다보고 있었다. 당시는 이미 사회가 무서운 속도로 달라져 가고 있었다. 그 속에서 그는 사회가 어떻게 달라질 것인가, 그에 적응하기 위해 어떻게 달라져야 할 것인가 미래를 감지하고 있었다. 정치, 경제, 사회 각 부문이 마찬가지다. 경제 하나만 따로 떼어서 생각할 수 없다. 앞으로 사회가 어떻게 변하고, 그 변하는 사회에서 무엇이 필요하게 될 것인가를 생각하고 있었다.

그래서 그는 경제 이외의 문제도 다루는 특집을 많이 했다. 특집은 여전히 그가 주도했다. 기자로서는 큰 안목을 갖춰야 했기 때문에 대단히 힘든 일이고, 그만큼 공부를 많이 해야 했다. 사원 회의는 길어질 수밖에 없었다.

그러나 큰 시대의 흐름은 전통적으로 정치이념 지향적이던 사회에서 벗어나 경제가 중심이 되는 사회, 곧 경제사회의 도래를 그는 예견한 것이다. 모든 국민이 경제를 알아야 하고, 기업은 더 많은 경제정보가 필요하게 될 것이다. 그는 당시의 경제 중시의 정책 방향인 '조국근대화' '경제건설', '공업입국', '수출입국' '제2경제' 등 개발이론을 옳게 보았고, 거기 동참해 객관적인 입장에서 무엇인가 역할을 하려는 목적이었다.

'고정관념을 깨자'는 좁은 의미로 신문사 안에서 뉴스 판단기준과 경영방식이 달라져야 한다는 것, 기존 언론에 비해 다른 길을 가려는 것이었다. 혁명적이라면 혁명적이었다. 뉴스 가치가 다르다는 것은 통상적 개념의 판에 박힌 신문이 아니라는 뜻이다. 그의 강연의 핵심은 구체적으로 기자들의 고정관념을 깨라는 함의를 담고 있었다. 그런 그의 생각을 불어넣기 위해 그가 기회 있을 때마다 수없이 반복해 이야기한 몇 가지를 들어본다.

하나는 편견을 버리라는 것이었다. 당시 기자들 사이에는 '조찡

(提灯; 타인의 선전이나 앞잡이로 이용되는 사람) '이라는 일본말이 쓰였는데, '잘했다'고 칭찬하는 기사를 쓰는 것을 뜻했다. 특히 기업을 칭찬하는 기사, 기업에 유리한 기사를 뜻했다. 특별한 인연이나 목적으로 기업에 관한 기사를 잘 써주는 것, 그래서 어떤 대가를 받은 것이 아니냐는 사시(斜視)로 보는 것이다. 기자 속성상 비판적인 근성 때문에 생긴 사고방식이었다.

그러나 그것은 편견이다. 잘하는 사람은 잘한다고, 잘못하는 사람은 잘못한다고 해야 한다. 그게 그냥 잘못한다는 지적에 그쳐서는 안 되고, 개선을 위한 그래서 결과적으로 그에게 도움이 되도록 하는 것이다.

그 편견은 사실 여부를 떠나는 것이다. 기업은 잘할 수도 있고, 잘못할 수도 있다. 그런 사시(斜視) 때문에 기업은 잘한 것이 있어도 잘했다고 써주지 않는 경향이 있었다. 기업에 대한 이런 사시는 기업과 일반 국민 사이에 반목과 갈등, 편견을 조성하는 원인이 되기도 했다. 일반인의 기업에 대한 적대감, 나아가 가진 자에 대한 질투를 부추기는 기사로 나타나기도 했다.

창업주는 또 반기업(反企業) 친기업(親企業)도 잘못된 '고정관념'으로 보았다. 언론은 기업의 사실(실체)을 사실대로 보도함으로써 그것을 극복함이 올바른 보도 자세로 보고 그렇게 하도록 촉구했다. 객관적 보도에 충실한 자세를 요구한 것이다. 호불호(好不好) 같은 주관적 감정을 벗어나 사실을 사실대로 바르게 인식한 전제 위에서 긍정 부정의 평가가 나와야 한다는 것이었다.

그리고 부정적인 면은 비난이 아니라 '알려준다', '충고한다'는 자세였다. 고정관념으로는 '비판'과 '비난'의 시각이지만 충고는 받아들이는 편에서 고마워했다. 신문은 기업으로부터 호감을 받았다.

창업주는 기업을 보는 시각이 달랐다. 기업인은 '탐욕의 화신'이라든가, 당시 유행하던 '매판자본' 등으로 기업을 도매금으로 매도하는 것은 잘못이라는 것. 기업은 새 시대를 열어가는 주역이고, 건설의 역군이다. 그런 의미에서 존중돼야 하며, 잘하는 기업은 잘한다 하고, 잘못하는 기업은 잘못한다고 해야 옳다고 보았다. 그는 일반적으로 빠지기 쉬운 '비판적', '부정적', '조소적', '냉소적'인 태도에서 벗어나기를 기자들에게 요구했다.

그러나 그게 쉬운 일은 아니다. 우선 사회통념에 맞서려면 용기가 필요하다. 기자들이 사회통념에 맞선다는 것은 쉬운 일이 아니었다. 특히 기자사회에서 수습기자들이 경험 많고 권위가 붙은 선배 기자들의 통념(그것이 선입견이나 편견이라고 해도)에서 벗어나고, 나아가 맞서려면 나름대로 확고한 신념과 큰 용기가 필요했다. 창업주는 수습기자들에 그 정신을 심어주려고 했다.

역으로 생각하면 수습기자들이기 때문에 가능한 일이기도 했다. 그들은 그런 사회통념에 물들지 않았기 때문이다. 단지 그런 통념에 물드는 것만 막아주는 일이 필요했다. 아마 그 때문에 창업주는 수습기자를 주역으로 신문을 만들려고 했던 것 같았다. 수습기자들은 동료들이나 선배로부터 희롱이나 야유를 듣는다고 해도 치지도외(置之度外)할 수 있어야 했다.

그러나 그게 쉽지는 않았다. 잘하는 기업 이야기를 썼는데 데스크 손에서 정반대로 수정하여 기사를 쓴 기자의 입장이 곤란해지기도 했다. 창업주의 그런 간곡한 부탁에도 데스크의 고정관념은 쉽게 고쳐지지 않았다.

그런데도 창업주는 그런 자세를 견지함으로써 '친기업'이라고 하기보다는 '기업가들이 사랑하는 신문', '기업이 필요로 하는 신문',

'투자가들이 좋아하는 신문'을 만들려고 했다. 그들이 좋아하게끔 하는 것은 그들의 편을 들어줘 호감 사는 것이 아니라 '기업인의 사전'이 될 만큼 사실적인 정보, 그들에게 도움 주는 정보를 풍부하게 제공하고, 일반 소비자들이 기업을 바로 평가하도록 사실적인 자료를 제공함으로써 비롯된다. 그 바탕에는 기업과 기업가의 역할을 존중하는 관점이 자리 잡고 있었다.

그것은 언론의 비판기능을 강조하고, '약한 자'나 '가지지 못한 자' 편에서 보아야 한다는 언론관과 거리가 있는 태도였다.

그는 기업과 신문의 공생관계를 도모함으로써 공존, 나아가 상부상조할 수 있게도 됐다. 그는 기업을 보는 눈이 달라서 기업을 대하는 태도도 달랐다. 특히 무에서 유를 창조해 가는 기업에 대한 이해와 격려, 지원 등이 있었다. 동병상련(同病相憐)에서였을까. 물론 그런 감정적 동인이 전부는 아니었다.

기업을 보는 시각이나 태도는 그의 기본적인 사회 인식과 인생철학의 관점에서 나오는 기업관이었다. 그는 위에서 설명한 바와 같이 인생이란 '상대에게서 선택받아야 한다'는 확고한 신념을 가지고 있었다.

기업인을 대하는 태도도 기업인들이 스스로 찾는 신문, 선택받는 신문을 만든다는 것이 경영 전략목표였다. 기업에 무엇인가 이익이 되는 것을 주고받는다. '내가 주는 것'이 먼저였다.

그런 태도를 보인 결과 그는 기업인들로부터 신뢰가 높아지기 시작했다.

그러나 사실의 바른 인식과 긍정적인 사고는 다른 면이 있을 수 있다. 기업의 역할을 긍정적으로 보는 것과 기업의 실상을 바로 보는 것은 차이가 있다. 재벌에 대해 비판하기 위한 비판, 사적 동기의 비판은 삼갔다. 비판은 명분이 뚜렷해야 했다. 속칭 '때리기' 위한 비판은 안 했다. 강한 정부도 비판했다. 기업이나 정부나 공정의 입장을 견지한 것이다.

예를 몇 가지 든다.

창간 다음해인 1967년 1월 19일 박정희 대통령의 연두교서를 사계 전문가들의 힘을 빌려 '연두교서 비판'이라는 제하의 과감한 비판을 시리즈로 연재했다. 당시는 군사정부 시절이었지만 최고 권위의 전문가들이 사심 없이 비판을 가했기 때문인지 정부도 반론을 제기하거나 압박을 가해오지 않았다. 그는 최고 권위의 전문가 기고를 받는 데 노력했다.

그는 신문사 사장의 역할로서 신문 제작에 두었다. 신문의 질로 경쟁한다는 경영철학에 따른 것이다. 그래서 특집은 거의 그의 머리에서 나오는 것이었다.

곧이어 '악덕 메이커를 고발한다'는 기업비판 기사를 42회에 걸쳐 연재했다. 기업의 여러 가지 바르지 못한 행태를 집중비판하는 내용이었다. 역시 사심 없이 가하는 비판과 충고였다. 그것도 기업이 더 성장 발전하기 위해 고치지 않으면 안 된다는 관점에서 충고하는 형식이었다. 이런 방향 설정은 편집국이 독자적으로 하는 것이 아니고, 창업주가 직접 설정하는 것이었다.

그 밖에 '구멍 뚫린 은행경영'을 비판하기도 했고, 삼성의 비료공장 밀수 자행 때는 '재벌 밀수의 유산'을 비판하기도 했다. 1969년 3월 24일 창간 3주년 기념일에는 '불균형'이라는 제목으로 사회 각 부문에서 심화하는 불균형을 고발하기도 했다. 1973년 창간기념호에는 '성장에 못 따르는 경제 의식'에 메스를 댔다.

이런 비판은 문제성을 지적하는 것이 주였고 특정 대상(특정인)의 옳고 그름에 대한 것이 아니었다. 그가 비판하고자 했던 것은 개별 대상보다는 전체적인 문제성이 많았다.

그는 비판을 삼가도록 한 것이 아니라 공정치 못한 비판을 못하도록 한 것이다. 기업뿐 아니라 모든 부문에서 편견에 바탕을 둔 비판, 무조건적 비판, 비판을 위해 비판하지 말도록 반복해 주의를 환기했다. 그것은 공정치 못한 기자정신(고정관념)을 경계한 것이기도 했다.

그러나 그의 흉중에서는 비판 정신에 고민하는 모습도 보였다. 그는 '친정부적'이라거나 비판 정신이 부족하지 않나 하는 조심스러운 지적을 받기도 했다. 한번은 기자들로부터 비판적인 기사를 늘리도록 건의받았는데, 그는 얼굴색이 변하며 평소와 다른 말을 했다.

"우리가 비판해서 사정이 달라진다면 그렇게 하겠다."

"동아나 조선만한 영향력이 있어도 그렇게 하겠다."

그는 힘에 눌리는 현실, 사세의 열세에 대해 복잡한 심사를 드러냈다. 분노 같기도 하고, 가슴앓이 같기도 하고, 그런 질문 자체에 대한 불쾌감 같은 복잡한 심기를 드러냈다. 몰라서 안 하는 것이 아닌데, 사원들이 그런 질문을 하는 데 짜증이 난 듯했다. 그리고는 그만이었다. 사원들도 그 퉁명스러운 대답에 더는 이야기를 꺼내지 않았다.

사실을 사실대로 쓰려면 그것을 그대로 인식해야 한다. 명경지수(明鏡止水)처럼 맑은 눈이 필요하다. '잘했다', '잘못했다'를 따지는 비판일수록 맑은 눈으로 정확한 인식의 바탕이 따라야 올바르게 평가할 수 있다. 사실 보도는 각 신문이 지향하는 바이지만, 그들의 고정관념(편견)으로 인해 사실의 인식과 평가(뉴스 밸류)는 제각각이었다. 당시 언론계는 모두 정론지(正論紙)를 지향해 춘추필법(春秋筆法)으로 불편부당(不偏不黨)의 시시비비(是是非非)를 가린다는 태도였지만 평가의 눈은 각기 달랐다.

해서 군사정부의 탄압을 받는 언론사도 나왔다. 대표적인 것이 D일보(D방송)의 광고 탄압사건이다. 군사정부이지만 직접적인 탄압을 가하지 않고, 간접적으로 기업에 그 신문 방송의 광고를 못 하게 했다. 소위 '광고 탄압'이었다. D일보(D방송)는 광고 없는 신문 방송이 된 것이다. 광고 수입이 70~80%를 차지하는 신문경영에서 그것은 치명적이었다.

그때 매경은 그 방송에 광고를 계속 냈다. 당시 그 방송에 광고를 낸 기업은 단 두 개였던 것으로 기억한다. 매경과 모 제약회사였다. 이들은 군사정부에 저항하는 것인가 해서 주목받았다. 광고효과도 클 것으로 추측됐다.

그러나 창업주는 그에 대해 설명하지 않았다. 군사정부에 대한 저항인지, 광고효과를 노린 것인지, 하던 광고니까 지속한 것인지…. 후에 "정부로부터 제재받지 않았습니까"라고 물어보았더니, 아무런 연락이 없었다고 했다.

매경은 '친정부'나 '반정부'의 기색은 띠지 않았다. 창업주는 종래의 태도를 견지했다. 있는 그대로의 사실을 보는 눈을 가지라는 것이었다. 그것은 사시(社是)의 정신을 지키는 것이었다.

사시의 첫 항에 '신의 성실한 보도'를 넣은 것은 그런 맥락이었다. 언론계는 '신속한 보도'로 치열한 경쟁을 벌이는데, 그는 다른 길을 갔다. '신의 성실한 보도'는 사실에 입각한 정확한 보도를 하라는 것이다. 오보를 경계한 것이다. 경제 기사는 특히 오보로 인한 폐해가 클 수 있다. 기업은 오보로 인해 망할 수도 있다. 실제로 그런 예도 발생했다.

"하루 늦어도 정확한 기사를 써라."

그는 그런 엄명을 내렸다. 그런 방침과 노력은 기업인들로부터 신뢰와 호감을 사는 요인이 되기도 했다. 그렇다고 개별 기업의 잘못을 지적하는 기사를 모두 막은 것은 아니다. 기업에 대한 그런 태도는 경제계와 정부로부터도 호감을 불러왔다.

예를 들면 다음과 같다.

남덕우 전 부총리겸 경제기획원장관(후에 국무총리)은 창업주를 '기업가와 투자가, 그러니까 모든 경제인이 좋아하는 신문'을 만든 '경제인이 좋아한 신문인'으로 기억하고 있다(『特勤記者』).

정주영 현대 회장은 "매년 새해에는 빠짐없이 각 기업의 윗분들에게, 한 해의 후의에 감사하고, 새해에도 많은 발전과 함께 지원을 바란다는 의미에서 꼭 세배를 다닌, 신문사 사장 중에서도 예의 바른 화제의 인물이었다"고 회고했다(『特勤記者』).

창업주는 기자들의 경제 인식이 달라지도록 하는 데 계속 주의를 게을리하지 않았다. 좁은 테두리 안에서 경제를 보는 것이 아니라 넓은 시야에서 경제를 보라는 것이었다. 경제의 범위도 좁은 의미의 순수경제가 아니라 넓은 의미의 생활경제를 뜻했다. 직접적인 경제활동뿐만 아니라 간접적으로 연관되는 문제도 취급 대상으로 삼았다.

경제문제는 아니지만, 그런 긍정적인 태도를 보이라는 간접적인 노력의 하나로 한때 매주 토요일에 '화제란'을 고정으로 두고 미담(美談) 가화(佳話)를 찾아 쓰도록 했다. 신문사 독자적으로 그것을 찾기란 쉬운 일이 아니었다. 당시 매경은 독자가 그렇게 많지 않고,

널리 알려진 신문도 아니었기 때문에 독자 제보도 거의 없었다. 대부분 기자가 찾아서 발굴해 써야 했다. 결국 의무적으로 게재하면서 상당 기간 지속했다.

그 란은 독자가 점점 많아졌다. 사람들이 남을 비판하는 것만이 아니라 긍정적이고 아름다운 이야기를 좋아한다는 사실도 알게 됐다. 선한 사람들이 많다는 증거였다. 그는 그런 선의의 독자를 중시한 것이다.

그는 보통 경제신문의 주제에 맞지 않는다고 생각하기 쉬운 무거운 주제를 다루기도 했다. '종교재단'의 내막을 시리즈로 파헤치기도 했고, '교육혁명'으로 우리 교육이 잘못된 점과 나아갈 길을 지적하기도 했다. 매경의 취재 능력으로는 대단히 어려운 일이었으나 장기 시리즈로 세세한 부문까지 다루었다.

지령 1천 호 기념 특집으로 '산하(山河)'(1969년 6월)를 연재하기도 했다. 전문가의 기고를 통해서였다.

훨씬 후에는 필자 불명의 '산업스파이'를 연재하기도 했다. 창업주가 직접 준비한 것이다. 부족한 취재 능력을 외부기고로 보충한 것이다.

창업주가 직접 쓰기도 했다. 경제 현상을 개별적으로 파악하는 것이 아니라 총체적으로 보고, 특히 현상 문제에 한하지 않고 원인의 원인을 살피는 심층 분석이었다.

그는 특히 철학적인 주제를 좋아했다. 예를 들면 '정상을 향하여'(1967. 신년호), '한국을 찾자'(1967. 8. 15), '근대화의 철학- 제2 경제를 심자'(1968. 신년호), '국민총화, 그 이(理)와 비리(非理)', '한국의 미래상'(1969. 3. 24. 창간 2주년 기념 특집), '민족중흥의 길'(1970. 신년호), '번영에의 길'(1970. 1. 15, 6회), '국가구성원의 정신'(1972. 1.

11. 8회) 등이다. 연륜이 적은 기자들이 소화하기에는 벅찬 주제들이었다.

그런데 그가 집필한 '국가구성원의 정신'의 6회째 글에 미스가 있었다. 독일 철학자 칸트와 헤겔을 인용했는데 그 관계를 뒤집어 놓은 것이다. 칸트(1724~1804)와 헤겔(1770~1831)의 관계는 사상적으로는 할아버지와 손자의 관계다. 그것을 뒤집어 칸트가 헤겔의 사상을 이어갔다는 내용으로 된 것이다.

나는 그 오류를 부장에게 말하고 창업주에게 전달토록 건의했다.

그러나 부장은 "사장이 한 일인데 그냥 넘어가자."라고 무시했다. 나는 다시 편집국장에게 가서 똑같은 이야기를 했다. 그의 대답도 부장과 같았다.

"사장이 쓴 것인데 그냥 넘어가자."

그러나 나는 '오보를 내지 않도록 하라'는 창업주의 정신에 비춰 그에게 알려드리는 것이 옳다고 생각했다. 나는 비서실로 가서 비서에게 틀린 내용을 메모한 쪽지를 창업주께 드리라고 했다. 그 비서는 입사시험 때 마감일을 넘긴 나의 이력서를 받아준 여직원이었다.

어떤 반응이 올까 두려웠는데, 그 시리즈가 끝나고 사장실로 나를 불렀다. 나는 긴장해서 들어갔는데, 그는 부드러운 얼굴이었다. 나는 우선 안심이 됐다.

그는 차를 주고 이야기를 시작했다. 글을 쓴 동기와 취지를 설명해주고, 독자에게서 온 편지를 보여주었다. 감명 깊게 보았다는 시골 독자의 글이었다. 독자 반응으로 그는 기분이 좋은 것 같았다. 그 기분을 상하게 해서 조금은 미안한 감이 있었는데, 그는 약간은 무안한 듯하면서도 틀린 사실을 솔직히 인정하고 기본 취지를 이해

해달라는 것이었다. 그리고 그 후 그는 글을 더는 쓰지 않았다. 혹시 나로 인한 것인가 싶어 송구스러웠다.

그런데 그 이후 나는 그의 방에 자주 불려 갔고, 일이 무척 많아졌다. 특히 특집을 많이 맡았다. 연재물의 주제는 연륜이 낮은 기자들이 소화하기에는 좀 벅찬 것이었다. 그래서 외부 전문가에게 의뢰하는 경우가 많았는데, 시간이 가면서 기자가 취급하는 경우가 점점 많아졌다. 기자들은 그런 대형의 무거운 주제를 담당함으로써 빨리 대기자로 성장하게 하려는 측면도 있는 것 같았다. 창업주는 그 때문에 좀 불만족스러운 점이 있어도 기자들에게 시키곤 했었던 것으로 보였다.

대형 주제나 특집에 집착한 것은 신문의 홍보 차원도 있었다. 매경이 국가적인 담론의 주제에 주력함으로써 오피니언 리더들에게 매경을 인식시킬 수 있으리라 계산한 것으로 짐작된다. 사건 보도보다 담론 치중은 매경의 인상을 바꿔놓기 시작했다. 권위지 인상을 풍겼고, 지성인들도 찾는 효과가 있었다.

창업주가 지적한 고쳐야 할 '고정관념' 중엔 일반 상식에 관한 것도 있었다. 예를 들면, 화염병을 던지는 수준이 아니라 자동차를 몰고 경찰에 돌진하여 진압경찰을 죽이는 행동은 단순 데모가 아니라 '폭동'이라고 해야 옳다고 했다. 질서와 규칙을 지키며 다른 사람에게 피해를 주지 않고 항의의 의사를 표시하는 것과 기물을 파괴하고 사람을 다치게 하는 과격한 공격이 어떻게 같을 수 있느냐, 그것이 어떻게 단순 데모냐는 것이다. 둘은 엄격히 구분해야 하고 신문에서도 그렇게 써야 한다고 했다. 일본 신문에서는 그렇게 하는데 우리는 그렇게 하지 않는다는 지적을 하기도 했다.

그러나 대중을 향해 잘못을 지적하기는 어렵다. 그 물결에 정면으로 맞선다는 것은 위험한 일이었다. 그것은 대단한 신념과 용기가 필요했다. 데모 군중이 화염병을 던지며 하는 극렬한 데모를 '폭동'이라고 표현하면 어떻게 될 것인가. 그런 위험을 무릅쓰고 데모를 '폭동'이라고 표현하려면 대단한 용기가 필요했을 것이다. 매경도 그렇게 하지는 않았다. 대신 데모를 크게 취급하지도 않았다.

또, 증권 관련 기사에서도 '폭등' 같은 극단적인 용어의 사용을 하지 못하도록 했다. 실제로 신문에서는 흔히 주가가 좀 오르면 '폭등', 좀 내리면 '폭락'이라고 했다. 그것은 관성(慣性)과 같은 것이었다. 기자들이 아무런 의식 없이 그렇게 표현하고 있었다. 창업주는 세세한 것까지 주문하지는 않았지만 과격한 용어 사용, 과장된 용어 사용을 시정토록 한 것이다.

그에 대한 예를 들어본다.

주가지수가 300선까지 올랐다가 200선으로 하락했다. 그러던 차에 하루 20포인트가 올랐을 경우 대부분 '주가 폭등'이라고 쓰는데 그것은 '폭등'이 아니라는 것이다. 하락했던 주가가 다소 '회복'했다고 해야 정확하다는 것이었다.

사실 '폭등' '폭락'이라고 하면 증시에 미치는 경향이 크다. 투자자들로서는 경계나 부화뇌동하게 하고, 당국으로서는 증시 개입('침체 증시 부양'이나 '과열 억제책' 등)을 검토해야 하는 것이다. 당국의 정책이 신문의 이런 표현 때문에 좌우되는 것이 아니지만 어느 정도 영향을 미치는 것은 사실이었다. 용어 세분화는 미국 신문의 영향도 있었다(당시 미국 신문을 구독하지는 않았다). 미국 언론은 주가 변동(시황)을 5개 등급으로 나눠 각기 표현하는 용어가 달랐다.

그렇게 하려면 사물을 보는 시야가 넓어야 했다. 주가의 경우 하루의 상승폭만 보면 '폭등'이지만 긴 기간으로 보면 '회복'인 것이다. 그는 경제 현상을 보는 시야를 넓히도록 요구한 것이다.

그가 파괴적인 데모를 '폭동'이라고 해야 한다거나 증시에서 '폭등'과 '폭락' 등의 극단적인 용어 사용을 싫어한 것은 과격·과장을 싫어한 탓도 있었지만, 사실의 정확한 인식과 표현을 요구하는 맥락이었다. 정확한 사실 인식으로 확실한 상황 전달을 요구한 것이다. 언론의 고질병적인 '자극적 표현'(센세이셔널리즘)을 경계하는 뜻이 담겨 있다. 특히 경제 기사는 그런 선동적인 표현을 쓰면 안 된다는 것이 그의 지론이었다.

그가 떠올리는 화두 중엔 '민족주의'도 있었다. 민족주의 자체의 배척이 아니라 역시 바른 민족주의란 무엇이냐 하는 것이었다. 민족주의가 무엇이라고 딱 집어 개념 규정을 한 것은 아니지만 민족주의가 미치는 영향. 특히 '민족·민족주의·민족지'의 오용에 대해 거부감을 가지고 있는 듯했다.

"도대체 민족주의란 무엇인가."

"민족지는 기사를 어떤 방향에서 다루어야 하는가."

한일수교 문제로 찬반 의견이 팽팽히 대립해 있던 때, 그는 사원 전체회의에서 이런 질문을 던졌다. 그는 어떤 대답을 주지는 않았다. 그가 질문을 던짐으로써 기자들이 스스로 생각해 보도록 촉구한 것이다. 기자들이 그 용어의 의미를 잘못 쓰고 있음을 지적하는 것이기도 했다. 당시 일부 언론사가 '민족지' '민족신문'을 표방하는 데 대한 거부감이기도 했다. 그들이 '민족지'를 표방하려면 그들 신문의 논조나 제작 방향이 달라야 한다는 것이었다. '민족지'다운 신문을 제작하는 것이 아니면서 '민족지'를 표방한다는 지적이기도 했다.

"민족주의가 극단으로 가면 이념을 초월해야 할 것이다."

그런 말도 했다. 민주주의나 자유주의보다 민족이 앞서게 된다는 것이었다.

그는 한일수교에 대한 의견을 이런 반문법으로 표시하곤 했다. 당시의 느낌으로는 쇼비니즘적 애국주의를 경계하는 말이었다. 맹목적 민족주의 역시 편향된 사고로 본 것이다. 그는 보편적 가치를 중시했다. 지금으로 말하면 세계화, 국제화, 보편타당한 사고를 강조한 것이다. 후에 그는 세계화·국제화를 지향하는 특집을 자주 했다.

그런 생각에는 세계를 향해 뻗어나가야 할 기업이 근저에 깔린 것이다. 기업이 헤쳐가야 할 그런 원대한 도정에서 오도된 민족주의가 걸림돌이 되면 안 된다는 경고였다. 민족이 이념보다 앞서는 것이냐는 질문은 그 자체로 끝났는데, 사원들에게 '생각하라'는 암시였다. 그 자신도 '민족주의'에 관해 어떤 명확한 개념 규정을 한 것은 아니었다.

'고정관념을 깨자'로 인해 때로는 기존 사고에 젖은 이들에게는 엉뚱해 보이는 특집도 했다. 그 하나가 '노는 날이 너무 많다'는 내용의 창간 1주년 기념특집이었다. '토요 휴무제' 실시를 눈앞에 둔 현대그룹은 말할 것도 없고, 당시에도 일을 더 하자는 주장은 공감받기 어려웠다. '근면'이 우리의 상표처럼 돼 있지만 마음으로는 보다 '편하게', 보다 '적게' 일하자는 것이 보통 직장인의 희망이다. 그가 그것을 모를 리 없었지만 그대로 강행했다. 당시의 건설 논리, 개발 논리에 공감했기 때문이었을 것이다. 그가 옳다고 생각하는 것이면 주변의 비평이나 비난, 사시(斜視) 등은 괘념치 않는다는 태도였다.

그 문제의 특집을 내가 맡았다. 그 정당성의 근거를 찾는 데 상당한 애를 먹었다. 자료수집에도 어려움이 많았다. 어렵게 두 페이지 통단의 특집을 하고 기자실에 갔을 때 돌아온 반응은 "저기 일 더 하자는 사람 왔다"라는 왕따형 농담이었다.

'고정관념을 깨자'는 생각은 이 밖에도 곳곳에 나타났다. 특집을 할 때면 그는 새로운 제목을 찾기에 골몰했다. 무엇인가 창의적인, 남이 사용하지 않는 말을 도출해내려고 무진 애를 썼다. 좋은 생각이 떠오르지 않으면 고심하고 또 고심했다. 일본인들이 그런 재치를 잘 보이기 때문에 일본 책도 많이 구해 보았다. 그때 편집국에서는 좋은 아이디어가 별로 나오지 않았다.

그는 매경의 편집에 불만이 있었다. 그런 창의적인 제목이 나오지 않는다는 것이었다. 멋진 제목은커녕 기사의 핵심을 일목요연하게 표현하지도 못한다는 것이었다. 편집은 대개 기사 속의 말을 따다가 옮기는 수준이었다.

"편집은 창조다."

그러나 그는 그렇게 강조하곤 했는데, 매경엔 경제 기사 편집을 전문으로 한 편집자가 적었다. 그런 편집기자를 많이 확보하지 못한 것이다. 원천적으로 기사도 일반 독자들이 알기 쉽게 작성하지 못해 일반 편집자들이 그 기사를 이해하고 간결한 경제 기사 제목을 뽑기가 어려웠다. 기사 속에 표현된 용어를 거두절미하고 따서 옮기다 보면 오히려 내용과 정반대되는 제목이 나오기도 했다. 부정하는 글, 부정의 부정을 의미하는 글 중 앞뒤를 자르고 한 문장만 차용(借用)하면 의미가 본뜻과 정반대로 되기 때문이다.

그와 관련해서 창업주는 경쟁지 S신문의 J기자를 탐냈다. 그와 함께 근무해 봤는데 그만큼 기사 제목을 잘 뽑는 편집기자가 없다는 것이었다. 기사 전체를 읽고 그 뜻을 함축적으로 나타내는 제목,

그것은 제2의 창조였다. 그는 그것을 원했다.

　전두환 정권이 언론사를 통폐합할 때 S신문은 모(母)신문에 통합됐다. 창업주는 소원대로 J기자를 스카우트했다. 하지만 J는 창업주 사후 고위직에 올랐다가 퇴사했다.

　사원의 고정관념을 깨는 두 방법 중 다른 하나는 산지식을 넣어주는 공부였다. 그는 사원교육에 많은 시간과 노력을 기울였다. 사원교육뿐 아니라 그 자신도 부족한 부분은 계속 공부했다. 그의 영어 공부는 유명했다(뒤에 설명).

　그가 매주 토요일마다 주재하는 사원 전체회의는 사원교육이 목적이었다. 그가 사원교육을 직접 담당하겠다는 태도였다. 그가 생각하는 방향으로 사원을 이끌고, 사원들이 그의 생각에 공감하도록 만들려면 그렇게 하지 않을 수 없었다. 다른 사람은 할 수 없는 업무였다.

　그러나 사원의 의식 전환이 쉽지 않았다. 그는 반복해 사원회의를 꾸준히 열었다. '토요회의'는 창간 초기에 시작해 사옥을 옮기고도 상당 기간 지속됐다. 회의라기보다 훈시이며 강의였다. 그 회의는 다양하게 진행됐다. 훈시, 지침, 전략, 방침 해설을 세세히 하고 질타도 했다. 사원 담금질이었다. 그가 사원들에게 하고 싶은 이야기는 참 많았다.

　거기서 사원을 표창하기도 하고, 특정인을 불러 세워놓고 질문을 퍼붓기도 했다. 그것은 도입 부문일 뿐 본론은 그의 강론이다. 몇 시간씩 걸리는 것이다. 그 훈시는 클라이맥스가 있다. 핵심 부분에 이르러서는 격앙되기도 하고, 흥분하기도 한다. 사원들은 자극받을 때가 있고, 참담하게 느껴질 때도 있다. 특히 그가 극도(極度)의 발언을 할 때는 머리를 맞은 것처럼 무거워지기도 했다. 토요일 오후가 그렇게 다 가는 것이다.

때로는 도를 넘기는 때도 있었다. 사원 명예를 심히 손상하는 것이다. 한번은, 급여가 적어 사원들은 사원들대로 표현은 안 해도 속으로 불만이었는데, 역으로 사원들이 일은 제대로 못 하면서 월급만 받는다는 아주 심한 표현을 했다. 사원들이 그의 방향에 못 따라오는 데 대한 불만이 폭발한 것이다. 흥분한 나머지 해서는 안 되는 말이 나가기도 했다.

그러나 전체적인 분위기는 '정진기교(敎)'라는 말이 나올 정도로 분위기를 한 방향으로 모아가는 데 성공하고 있었다. 어떤 내용은 회의 때마다 반복해 이야기했다. 사원들 뇌리에 박혔다. 그 대표적인 것이 '은행나무' 비유였다.

한 국문학 교수가 산책길에 보니 은행나무가 껍질이 벗겨져 있고 잎이 시들기 시작했다. 그는 은행나무가 죽지 않을까 안쓰러워 거적을 대고 흙을 바르고 동여매 주었다. 그랬더니 그 은행나무는 소생은커녕 더 시들어 말라 죽어가고 있었다.

그가 식물학 교수를 찾아 물어보았더니, "은행나무는 공기를 막아주면 시들어 죽는다. 은행나무는 그대로 놓아둬도 자생력이 있어 저절로 낫는다"라고 말했다. 결국 그가 그 교수의 말을 좇아 '거적을 풀어주었더니 그 은행나무는 다시 살아났다'는 이야기다.

선무당 사람 잡는다고 섣부른 지식이나 애정이 사태를 그르칠 수 있다는 경계였다. 사실을 제대로 알고 기사를 쓰라는 훈계였다. 잘못 알고 처방을 내리면 오히려 남을 도와준다고 한 것이 해가 될 수도 있다는 사실을 강조한 것이다. 경제 기사는 그렇게 전문적인 식견이 필요하다고 공부할 것을 강조하고 또 강조했다.

사원교육은 말로 독려하는 데 그치지 않았다. 그는 1기 수습기자부터 6기까지 입사할 때 『경제학원론』(趙淳)과 『경영학원론』(鄭守永)을 한 권씩 사주었다. 스스로 공부하라는 지시였다. 경제원리를 알고, 경제공식을 알고 경제 기사를 쓰라는 것이었다.

또한 기자들에게는 경제 용어 해설을 매일 써내도록 하기도 했다. 취재기자들은 일방 취재, 일방 공부가 상당 기간 지속했다.

결국 '고정관념을 깨라'는 요구는 '깨달음'을 요구하는 것이었다.

"정확히 알라. 그것은 과학이고, 지식이다."

"공부하라."

그의 교육열은 안에서뿐 아니라 밖으로도 널리 알려졌던 것 같다. 광고회사 코래드 김명하 사장은 창업주 추모집에서 '광고인에게 광고를 가르친 신문인'이라고 회상했다(『特勤記者』).

'경제원리에 충실해야 한다'는 주장은 매경 창립 취지문에도 나와 있다.

4) 사시(社是)와 사훈(社訓)의 전신

창업주는 신문사를 설립하기 전 매경의 창간 취지를 밝힌 글에서 '매일 태양은 동쪽에서 떠서 서쪽으로 지는 것 같이', '2에 3을 더하면 5가 되는 수학 공식처럼' 경제에도 부동의 원칙, 공리(公理)가 있음을 강조하고 있다. 그는 그것을 '자유주의 경제'로 보았다. 그것이 '영국의 산업혁명, 미국의 부강, 독일과 일본의 경제 재건을 이루는 바탕'으로 본 것이다.

"우리도 거기에 입각해 '조국근대화'를 이루고, 부강한 국가를 이

루는 것이다. 신문이 지향하는 목표점도 자연히 '자유주의 경제'
이다."

그는 목표와 방향 설정을 그렇게 명료하게 했다. 거기서 출발한
것이다.

국가적으로 그 실현에 이바지함을 그의 사명으로 삼았고, 소명으
로 느꼈다. '정부는 국민경제가 균형적으로 발전할 수 있도록 정책
을 수립하고', '국회는 경제적 후진성을 탈피하는 정책을 비배(肥培)
관리하여 모순만을 시정 수행하게 하고', '국민은 국가시책을 정당
하게 받아들이도록' 하는 데서 그의 역할을 찾은 것이다.

그는 신문 창간 전 수습기자 모집 광고에서도 '조국의 근대화와
국가 부강을 목표 삼아' 창간한다는 것을 분명히 밝히고 있다.

그러나 경제정의(經濟正義) 등의 개념은 거론하지 않았다. 그의
창간사에는 '경제정의'나 '경제 자유'의 개념은 물론 시장경제라는
말은 쓰지도 않았다. 전통적으로 언론의 사명을 밝힐 때 으레 나오
는 사회정의(社會正義), 춘추필법(春秋筆法), 불편부당(不偏不黨), 파
사현정(破邪顯正), 정론(正論), 목탁(木鐸) 같은 주제도 그의 어록엔
들어 있지 않았다.

자칫 우리의 고질병인 공리공론(空理空論)에 빠지기보다는 실질
정보 제공에 중점을 두겠다는 뚜렷한 방향 설정이었다. 그가 지향
하는 바가 기존 신문과 다르다는, 기존의 언론 틀과 언론 뉴스의 가
치관에서 벗어나겠다는 무언의 메시지였다.

그는 비판기능의 바탕이 되는 보편적 가치와 기능은 받아들이되
그의 특수성을 강조했다. 그는 결코 정론의 비중을 가벼이 생각한
것이 아니다. 다른 때에는 "언론기관이 정론을 본령으로 할 때 비로
소 존재가치가 인정됨은 하나의 공리다. 언론이 제4부일 수 있는 것

도 정론이기 때문이지 그 광보성(廣報性)이나 여론 형성 기능에서 연유하는 것은 아니다. 때문에 불편부당(不偏不黨)해야 하고, 사리를 철저히 배격해야 한다. 공익이 우선이어야 하고, 중립을 표방해야 한다."고 사원회의에서 자주 역설했다.

"신문은 공기(公器)다. 그 기능을 다 할 때 제4부의 자격이 있다. 사회의 각종 적폐, 경제 모순, 정치적 격동을 이용해 그에 편승한다면 그것은 이미 신문이 아니다."

그가 신문개혁의 두 번째 주제로 삼은 것은 우리나라 언론계에 대한 비판이었다. 그는 역설했다.

"우리나라 신문처럼 이율배반적인 신문은 없을 것이다. 사회가 불공평하다느니, 그래선 안 된다느니, 잘못돼 가고 있다고 보도한다. 그러나 며칠 후 그 신문 사설에는 지금까지의 정책은 계속돼야 한다고 쓴다. 어떤 때는 농촌과 도시의 발전이 불균형이라고 써 놓고는, 얼마 안 있으면 현 정책은 계속돼야 한다고 주장한다. 이쯤 되면 정부는 과연 무엇을 어떻게 해야 하며, 언론은 그 사명을 다했다고 할 수 있겠는가."

창업주는 그런 상황에서 언론이 나아가야 할 길은 "긍정과 부정을 바로 가릴 줄 아는 신문이다"라고 방향을 정했다. 그 긍정과 부정의 판단기준이 무엇인가가 문제였다. 그는 '보편타당'한 것을 추구했는데 그것은 '우리에게 이로운 것' 위에 서 있었다. 그에게 있어 '우리'라고 하는 것은 국가 전체다.

그가 제일의 적으로 중시한 것은 '국가의 이익'이다. 곧 부를 축적해 가는 과정에서 '이해(利害)의 조화'이다. 사시(社是)의 두 번째 '부의 균형화 실현'에서 나오는 것이다. 사시의 두 번째이지만 이념으로서는 첫 번째다.

그가 사시를 정할 때 생각한 배경은 그의 전기『매일경제여, 영원하라』에 다음과 같이 설명되고 있다.

"한국경제의 자립과 번영은 우리 세대에 주어진 역사적 사명이다. 그러나 지금 우리는 의식의 방황 속에서, 자아의 상실 속에서, 그리고 가난을 숙명으로 아는 체념과 자학 속에서 아직도 헤어나지 못하고 있다…. 이렇듯 밤길을 걸어온 역사, 그리고 슬픈 유산의 상속을 깨뜨리기 위해 그 무엇보다 시급하고 절실한 것은 이론과 현실의 괴리를 극복하고 새로운 경제 의식을 불어넣는 일이다."

그는 거기서 사명감을 찾았고, 여기서 사시가 나왔다. 사시에 대한 그의 믿음, 곧 그 자신의 생각에 대한 확신은 철저했다. '천지개벽이 되지 않는 한 이를 잘 지켜나간다면 매경이 이 땅에 지상낙원을 이루는데 기여할 수 있을 것'으로 믿었다.

사시에 대한 확신은 그의 이념에 대한 자신(自信)이었다. 사시를 강조하는 것은 신문의 성격을 뚜렷이 하기 위한 것이다. 그의 정체성을 밝힘과 동시에 다른 신문과의 차별성을 가지려고 노력했다. 그는 사시의 정신을 자신의 신문이 추구해갈 공기(公器)로서의 구체적인 역할로 설정했다.

창업주는 창업이념이 구체적으로 지면에 나타나도록 사시로 4가지를 정했다.

'신의 성실한 보도(信義誠實 報道)'
'부의 균형화 실현(富均衡化 實現)'
'기업육성의 지침(企業育成 指針)'
'기술개발의 선봉(技術開發 先鋒)'

그가 재직하고 있던 기간은 물론 그 후에도 상당 기간 이 사시를 신문 제호 밑에 돋보이게 게재했다. 그 후 이 사시가 지면에서 사라졌는데, 세로쓰기를 가로쓰기로 바꾸면서부터였던 것 같다. 이 사시의 실종이 시대 상황의 변화에 따른 매경의 방향 전환인지는 확실치 않다. 비공식적으로는 사시가 살아 있다고 하는데, 왜 표시하지는 않는지 알 수 없다. 창업주와 고락을 함께했던 창간사원으로서는 서운한 감이 있다.

여러 신문사가 사시를 두고 있다. 동아일보는 가로 쓰기를 하는 지금도 제호 옆에 사시를 게재하고 있다. 그들의 사시는 창간 이후 변하지 않은 것이다. 신문사의 법통이나 전통, 정통성을 확보하려는 노력의 표현, 선언일 것이다. 어쩌면 그것이 동아일보가 숱한 고난과 시련을 겪으면서도 지킬 수 있었던 원동력일지도 모른다.

'민족의 표현기관으로 자임함'

'민주주의를 지지함'

'문화주의를 제창함'.

그들의 사시다.

중앙일보도 '중앙일보의 길'이라는 명칭으로 제호 옆에 표시하고 있다.

'사람을 받든다'

'사회를 밝힌다'

'세계로 향한다'

'미래를 펼친다'.

다른 신문의 사시에 비해 매경의 사시는 구체적이다. 구체적이어서 실현할 수 있는 것이다. 지면에 반영하기가 쉽다. 실제로 지면에 반영하려고 부단한 노력을 했다.

사시 4가지 중 첫 번째는 신문 제작에 임하는 자세에 관한 것이다. '신의 성실한 보도'는 지금 언론계가 겪는 혼란을 생각하면 선견지명이라고 하지 않을 수 없다. '신속한 보도' 대신 '신의 성실'을 택한 것은 언론계가 거짓의 함정에 빠질 수 있는 소지를 미리 경계함이다. '신의 성실한 보도'는 다른 말로 하면 사실과 진실 보도이다.

언론인들이 아니 언론기관들이 '신속한 보도'를 추구해 과당 경쟁하다가 오보를 내는 경우가 많다. 반면 요즘은 의도적인 오보, 가짜 뉴스(Fake News)를 양산함으로써 신뢰를 잃는 일이 얼마나 많은가. 센세이셔널리즘에 빠지기도 하고….

지금 언론계가 독자로부터 불신을 사고, 개혁 대상으로 몰리는 원인 중의 하나는 바로 '신속한 보도' 경쟁에서 연유하는 것이 아닌가. 신속한 보도가 뉴스의 속성이고, 또 독자에 대한 봉사 차원에서도 필요한 것이 틀림없지만 그 부작용이 큰 것도 사실이다. 신문의 '신속한 보도'는 전파매체에 뒤져 경쟁력을 잃었지만, 신속한 보도의 관성은 멈추지 않고 있다.

창업주는 그런 신속한 보도보다는 '신의 성실'로 정확한 사실 보도를 택한 것이다.

문제는 이론 기사, 의견 기사다. 사실 보도는 사실에 접근하면 살릴 수 있지만, 의견 기사에서 '신의 성실'은 무엇인가. 창업주는 뚜렷하게 말한 바가 없지만, 경제에는 공리(公理)가 있다는 그의 지론에서 유추할 수 있을 것이다. '경제 공리를 따르라.'

신문 기사에 대한 신뢰는 정확성에서 온다. 그는 신속한 보도 경쟁으로 무수히 나오는 오보를 보고 있었다. 그것이 신문에 대한 신뢰를 떨어트리는 것도 통찰하고 있었다. 독자의 신뢰는 정확한 사실 보도에서 온다.

'신속'과 '정확'은 어긋날 때가 많다. 둘을 모두 갖추면 금상첨화겠지만, 실제로는 어려운 경우가 많다. 이때 어느 것을 택할 것이냐는 중요한 문제이다. 정치 사회 국제문제 등의 보도는 신속성이 생명일 것이다. 그러나 경제정보에 있어서는 신속성보다 정확성이 요구된다. 잘못 분석한 정보는 이미 정보가 아니다. 정확하지 않으면 정보의 가치가 없음은 물론 흉기도 될 수 있다. '신의 성실'이 강조되는 소이(所以)다.

그는 지령 100호 특집에서 '오보 정정 11건'이라는 반성 기사를 게재하고, 이후 아예 '정정란'을 고정으로 두었다. 틀린 기사는 스스로 자진 신고하게 한 것이다. 그 대신 처벌은 하지 않았다. '신의 성실한 보도'라는 사시를 지키기 위해 그가 얼마나 열심이었나를 나타내는 반증이다.

기자는 흔히 취재 대상으로부터 불가근불가원(不可近不可遠)으로 치부되기 쉽다. 좋게 보면 경이원지(敬而遠之)이다. 그러나 일정한 간격을 두는 것이다.

창업주는 그들과 보다 가까워지기를 바랐다. 그 바탕은 신뢰의 믿음이었다. 믿음을 얻으면 보다 가까워질 수 있다는 것, 비판해도 사심 없이 하면 반발을 사지 않는다는 것이었다. 그는 '신의 성실한 보도'를 신문 제작에 임하는 자세로 강조했다. "경영과 자본 면에서 타력에 지배되지 않고 있음을 마음 든든하게 생각하며, 제작에 있어서는 독립성을 견지하되 편견을 배척하여 신의 성실한 보도에 충실할 것을 다짐"하는 것이다. 타력이란 다른 자본주가 없음을 뜻했다. 그 자신이 자본주이고 전적인 책임을 진다는 말이었다.

나머지 3개 사시는 신문이 지향하는 이념이고 목표다. 그가 지향한 이념(사시)을 풀어보면 ①자립과 번영의 첫 단계로서 자유경제를 주창하며, 그 기본으로서 부(富)의 균형화를 실현한다, ②기업육성을 위해 총력을 경주한다, ③산업기술 개발의 선봉적 역할을 한다는 것이다.

그는 신문제작 방향을 사시의 구현에 맞추려고 부단히 노력했다. 그에 맞춘 여러 가지 특집을 하고, 고정란도 두었다. 사시의 구현에 대한 그의 믿음을 지면에 천명하기도 했다. 지령 100호를 기념해 게재한 '사시로 현실을 투망(投網)한다'는 특집에 잘 나타나 있다. 신문 초기에 방향을 확실히 하기 위해 자기 자신에게 다짐하는 것이기도 했다.

창간 다음해인 1967년에는 사시의 구현을 위한 4대 캠페인을 시작했다. '소비자 보호', '중소기업육성', '노사협조', '저축 절약' 등이다. 이 캠페인은 그해에만 전개한 것이 아니라 이후 연례 사업화했다.

'부의 균형화 실현'을 위해서는 '소비자보호운동'과 노사협조를 강조했고, '기업육성의 지침'을 위해서는 특히 중소기업육성에 초점을 맞추었다. 처음부터 신경을 많이 쓴 분야는 소비자 보호이다. 사시 중 '부의 균형화' 측면이다. 첫해부터 사내(편집국 외)에 소비자 보호 부서를 만들고, 소비자단체와 유대를 맺고, 국제기구와 연결을 짓고, 소비자의 날을 제정하고, 봉황(鳳凰) 대상을 만들고, 후에는 생활대학을 설치하고, 사내에 특별 부서를 두고 전문가를 초빙하는 등 창간 첫해엔 온통 소비자 보호에 중점을 뒀다. '부의 균형화 실현'에 치중하여 다른 사시는 그늘에 가려지는 듯하기까지 했다.

그렇다고 그가 소비자 편에 선 것은 아니다. 기업에 대한 이해와 지원을 한 축으로 하지만, 다른 축으로는 소비자 보호의 기치를 듦으로써 둘의 균형을 맞추고 조화시키려고 한 것이다.

소비자 문제도 타력에 의한 보호보다는 소비자 자신의 자각에 의한 소비자 주권의 회복을 강조했다. 당시 정부(상공부)도 '소비자 보호'를 시정방침의 하나로 설정해서 추진했다. 그러다 보니 소비자 보호 캠페인을 여러 기관에서 들고나왔다. 정부가 '소비자 보호'라고 하는 것은 당연했지만, 심지어 가해자 편이라고 할 수 있는 기업들도 소비자 보호를 들고나왔다.

어쨌거나 기업은 정부 방침에 따라 소비자 보호 부서를 만들고, 소비자 불만을 받아 해결하기도 했다. 엄밀히 생각하면 '병 주고 약 주고'이다. 난센스다. 소비자와 기업(생산자)을 대등한 관계로 놓고 보면 제삼자가 담당하는 것이 좋을 것이다. 그들은 '소비자 보호'가 아니라 '소비자 고충 처리'라고 해야 옳을 것이었다. 그래도 소비자를 그만큼 의식함은 좋은 일이었다.

창업주는 구체적인 소비자 보호 사업으로 '봉황대상' 시상을 추진했다. 소비자가 뽑는 우수상품을 선정해 표창하는 사업인데, 다음해에 중단했다. 악용될 소지를 발견한 것이다. 특정 기업에서 투표를 인위적으로 조작할 가능성을 본 것이다. 오히려 시상사업을 활발히 하는 데 도움이 되어 눈을 딱 감고 넘어갈 수도 있었으나 그는 단호했다. 대부분 사업은 전사적으로 추진돼 편집국 기자들도 참여 협조해 그 내용을 잘 알았다.

필동 새 사옥으로 이전한 후에도 그의 꿈은 끝없이 커졌다. 창업주는 창간 11주년인 1977년 창간기념일에 사옥을 소공동에서 필동 1가로 옮겼다. 지상 11층, 지하 2층의 현대식 빌딩이었다. 그는 적수공권(赤手空拳)으로 시작해 10여 년 만에 현대식 빌딩을 짓는 장족의 발전을 이룩한 것이다. 그가 경영 귀재로 불리는 기제가 된 것이다.

그는 새 사옥을 지을 때 대단히 흐뭇해했다. 1기생 몇 사람을 데리고 다른 신문사 사옥을 둘러보고 "우리는 어떻게 하면 좋을까"라고 물어봤다. 이미 설계는 돼 있는데 우리에게 자랑하고 싶었던 것 같았다. 초라한 사무실 문제가 해결되자, 그는 더 큰 꿈을 펼쳐 보였다.

"이 신사옥 가지고는 부족하다, 이 옆에 똑같은 건물 한 동을 더 지어 독자들의 교육센터로 활용하겠다."

독자든 아니든 누구든지, 어느 때든 와서 책과 신문을 보며 자유롭게 토론할 수 있는 일종의 시민문화센터를 만들겠다는 구상이었다. 당시 매경은 '생활대학'을 개설해 주부들을 위한 교육을 시행하고 있을 때였다. 그것을 그렇게 발전시키고 싶었던 게다. 현재 많은 신문사가 문화센터를 운영하는 것과 같은 구상을 일찍 한 것이다.

그 구상은 제휴지 일본경제신문이 경제연구센터를 두고 활발한 대외협력 창구로 활용하는 것을 본뜬 듯싶다. 일본경제신문은 경제연구센터에서 매일 세미나, 연구발표회, XX 모임 등으로 외부와 활발하게 접촉하고 있었다.

세 번째 사시 '기업육성의 지침'은 '소지자 보호'와 상대적인 개념이다. 그는 '소비자 보호'와 '기업육성'이라는 두 개념으로 기업과 소비자의 균형을 맞춘다는 자세를 보였다. 물론 기업을 보는 것이 꼭 소비자와의 상대개념만은 아니다. 우선 기업과 기업인을 바로 보아야 한다는 것이 그의 지론이었다. 기업과 기업인의 역할과 공로를 긍정적으로 봐야 한다는 것이다.

기업은 발전해야 한다는 전제였다. 그는 기업에 무엇인가 도움(정보)을 주고 함께 발전한다는 생각을 나타낸 것이다. 그가 강조하는 말은 "언론기관은 어떤 경우라도, 설사 사회가 묵인한다 해도 기생하는 존재가 되어서는 안 된다. 자립적이어야 하고, 창의적이며, 사명을 먼저 알아야 한다"는 것이었다.

그가 신문을 경영하는 기본 입장은 '기생하는 신문', 심한 경우 '남을 못살게 하는 신문'에서 '도와주는 신문'으로 만든다는 것. 그는 매경을 창간하기 전, 더 거슬러 올라가 S경제신문 기자가 되기 이전에 사업 실패로 여러 가지 풍파를 겪었다. 그때 무명 주간지 기자를 잠시 하면서 사이비 언론의 횡포와 비리에 대해 속속들이 알게 됐던 것 같다.

'기업육성의 지침'을 위해서는 특별한 캠페인 같은 일은 하지 않았다. 일상 제작에 반영하는 것이다. 후에 좌담회를 많이 열었는데, 그때는 정부 당국자와 전문가(교수), 소비자 투자자 등 시민과 기업인을 꼭 참여시켰다. 찬반의 토론이 아니라 상대와의 소통을 도모한 것이다.

내가 사회부장이 되면서 노사협조 시리즈를 100회 기획해 추진했는데 긴급조치 발동으로 80회에서 끝냈다. 그 인연 때문일까. 다음 정권에서는 부처별로 자문위원회를 많이 만들었는데, 나는 노동부로부터 임금정책 자문위원으로 위촉됐다. 언론계에선 두 명이었다. D일보 K 논설위원과 함께….

마지막으로 '기술개발의 선봉'은 경시되기 쉬운 기술의 기능과 역할을 강조한 것이다. 당시 사회 전반적으로 기술의 중요성은 인정하면서도 기술과 기술자를 무시하는 경향이었다. 참여하지도 않았다. 과학기술자는 소외되고, 또 부족했다. 학생들은 과학기술계로 나아가는 것에 상대적으로 인기가 적었다.

과학기술자의 수요처인 기업인 중에는 기술 인력을 양성하기보다는 '기술자는 돈을 주고 사 오면 된다'는 안이한 생각을 하고 있었다.

사회 전반적으로 양지를 지향하고, 이익만 추구하며, 결과에 집착했다. '기술개발'은 빛이 나지 않는 음지다. 그러나 산업의 기초가 되는 중요한 기초 부문이다.

경제개발을 추진하면서는 과학기술자에 대한 인식이 달라졌다. 경제개발이 소기의 목적을 달성하려면 과학기술 인력의 확보는 필수 불가결한 것이었다. 과학과 기술의 발전은 국가적인 주요 과제가 됐다.

근본적으로 우리 산업이 낙후되고, 나아가 국가발전이 이룩되지 못한 것은 바로 기술 낙후에 원인이 있다. 창업주는 과학기술자에 대한 인식을 새롭게 하고, 과학기술자들에게 희망과 용기를 주려고 한 것이다. 그런 정신은 신문업계에서 남보다 앞서 과학기술 면을 두고, 생활과학부를 설치하는 가시적 조치로 나타났다. 종합지에는 과학전문 기자가 있었으나 과학기술을 매일 다루는 전담 면을 두지 않았다. 매경의 과학기술 면은 순수과학보다는 응용 기술에 중점을 두었다.

사시가 신문의 이념이라면 신문경영 전략은 매년 사훈(社訓)으로 나타났다. 그는 매년 사훈을 정하고(2년 연속 사용하는 때도 있었다) 새해 시무식에서 전 사원에게 그것을 풀이해주었다. 그해 전략적으로 사원들이 추진해 나아갈 방향을 제시한 셈이다. 시무식 때뿐 아니고 기회가 있을 때마다 강조했다. 그 사훈 풀이는 몇 시간씩 이어졌다. '토요회의'와 같은 것이었다.

그 사훈은 그 시대 상황 속에서 매경이 그해에 나아갈 방향을 제시하는 것이다. 그는 상황 인식에 남다른 감각이 있었다. 거기서 그해 경영전략이 나오는 것이다. 편집은 물론 특집 방향도 거기서 나왔다.

그가 매년 정한 사훈은 다음과 같다.

1968년, 70년대의 준비

1969년, 미결은 없다

1970년, 제2의 창간

1971년, 적자생존

1972년, 인간 기본의 확립

1973년, 인간혁명의 선구자

1974년, 조직의 연대의식

1975년, 인재가 중요하다

1976~77년, 제3의 창간

1978~79년, 80년대의 준비

1980년, 최선을 다한다

1981년, 무엇을 어떻게 할 것인가

사훈은 매경의 경영지표였을 뿐 아니라 그것이 곧 국가적 과제라고 생각하기도 했다. 그것을 특집으로 실천했다. '제2의 창간'을 들고나왔던 1970년에는 '약진, 대망의 70년', '내일을 위해 살자', '민족중흥의 길'을 신년호 특집으로 냈다.

'적자생존'을 내걸었던 1971년에는 창간기념 특집으로 '적자(適

者)만이 생존할 수 있다'는 특집을 냈다. 신문사의 운명이나 국가의 운명이나 비슷한 상황에 있는 것으로 본 것이다. '인간 기본의 확립'(1972년), '인간혁명의 선구자'(1973년)를 제시했던 때에는 대대적인 여론조사로 '여론 변천 25년'(1972. 3. 24. 창간기념호), '성장에 못 따르는 경제 의식'(1973. 3. 24. 창간기념호)을 분석해냈다.

1978년과 1979년 두 해는 '80년대의 준비'라는 똑같은 사훈을 정했다. 1978년 신년호에는 역시 국가적인 과제를 풀어보는 특집을 했다. '신산업시대의 전개와 조건'을 특집으로 엮었다. 1979년에는 '정치·경제 의식의 국제화'와 '불확실성 시대의 한국적 상황과 처방'을 제시했다.

이와 관련한 대부분의 큰 특집은 그가 직접 간여했다. 말하자면 특집의 총사령관인 셈이다. 그는 대외역할보다 안에서 신문을 제작하는 일에 그의 시간을 더 많이 할애했다.

그가 내건 사훈은 단순히 대내용이 아니다. 매경이 처한 문제이고 동시에 국가의 당면과제였다. 그는 국가의 진운과 매경의 진로가 비슷하다고 보는 것이다. 때로는 어떤 것이 매경의 과제이고, 어떤 것이 국가의 과제인지 아리송하기도 했다. 그것은 당시 정부의 경제개발, 나아가 국가발전의 설계와 매경의 미래를 동일시하는 데서 나오는 것이었다. 그는 국가 운영의 입장에서 중요한 과제는 무엇이고, 해결책은 무엇인가를 생각하는 것이었다. 국가경제발전에 동참하고, 함께 고민하고, 같이 방법을 찾는다는 태도였다.

그것을 뚜렷하게 말로 표현한 것은 아니지만 특집을 지시하고, 기사를 보고, 제목을 다는 데서 그렇게 느껴졌다. 그는 국가의 미래를 보면서 그 속에서 매경의 위치를 찾았다. 그가 특집을 지휘할 때면 그런 감을 느낄 수 있었다. 물론 그가 편집국에 와서 특집을 지휘하지 않고 그의 방에서 했다. 나는 특집을 많이 맡아 그를 대면하는 시간이 많았다.

사훈에 관련된 특집은 우리가 처한 상황의 인식(진단)을 의식조사를 통해 분석해내는 방식이었다. 겉으로 나타나는 현상을 국민의 의식을 통해 파악하는 것이다. 당시는 여론조사 전문기관이 있기는 했으나 미미했고, 또 회사 재정 형편도 어려워 회사에서 직접 설문을 만들고, 표본을 추출하고, 설문지 배포·수집·분석 등까지 모두 회사에서 시행했다. 전문기관에 맡긴 것은 훨씬 후의 일이었다. 나는 그 일에 참 많이 동원됐는데, 그런 일은 거의 야근으로 처리했다.

그리고 그런 특집에선 전문가를 동원한 '미래 처방'을 곁들였다. 그는 항상 종합적이며 미래지향적으로 생각했다.

5) 신문도 기업이다

언론기업이 고민하는 문제 중의 하나는 보도의 공정성과 자사의 경영상태다. 언론기업의 수익성은 열악했다. 본질상 좋은 상품(신문)을 만들면 많은 신문이 팔리고, 부수가 많으면 광고 게재가 많아져 수익성도 높아지는 선순환구조가 아니다. 품격 높은 정론지가 권위로서 인정받지만, 경영에서 꼭 성공하는 것이 아니다. 일반 상품은 좋은 품질의 상품이 잘 팔려 경영에서 성공하나 언론은 꼭 그렇지만은 않다. 언론도 큰 틀에서는 선순환구조이지만, 부문적으로는 옐로 페퍼가 더 많이 팔리기도 한다. 광고가 기사와 관련되기도 한다.

또 하나 중요 변수는 독자의 뉴스 선호 성향이다. 정론지를 제일 많이 보는 구조는 아니다. 그래서 부작용도 많이 생겨 항상 사이비 문제가 뒤따른다.

창업주는 이 문제를 언론도 선순환한다고 믿어 원리대로 풀려고
했다. 문제는 '좋은 신문'이라는 데 있다. 무엇이 좋은 신문인가. '좋
은 신문'은 보는 사람에 따라 평가가 달라질 수 있다. 공산품처럼
규격이 있을 수 없다. 정보를 많이 제공하는 신문을 선호하는 독자
도 있고, 정론(正論)을 펴는 신문을 높이 평가하는 독자도 있다. 문
제의식이나 깊이 있는 해설을 게재하는 신문을 택하기도 한다. 신
문 상품은 품질기준이 하나가 아니다. '좋은 신문'의 평가는 각인각
색이다. 일부에서는 '좋은 신문'과 '많이 팔리는 신문'은 다르다는
가설이 나와 문제가 복잡해진다.

지금은 정론지(正論紙)보다 선정적인 정론지(政論紙)를 찾는 독자
들도 많다. 신문 판매 부수는 독자의 의식과 함수관계다. 그 우열은
독자의 취향, 기호, 지적 수준이 결정하게 되는데 확실한 우열이 나
는 것이 아니다. 물론 '권위지'로 평판이 나면 일정한 위상을 차지
한다. 거기에도 한계는 있다. 기사의 방향이나 여론 형성은 정치와
관련되기 때문이다. 여론 전달 기능은 더 위험하다. 권력과 직접 충
돌하기도 한다. 언론은 항상 권력과 긴장 관계에 놓인다. 그래서 언
론기관은 나름의 줄타기를 해야 한다.

이 문제는 쉽게 해결할 수 있는 문제가 아니다. 시장경제 원리에
서 보면 제일 많이 팔리는 신문이 제일 좋은 신문일 수 있다. 그러
나 우리는 흔히 신문의 기업성과 공공성은 충돌하는 것으로 인식하
고 있다. 공공성에 충실해 정론을 펴다 보면 기업성을 살리기 어렵
다는 사회 통념이 자리 잡고 있는 것도 사실이다. 속칭 '옳은 신문
이 제일 잘 팔리는 신문'은 아니라는 것이다. 오히려 반대진영의 집
요한 공격을 받기도 한다. 우리 독자들은 호불호, 네 편 내 편의 정

치 성향이 강하다.

외국에서도 권위지가 최고의 독자를 갖지는 못한다. 그래도 '권위지' 명성을 추구한다. '권위지'와 상대적인 개념은 '대중지'다. 이는 대단히 판정하기 어려운 문제지만 결국은 독자가 판단하고 결정한다. 지적 귀족이나 사회 상류층과 일반 서민 대중인가? 이런 구분은 각기 관심 사항이 다르다는 것을 전제로 한다. 문제는 누가 많은가에 있다.

그것은 판매와 직결된다. 순수 독자들은 정론지(正論紙)를 선호하지 어느 편에 치우쳐 있는 신문을 선택하지 않는다. 신문이 어느 한편의 입장에 서면 그 반대편의 독자는 잃게 마련이다. 그런데 이들은 편을 들면서도 정론지(政論紙)라고 당당하게 밝히지 않은 채 정론지(正論紙)라고 우기는 표리부동, 이중성, 왜곡, 위선을 보이기도 한다.

창업주는 이런 문제와는 초연한 입장이었다. 경제지는 그런 정치문제에는 초연·무관했고, 또 그는 경제 이외의 문제에까지 영역을 넓혀가는 견해였으나 정치 성향은 아니었다. 언론이 '옳은 신문 = 좋은 신문, 불의한 신문 = 나쁜 신문'으로 갈라보기에 빠지면 논쟁은 격화되나 해결은 어렵다. 그의 기준은 '유익한 신문 = 좋은 신문, 해로운 신문 = 나쁜 신문'이다. '유익한 신문'은 정보지(情報紙)라고 할 수 있다. 정론지가 시시비비를 가리는 데 비해 , '유익한 신문'은 개인과 기업이 두루 활용하면 이익을 주는 신문이다.

경제신문은 이 점에서 더욱 자유로울 수 있다. 정론(正論)보다는 정보가 큰 비중을 차지하기 때문이다. 경제문제도 경제정의의 문제가 있지만 그것은 이미 경제문제가 정치문제로 된 것이다. 경제지들은 그런 문제에는 큰 비중을 두지 않는다. '정보지'를 지향했던 매경은 더욱 그랬다. 궁극적으로 경제와 정치는 밀접하게 연관되어 있지만 창업주는 순수 정치문제에는 거리를 두고 경제와 연관되는 범위에서 제한적인 관심을 두는 수준에서 멈추었다. 조직도 정치경제부라고 했으며, 전담 기자도 두었다. 그러나 정치 관심은 소극적이었고, '유익한 정보'를 보다 많이 제공하는 것을 사명으로 삼았다.

신문경영과 관련해 중요한 문제는 수익구조이다. 기사를 이용해 이익을 확보하면 '사이비 신문'이 된다. 실제로 그런 신문들이 많았다. 창업주의 수익확보 방안은? 판매는 그렇게 급증하지 않았다. 직영체제로 무가지를 배포하지 않는 고지식한 판매 방법을 유지해 로스는 최소한으로 줄여 탄탄한 기반을 구축해 갔지만, 판매 부수는 많이 증가하지 않았다. 판매 방법, 홍보 수단은 다양하게 마련했다. 홍보지도 불특정 다수에게 무작위로 뿌리지 않고 핀셋 배포했다. 신문에 기고한 교수와 좌담회에 참석한 교수의 강의 시간에 맞춰 학생들에게 신문을 배포하거나 세미나장, 특히 후원하는 곳에 해당 기사가 난 신문을 현장에서 배포했다. 당장에 효과는 없지만 먼 장래를 보고 투자한 것이다.

광고도 기본 방침은 유익한 정보 제공으로 친화력을 높이고, 매경이 그들의 홍보 수단이 되도록 한다는 것이었지만 당시는 광고 물량이 그렇게 많지 않았다. 신문 전면광고가 하나둘 나오기 시작했다. 그 유치는 대단히 어려웠다. 광고부만으로는 어려워 전사적인 협력 방안이 강구되곤 했다. 나는 신문 제작 외의 경영 관련 회의에도 자주 참석하여 회사의 전반적인 경영도 다소 알게 됐다.

광고단가는 판매 부수에 비례하는데, 판매 부수가 적으니까 광고 유치도 어렵고 단가도 약했다. 창업주는 그런 상황에서도 원칙을 지키려고 애썼다.

순수언론이라고 해도 편집과 영업을 일도양단(一刀兩斷)으로 명쾌하게 가를 수는 없다. 신문 편에서 의도하는 것이 아니라, 기업 편에서 광고라는 막강한 힘으로 영향력을 발휘할 수도 있다. 기업으로부터의 자유와 정부 권력으로부터의 자유는 서로 비견될 정도로 막강한 것이다. 의도됐건 아니건 다소간 애매한 협력관계가 필요했다.

문제는 그런 가운데 신문을 제작하는 태도가 얼마나 의연한지에 달려 있다. 그런 고민을 하는가, 이익만 생각하는가가 그 언론기관의 태도를 잴 수 있는 자(尺)라고 할 수 있다.

언론경영이 나쁘면 회사건 기자건 부패하기 쉽다. 정부도 오랫동안 그 문제를 인식하고 있었다. 군사정부는 다른 산업과 마찬가지로 언론산업도 육성책을 논의하기도 했다. 한편으론 채찍(언론사 통폐합)으로 많은 기자가 직장을 잃었다. 그렇다고 그들이 언론계를 떠난 것은 아니다. 대부분 기자는 기자로 남았다. 더러는 음지의 반(反) 세력이 되기도 했다.

한편 남아 있는 언론인에게는 당근을 내밀었다. 언론인 중에서 정부의 대변인으로 발탁해 가기도 하고, 세제 혜택도 주었다. 기자에게 갑근세를 면제해준 것이다. 명분은 소득보장책이었지만 당나귀 당근이었다. 같은 언론사 직원인데 기자는 갑근세가 면제되고, 일반직과 영업직에는 갑근세를 부과하는 얄팍한 조치가 취해진 것이다.

어느 날 K 편집국장이 나에게 거두절미하고 물었다. 부국장 때였다.

"대변인 갈래?"

개별적으로도 아니고 편집국 안에서였다. 무슨 뜻인지 몰라 쳐다보았다. 그게 어떤 기회인지 알 수 없었다. 그는 발이 넓으니까 어느 부처에서 대변인을 추천해달라는 개인적인 기회를 얻은 것인지, 정부의 오퍼인지는 생각하지 못했다.

"어느 부처인데요?"

그의 대답은 간결했다. 밑도 끝도 없었다.

"대답만 해."

답답했으나 그는 대답하지 않았다. 무슨 기회가 생긴 것인가, 추측이 되지 않았다.

"다른 사람 보내시지요."

나는 사실 공무원이 탐탁지 않았다. 더군다나 대변인이라니? 부탁할 일이 얼마나 많을 것인가. 사는 태도를 백팔십도 바꾸어야 한다.

"다른 사람은 안 돼."

그러면 무슨 지명 차출이라도 왔다는 것인가. 그게 나인가? 그럴 곳이 없는데. 나는 도대체 짐작되는 것이 없었다. 궁금투성이였으나 그뿐이었다. 며칠 후에 보니 각 신문사에서 한 사람씩 정부 각 부처의 대변인으로 발령이 났다. 매경은 빠졌다.

그런 가운데서 당시 창업주는 '신문경영의 귀재'로 불린다는 소문이 퍼졌다. 경제계 어느 유력인사가 그렇게 말했다는 소문이었다. 아마 열악한 조건을 잘 타개하면서 선발 신문을 앞질러 나가는 것을 보고 그렇게 불렀던 것 같다. 매경은 외형상으로도 창간 11년만에 엘리베이터도 없는 작은 빌딩에서 11층의 현대식 빌딩을 지어옮기니 큰 발전으로 보였을 것이다. 그것은 대단한 수익을 올렸다는 뜻이기도 했다.

그러나 종합지에 비해 여전히 열악한 조건이었다. 기자의 급여는 상대적으로 낮았고, 해외특파원도 두지 못했다. 정부는 경제지에 해외특파원을 허가하지도 않았다. 경제지는 청와대 출입도 허용되지 않았다. 대통령 연두교서의 80%는 경제문제였지만, 경제지 위상이 그랬다.

그러나 매경은 경제신문과의 비교에서는 막상막하가 아니라 확실히 앞서 나갔다. 열악한 조건의 후발 경제신문으로 선발 경제신문을 추월해 나간 것이다. 발군이었다. '신문사 경영에 성공적이다'라고 외부로부터 주목받기에 충분했다. 당시의 열악한 언론환경에서 대단한 일이었다.

창업주가 신문경영에 임하는 자세는 "신문도 기업이다"라는 것이었다. 그는 그렇게 떳떳하게 주장하고 나왔다. '신문도 기업이다'라는 명제는 '신문도 기업이어야 한다'는 뜻이다. 경영 면에서 자립해야 정론도 펼 수 있다는 것을 굳게 믿고, 사원들에게도 강조했다. '배고픈 기자가 정론을 펼 수 있겠는가', '회사 자립 없이 사회정의를 요구할 수 있겠는가'가 그의 지론이었다.

"일제 때 민족해방을 위한 신문에는 애국지사들이 돈을 대는 경우도 있었다. 그러나 이제는 기업성이 없으면 쓰러질 수밖에 없다. 그러므로 이제는 신문사도 하나의 기업으로서 수입을 정당하게 증대시키고, 그 증대된 수입에서 사원들의 후생을 향상시키는 독립적인 경영체제를 이룩해야 한다. 그래야만 시시비비를 정당하게 가릴 수 있다. 현대의 신문은 기업성이 없이는 경영능력을 상실하고 만다. 신문의 독립은 경영의 독립에서 나오는 것이다."(『매일경제여, 영원하라』)

그는 명쾌했다. 신문경영의 철학을 확실하게 정립했고, 그것을 사원들에게 주입하려 되풀이해 말하고, 기회 있을 때마다 강조했다.

그는 광고에도 원칙을 두었다. 효과가 없을 광고는 사절한 것이다(성냥광고 예. 후술). 그는 창업 초기부터 수지 균형을 도모해야 했지만, 처음부터 수지 균형이 이룩된 것은 아니다.

그는 신문 발행 7년 반이 지났을 때 사원들에게 회사의 수지 상황을 전격 공개했다.

"그동안의 결손 총액은 2억 8천만 원이나 된다. 한달 평균 400만원 정도다. 창간 당시엔 인원이 적고 지불 비용도 낮아 실제 결손 폭은 크지 않았다. 결손은 1970~72년 3년간 부쩍 늘었다. 기하급수적인 결손이다. 작년 한 달간 평균 650만원의 결손을 낸 것이다. 그러나 올해엔 결손은 없을 것 같다."

문제는 그 수익성을 어떤 방법으로 확립하느냐에 있다. 일반기업으로서의 기업성과 언론기업으로서의 특수성을 어떻게 조화시켜나가느냐 하는 과제를 해결하는 데 운용의 묘를 살려야 했다. 창업주로서는 그것을 위해 여러 가지 비상 전략이 필요했다.

우선 사원들을 다목적으로 활용했다. 소자본과 적은 인원, 그리고 취약한 조직으로 많은 일을 하려니 전 사원을 풀로 투입하지 않으면 안 됐다. 조직분할, 업무 분담이 아니라 일을 전사적·전인적으로 추진해야 하는 것이다. 상대적으로 사원 각자는 전천후사원이 되어야 했다.

일부 업무에서는 기자와 영업사원의 구별이 없었다. 특집도 그렇고, 캠페인도 그렇고, 신문 확장, 결산공고 유치, 회사연감 판매…등. 모든 일들이 전사적으로 추진됐다. 신문 확장을 예로 들면 매년 초 전 사원에게 '신문 확장 카드'를 쿠폰처럼 만들어서 나눠줬다.

그는 공개적으로 말했다.

"전 사원들의 완전 세일즈맨화가 매경을 살리는 길이다."

기자에게도 똑같이 신문보급에 참여토록 했다. 문제는 부작용이 나기 쉬운 기자의 영업 지원에 선을 긋는 것. 그것은 현실적으로 대단히 어려웠다. 그러나 부작용 없이 그는 그것을 진행했다. 거기에 그의 기술이 있었다.

그것을 위해 우선 정보의 집합이 필요했다. 그는 편집국 기자든 광고나 판매사원이든 일지를 매일 제출토록 했다. 그리고 그가 그것을 직접 다 읽었다. 같은 정보라도 읽는 사람에 따라 그 가치가 다를 수 있다. 어떤 사람에게 유용한 정보가 다른 사람에겐 무용지물일 수 있다. 그는 그런 것을 놓치고 싶지 않았다. 다른 사람들이 간과해버리기 쉬운 정보에서 그는 금맥을 캐는 것이다. 현장의 정보, 간부사원을 통해 걸러지고 걸러진 정보를 얻는 것이 아니라, 그가 직접 현장의 생생한 정보에 접함으로써 경영에 활용할 수 있는 유익한 정보를 발굴해내려고 한 것이다.

실제로 그것으로 업무지시를 내리기도 했다. 나는 그런 지시를 여러 번 받았다. 그것은 상호정보 교환이었다. 영업사원 일지에서 취재 정보를 얻고, 기자들의 일보에서 영업에 도움이 되는 정보를 얻게 한 것이다. 그것은 정보 활용 감각이 뛰어나서 가능한 일이었다. 영업사원의 정보에서 특종감 기사 정보를 얻을 수도 있다. 일보를 직접 교환해 보게도 하고, 정보를 발췌해 전달하게도 했다. 나는 편집국 총괄부장으로서 그 일도 담당했다. 그는 정보 제공 사업자로서 그 자신도 정보 활용의 귀재였던 셈이다.

창업주가 무엇보다 중요시한 것은 압력성을 배제한 것이다. 매경뿐 아니라 당시 신문사들은 신문보급 확장 운동을 자주 벌였는데,

기관에 따라서는 그런 때 자발적으로 협조해주기도 했다. 그러다가 캠페인 기간이 끝나면 추가 구독 부수는 구독을 중단하는 것이다.

창업주는 편집국 기자들이 신문보급을 하도록 했으나 성적 우수자는 표창했어도 실적 부진자를 압박하지는 않았다. 인사에서도 불리한 대우를 받았다고 생각지 않는다. 나는 그런 실적이 부진했지만, 그 때문에 인사상 불이익을 당했다고 생각할 만한 아무런 근거가 없었다.

그는 실천적인 아이디어도 많이 냈다. 그리고 신문사의 수입 증대는 무엇보다도 평소에 기업을 이해하는 자세가 큰 효과를 냈던 것으로 생각된다. 사시에서 명확히 해놓고 있는 '기업육성의 지침'은 기업들로부터 '친매경'의 호감을 살 수 있었다. 기업을 비판의 대상으로 보거나 역으로 경원하는 자세가 아니라 정당하게 이해하고, 잘못은 비판보다는 충고하는 자세가 기업인들의 신뢰를 받은 것이다. 적어도 '그는 고의로 기업을 못살게 굴지는 않는다', '그는 기업을 도우려고 한다', '그는 기사를 가지고 기업을 농락하지 않는다'… 등이 없었다. 기업으로부터 그런 신뢰를 받을 수 있었다. 결국은 신문의 방향과 질, 신문을 만드는 태도가 긍정적으로 평가된 것이다.

- 나는 휴가도 제대로 못 갔다. 아니 휴가를 가기는 했어도 일거리를 가지고 갔다. 한번(결혼 전)은 동해안 지사를 순방하고 오라는 것이었다. 출장비도 없었다. 휴가인데 회사 일을 하는 것이다. 당시 주문진항에서 어선을 타고 바다로 나갔는데 잡히지 않던 청어가 한마리 잡혔다. 당시 청어는 고급 어종에 속했는데, 어쩐 일인지 몇 년 동안 전혀 잡히지 않았다.

그런데 내가 탄 배에서 처음으로 잡혔다고 길조라며, 그 한 마리를 나에게 창호지로 싸주었다. 그런데 여름철이라 집에 오니 상해서 먹지 못했다.

다음 해 휴가 때는 경상북도 문경지방 공업지대를 탐방하고 오라는 것이었다. 오지였다. 거기는 시멘트공장 외에 재래식 한지가 특산품이었는데, 기자가 찾아오기는 경부선을 놓을 때 D일보 기자가 왔다 간 후 처음이라고 대단히 반겼다. 나는 긴 탐방기를 썼다. 이때도 출장비는 없었다. -

창업주는 '신문도 기업이다'는 전제 아래 판매 광고 전략을 구사했다. 그러나 개인의 사정은 열악했다 그도 그것을 모르지 않았으나 참으라는 것 같았다.

그가 성공한 수익증대 전략의 대표적인 사례가 결산공고 유치였다. 특단의 노력으로 많은 실적을 올렸다. 경영개선에 큰 도움이 될 정도였다(후술).

6) 약조건을 극복한 원동력

창업주가 긍정적인 태도를 가진 데는 개인적인 동기가 있었다. 그는 젊어서 여러 가지 일하다가 실패를 거듭했다. 그의 젊은 날은 고난의 연속이었다. 그가 직접 사원들에게 밝힌 사실이다.

1958년 30살에 상경해 새 삶을 찾았으나 여의치 않았다. 그는 그해 겨울 아주 절망적인 순간을 맞았다. 그는 그때 처했던 상황을 "불도 때지 않아 성에가 낀 냉방에서 밥도 못 먹고 3일을 보냈다"고

술회했다. 거기서 그는 깨달았단다. 말하자면 그 나름의 득도(得道)였다. "사람에게서 선택을 받아야 된다"는 것이었다고 했다.

　남이 아무런 조건 없이 내게 무엇을 해주지는 않는다. 나를 도와주지 않는다고 불평할 것이 아니라 도움받거나 선택될 수 있도록 준비해야 한다. 선택받으려면 믿음을 주어야 한다. 신뢰를 받아야 한다. 신뢰를 받으려면 매사를 긍정적으로 보고 정성을 다하지 않으면 안 된다. 그런 생각이었다고 한다. 그는 그때 인생관을 바꾼 것이다. 그는 달라지기 시작했다. 인생관을 바꾸자 사람을 대하는 태도가 달라지고, 태도가 달라지자 일이 풀리기 시작했다. 그는 새 출발의 전기를 맞은 것이다. 그는 무(無)에서 다시 출발하는 힘을 얻은 것이다. 그의 인생이 달라지기 시작한 셈이다.

　한계상황의 역경에 이르렀다가 일어선 사람들은 부정적인 생각을 버리고 긍정적으로 변한다. 거기서 무한한 에너지가 나온다. 불가능을 가능으로 바꾼다. 창업주가 내외의 불리한 조건, 악조건을 이기는 지칠 줄 모르는 에너지도 거기서 나오는 듯했다. 그의 개인적 궁핍에서 벗어나려는 동기는 국가도 빈곤에서 벗어나야 한다는 데로 이어졌다.

　그는 열악한 조건이지만 체제는 다른 일간신문과 궤를 같이했다. 우선 지면 수로 당시 일간신문은 4면이었다. 매경도 4면이다. 지면 수 변화를 보면 창간 당시에는 하루 4면, 1년을 넘어 1967년 6월 6일부터 화요일에 2면을 증면, 1968년 4월 9일부터 화요일 증면을 4면으로 확대, 1969년 1월 21일부터 주 36면, 그리고 1971년 11월 20일부터 매일 8면을 내기에 이르렀다. 그리고 1981년부터 매일 12면씩 발행하게 된다.

창간 당시의 편집형식도 거의 비슷했다. 1면은 종합면, 3면은 사회면, 4면은 문화면과 특집 시리즈도 있었다. 단지 기사의 비중이 달랐을 뿐이다. 종합지가 정치를 중심으로 보는 데 비해 매경은 경제를 중심으로 본다는 차이였다.

그러나 조건은 종합지와 엄청난 차이를 보였다. 우선 규모에서 비교가 되지 않았고 갖춘 조건도 마찬가지였다. 단순히 산술적으로 계산해도 몇 배의 업무를 더 해야 하는 것이었다.

무엇보다도 주요한 문제는 독자들도 경제신문을 '특수지' 범주에 놓고 보는 현실이었다. 사회적으로는 '경제'가 아직 중심 과제가 아니었다. 사실은 먹고사는 데 관련된 일이 바로 경제였으나 사람들은 '경제'라면 그들과 관련 없는 특수한 일로 여겼다. 기업이나 은행 등 특수한 경제기관이 하는 일, 경제성장이나 금융·외환 등 국가 전체에 관련되는 특수한 문제로 여겼다. 경제는 용어도 전문용어라 어렵고 일반은 알 수 없는 것으로 여겼다. 그것은 경제신문이 안고 있는 취약점이고 한계였다. '경제신문'은 그 한계를 넘는 일이 큰 과제였다. 경제신문이 넘어야 하는 과제였지만 특히 창업주는 그것을 민감하게 느꼈다. 그의 시각은 근본적으로 달랐다.

그는 경제문제를 모든 사람에게 관련되는 문제, 모든 사람이 알아야 하는 문제로 보았다. 그는 '경제신문'이 '특수지'라는 사회 인식에 불만이 있었다. 어떻게 하든지 그것을 극복해 그런 잘못된 인식을 바로잡아야 했다. 그것을 극복하느냐 못하냐를 그의 신문 활동 영역이 폐쇄적인 한계를 뛰어넘느냐 못 넘느냐 하는 기로로 보았다.

그런 상황에서도 창업주는 당시 지면 부족을 심각하게 느끼고 있었다. 경제개발로 국민이 알아야 할 경제정보가 흘러넘치는데 현재의 지면으로는 다 소화를 못 한다는 지론이었다. 기업인들이 경쟁에서 승리하려면 더 많고 높은 질적인 경제정보가 필요하다는 이유에서였다. 그 필요한 정보를 다 소화하거나 제공하지도 못했다. 창업주는 가능하다면 지면 수를 더 늘리려고 했다.

당시 사내 형편은 그 지면 수로도 질 높은 신문으로 만드는 데 힘이 달렸고, 보도할 기사가 넘치기보다는 지면을 메우기도 부족한 형편이었다. 기자가 절대 부족했다. 물론 지면을 늘리는 문제가 기사량만 관계되는 일은 아니었다. 광고도 그랬다. 지면 제한 때문에 광고를 게재하지 못하는 경우는 거의 없었다. 광고도 부족했고 광고단가도 낮았다. 우선 시급한 과제는 광고단가를 올리는 일이었다. 광고단가는 수요공급의 원칙에 따라 결정되는 것이고 보면 지면 증대보다 광고단가 인상이 더 시급했다. 그래도 그는 원칙적으로 신문 지면을 늘려야 한다는 태도를 고수했다. 사원들로서는 업무량의 과중 부담만 압박해왔다.

그런데도 신문들은 지면에 대한 견해가 같았다. 쏟아지는 정보의 양을, 특히 앞으로는 더욱 당시의 제한된 지면으로 다 소화할 수 없게 된다는 것이었다. 먼 장래를 내다본 입장이었다.

그러나 당시 신문지면 수는 여러 가지 이유로 통제되고 있었다. 기사 통제, 신문지 공급부족 등의 문제였다. 신문용지는 외국에서 수입해야 했는데, 외환 사정이 어려워 수입이 억제됐다. 신문지가 태부족해 신문지 파동도 일어나곤 했었다. 그러나 신문지를 국내에서 공급하게 됐을 때도 지면 수 통제는 마찬가지였다.

정부는 그것을 자율규제라는 형식으로 시행했다. 실질적으로는 정부의 허가사항이나 마찬가지였다. 지면 수를 신문사 마음대로 조절할 수 없었다. 그래서 신문들은 제한된 지면으로 더 많은 뉴스·

정보를 제공하기 위해 신문 편집이나 표현에서 극히 절제된 방향을 잡지 않으면 안 되었다. 글자 크기를 줄이고, 행간을 줄이며, 문장의 표현 방법도 '생략'을 원용하는 일이 많았다. 제목도 글자 수를 제한해 규격화된 모양을 보였다.

지면 부족 문제를 해결해야 할 가장 시급한 과제는 신문의 질을 높이는 일이었다. 창업주는 그것을 일하는 조건의 개선이 아니라 인력으로 극복하려고 했다. 그는 자신이 사원의 맨 앞에 서서 그것을 이끌려고 했다.

무엇보다 사원들의 공감이 필요했다.

"우리도 좋은 신문 한번 만들어보자."

"우리도 일류 신문 만들어 한국 언론계에 우뚝 서는 자리를 차지해보자."

"너희도 좋은 신문 만들어서 일류 기자 소리 한 번 들어보라."

그것만이 우리의 살길이라고 호소했고, 독려했고, 촉구했다. 사원들도 그에 공감해 따라가지 않을 수 없었다. 그것은 하나의 열기를 조성해냈다. 그는 사원들에게 그런 의식을 심는 데 성공하고 있었다. 그의 열정이 사원들에게 이입되도록 사원들의 선두에 서서 진두지휘한 성과가 서서히 나타났다.

그것을 위해 회의를 자주 했고, 사원들과 자주 만났다. 열악한 조건, 특히 부족한 인력을 그의 열정으로 극복하고 있었다. 그의 정신력은 마력과 같은 힘을 발휘하기 시작했다. '정신일도 하사불성(精神一到何事不成)'의 정신력으로 모든 어려운 조건을 극복하리라 믿었고, 그렇게 행동했다. 아니 그럴 수밖에 없었다. 다른 조건을 더 개선할 수가 없는 상황에서 믿을 것이라곤 정신력과 사원들이었다.

경영상태가 호전되면서 그 부족한 조건들을 하나하나 갖춰 나가기 시작했다. 몇 가지 예를 든다.

앞에 설명한 바와 같이 창간 초기엔 사설이 없었다. 경제정의에
대한 의식이 없거나 주장할 것이 없어서가 아니었다. 오히려 주장
할 것은 더 많았다. 그러나 상근 논설위원을 갖출 형편이 못 되었
다. 기자는 성장하지 못했고, 빼돌릴 여유도 없었으며, 외부 인사를
채용할 수도 없었다.

사설은 4년 후인 1970년 창간 기념호부터 게재하기 시작했다. 그
때도 상근 논설위원은 없었다. 전부 외부 전문가를 객원논설위원으
로 위촉했다. 첫 논설위원은 이승윤, 차병권, 변형윤, 김문식 교수
였다. 회사에서 논설 방향을 정해주는 것이 아니고 게재 날짜와 주
제를 정해주면 그들이 알아서 재량껏 써주었다. 그들이 주제를 정
해 써주는 때도 있었다.

이 사설을 처음엔 1면에 게재했다. 역시 파격이었다. 그해 5월 말
까지 두 달 남짓은 그렇게 1면에 게재했다. 1일 1건의 장문이었다.

몇 해를 걸러 총괄부장 직제가 생기고 내가 처음으로 임명됐을
때 각 부장과 모여 논설주제를 의논했다. 말하자면 그것이 논설 회
의였다. 그때도 사설의 방향을 정하지는 못했다. 사설 주제와 집필
자를 정하는 것이 고작이었다. 더러는 안에서 데스크들이 쓰기도
했다. 특히 외부 집필자가 펑크를 내면 담당 데스크가 써야 했다.
객원논설위원 중엔 자기 글을 사시에 맞게 고쳐도 좋다고 하는 이
도 있었지만, 그렇게 고친 경우는 거의 없었다. 그들의 전문적인 식
견에 맡겨 둔 것이다.

- 총괄부장 직제는 좀 이상한 직제였다. 나는 정경부장 1년에 총
괄부장 직제가 생기면서 그에 임명됐다. 부장 1년은 짧은 것이다.

거기는 좀 사연이 있는 듯했다. 나는 정경부장 때 빙모상을 당했다. 장례식에 가면서 부원들에게 연락처를 적어주고 갔는데, 부원들이 그리 전화해서 부음란에 냈다. 처가까지 부음으로 낸다니? 지금은 그것이 일반화돼 있지만 당시는 파격이었다. 모 신문사 간부가 창업주와 동석한 자리에서 그 문제를 화제에 올렸다고 한다. 그는 무안했을 것이다. 그래서 나를 다른 자리로 옮겨야 했던 것이 아니었나 짐작된다.

그는 고심 끝에 총괄부장 직제를 만들어냈다. 위인설관(爲人設官)인 셈이었다. 제휴신문인 일본경제신문의 총괄부장 직제를 모방한 듯싶기도 했다. 그러나 일본경제신문은 방대한 규모니까 그런 직제가 필요했는지 몰라도 당시 매일경제신문의 편집국은 그렇지 못했다. 국내 다른 신문도 그런 직제를 두고 있지 않았다. 후에 H 신문사가 채택했다.

나는 총괄부장이 되면서 편집국 전체의 일을 하게 됐다. 특히 창업주가 편집국에 내려보내는 일은 나를 통해서 했다. 편집국 전 기자가 동원되지 않으면 안 되는 성격의 일도 많아 일이 무진장 많았다. 후에는 다른 부장직도 겸직해 데스크 일까지 하느라 일이 엄청 많았다.

총괄부장의 일은 신문 제작에 관한 것보다 행정적인 것이 주였다. 신문 제작에 관련된 업무가 아닌 사원과 연관된 일이나 편집 외의 다른 국간 협력 사항 등의 업무였다. 물론 기사에 관련된 업무가 전연 없는 것도 아니었다. 창업주가 지면에 반영하고 싶은 기사자료는 나를 통해 전달됐다. 특수기사라든가, 필자 소개나 단신 등이었다.

그 후에도 그 직제는 몇 년간 존속했지만, 창업주 사후 편집국 규

모가 더 커지면서 없어졌다. 사실 편집국 규모가 크다고 총괄부장
직제가 꼭 필요한 직제냐는 의문이다. 부국장을 통해서도 충분히
수행할 수 있는 업무이기 때문이다. -

　당시는 소설과 만화도 없었다. 신문에서 만화는 감초 같은 것이
었다. 특히 당시는 표현에 제한이 많았던 때라 촌철살인(寸鐵殺人)
의 효과를 내는 만화가 독자들로부터 많은 인기를 끌었다. 당시 시
사만화를 그리는 사람들은 저마다 특징이 있고, 고정 팬이 있었다.
　그러나 매경은 만화가를 둘 형편이나 다른 방법으로도 게재할 형
편이 아니었다. 만화는 우선순위에서 멀리 밀려나 있었다. 자금 사
정도 문제였지만 인기 있는 만화가를 구하기도 어려웠다. 특히 경
제문제를 주제로 종합지와 같은 효과를 낼 만한 만화가를 구하기는
사실상 어려웠다.
　나는 총괄부장으로 부국장, 사회부장, 문화부장을 겸하면서 만화
와 연재소설 게재 문제도 다뤘다. 1981년에 들어 만화('재치 부인')를
연재하기 시작했다. 드물게 여자 만화가였는데 가사, 주부 문제 등
다양한 주제로 그렸다.
　연재소설도 마찬가지였다. 고료를 지불하기가 어려워 처음엔 게
재하지 않았다. 본격 소설은 아니지만, 1969년 6월 9일부터 박치
원이 '여인 백태'를 처음으로 연재한 적이 있는데 소설은 아니었다.
소설은 그 후 처음 연재하기 시작했는데 기자의 추천을 받아 내가
결정했다. 위에서는 관여하지 않았다. 그러나 성공적은 아니었다.
　매경은 차차 신문의 기능을 다할 구색을 갖추고 활동 분야를 넓
혀갔다. 창업주가 신문이론에 따라 매경을 창간한 것은 아니지만,
고전적으로 거론되는 신문의 4가지 기능을 확충해 나갔다. 사회에

서 일어나는 제반 사건들에 대한 정보를 객관적으로 제공하는 보도 기능, 독자를 설득하고 일깨워 어떠한 태도나 행동을 취하도록 하는 지도 기능, 즐거움을 주기 위한 오락 기능, 상품과 시장에 대한 정보를 제공해주고 실업인이 그들의 상품이나 경제활동을 대중에게 알려주도록 돕는 광고 기능 중 오락 기능에도 충실하게 한 것이다. 그는 영국의 파이낸셜 타임스가 품격 높은 문화면을 두고 있다는 사실도 거론했다. 제휴지 일본경제신문의 문화재 등 취급에도 영향을 받은 듯했다.

경제문제 이외의 예로, 낚시는 일찍부터 고정란을 두어 연재도 했다. 국회부의장을 지낸 이재학(1968년 8월. '낚시터 풍경')과 소설가 서기원(1969년 3월. '대를 담그고')의 글을 소설 자리에 연재하기도 했다. 낚시는 기업인들도 많이 즐기는 취미활동이기 때문에 그들에 초점을 맞추기도 했다.

– 나는 Y제분 중역의 낚시에 관한 기사를 쓴 적이 있었는데, 그는 나를 그의 사무실로 초청해 낚시에 관한 이야기를 한 끝에 인천공장을 구경시켜주겠다고 했다 직접 인천까지 안내하면서 공장을 보여주면서 흥미로운 이야기를 꺼냈다.

"공정 개선이 누구에 의해서 이뤄지는지 아십니까?"

"그야 기술자들에 의해 이루어지겠지요"

나는 그가 묻는 말엔 다른 뜻이 있을 것으로 생각하면서도 그렇게 상식적인 대답을 했다.

"물론 그렇지요. 그러나 기술직원이 아닌 사람에 의해 만들어지는 경우도 많습니다. 기술자들은 같은 방식을 반복할 줄밖에 몰라 달리 생각을 못 하지요. 그러나 아마추어나 사무직원들이 공장을 보고는 전혀 다른 관점의 이야기를 해서 그것이 공정 개선에 힌트가 되기도 합니다. 예를 들면 기계 돌아가는 것이나 놓여 있는 것을 보고 왜 그렇게 되어 있느냐고 기본적인 질문을 하는 것이에요. 그 방향이나 위치를 바꿔보면 안 되느냐는 것이지요. 그러면 거기서 좋은 개선점을 발견하게 되기도 해요."

그러나 나는 그에게 공정 개선에 관한 아무런 힌트도 주지 못했다. 공장을 나오면서 공연히 쑥스러운 생각이 들었다.

'이런 호의를 베풀어주었는데 나는 아무런 보답도 못 했구나.'-

창업주는 열악한 조건 속에서도 꿈이 점점 커졌다. 신문의 현실은 걸어가는데 그의 꿈은 뛰어가는 듯했다. 매경이 1보 전진하면 그의 꿈은 2보 3보 앞서갔다. 신문이 어느 정도 발전하는 듯하자 그는 경제지가 아니라 종합지를 경쟁상대로 삼았다. 경제신문을 전문지 개념 속에 넣고 종합지와 차별하는 사회 통념을 깨야 한다는 생각도 점점 절실해져 갔다.

사회 분위기도 그랬다. 경제문제는 점점 사회문제의 주류가 되어갔다. 그에 따라 창업주는 경제신문이 언론의 앞에서야 한다고 한발 더 나갔다. 그는 자신이 생겼고, 확신이 섰다. 그것은 매경을 가속하는 원동력이 되었다.

그의 꿈은 한없이 펼쳐졌다. 그는 한국의 신문에 머무르지 않고, 한국의 경제가 커져 세계에서 차지하는 위상이 달라지면 경제신문도 달라질 것이라고 내다보고 있었다. 그러면 자연히 세계의 경제신문이 될 것으로 믿었다. 그는 원대한 포부를 가졌다. 그러나 사원들이 보기에 그의 꿈과 현실은 너무도 앞서나갔다. 그 꿈은 아름다웠지만 따라가기에는 역부족이었다.

그러나 그의 꿈은 허황한 환상이 아니었다. 그는 그에 대비해 영어 공부를 시작했다. 어느 날 사장실에서 불러서 갔더니, 그는 작은 흑판에 영어를 몇 줄 써놓고 해석해 달라는 것이었다. 중학교 1학년 교과서였다. 그의 영어 공부는 그렇게 시작했는데 무서운 속도로 진행했다(평생교육 참조).

그는 신문사로서는 타 신문과의 경쟁을 의식하면서 개인적으로 앞서가는 기자가 되도록 사원교육(교화)에 열성을 다했다. 업무를 통해 배워가도록 하는 단순한 현장 교육이 아니라 의식을 가지고 일에 임하도록 하는 것이었다.

그 한 가지 예가 세상사를 야구에 비유한 이야기다. 사원회의(토요회의) 때 수없이 반복된 이야기다. 야구에서 투수는 타자에게 공을 잘 치라고 던지는 것은 아니다. 가장 치기 어렵게 공을 던진다. 기사를 취재하고, 업무를 추진하는 것도 똑같다. 세상살이도 마찬가지다.

"너희들이 나가서 만나는 사람들은 너희들이 잘되라고 도와줄 사람이 없다. 야구의 피처와 마찬가지로 가장 어려운 공을 던진다."

"너희들은 그 공을 받아 쳐내야 한다. 홈런도 쳐야 한다."

실력을 기르라는 훈계였다. 공부하라는 독려와 질타였다. 적자생존의 정신을 심어주려는 것이기도 했다.

그는 적자생존을 수없이 강조했으며 그 길을 혁신에서 찾았다. 말하자면 기사 혁명이었다, 신문혁명인 셈이다. 그 정신을 불어넣기 위해 그는 토요회의에 온갖 정성을 쏟았다. 그가 생각하는 방향의 신문을 만들기 위해 모든 힘을 기울였다.

7) 사원(기자)의 맨 앞, 또 맨 뒤에 서다

개발 시대에 많은 기업인이 그랬던 것처럼 창업주도 '일벌레'였다. 그 스스로 "일이 취미다"라고 말했다. 그는 일에서 재미를 느끼고 있었다. 일의 보람에서 오는 것이었다. 그는 일의 추진에 도취하고, 일의 성과에 희열을 느끼는 것이다. 일 중독인지도 모른다는 의심이 들 정도였다. 무엇보다 그는 365일 회사에 나왔다. 그에겐 '일요 기자'와 '특근 기자'라는 별호가 붙었고, 그래서 그의 추모집도 『특근기자(特勤記者)』(내용은 '내가 아는 창업주 사장', '내가 만난 창업주')라는 이름이 붙여졌다(나는 추모집 만드는 일에 참여하지 않았다). 그의 일에 대한 태도, 열정, 일하는 방식이 응축된 표현이다('일이 취미다' 참조).

그의 '일벌레' 습관은 사원들에게 그대로 전해졌다. 그것은 사원들을 전천후로 일터에 내보내는 힘이었다. 당시는 대형 특집을 많이 했다. 경제신문에서 다루는 데 너무 무거운 주제의 대형 특집이었다. 대개 신년호와 창간기념호(3월 24일), 3·1절, 8·15에도 대형 특집을 했다. 대형이란 한 주제를 가지고 3∼4페이지, 많으면 6∼7페이지에 걸쳐 소화하는 것이다. 한 페이지에 200자 원고지 40매 분량의 글이 소요됐다. 모두 200∼300매에 달하는 양이다.

그런 특집은 대개 그가 진두지휘했다. 주제도 그가 골랐고, 데스크도 그가 보았다. 타이틀도, 작은 제목도 그가 간여했다. 직접 정하기도 하고, 사원이 만든 것을 고치기도 했다.

신문 창간 3년을 앞두고서 그는 자신을 편집국장 대리로 발령내고 신문 제작에 직접 간여한 것도 직접 신문 제작의 제일선에 서려는 것이었다. 그것은 몸부림이었다. 현재의 진용으로는 자기가 뜻한 바대로 신문을 제작할 수 없다고 절실하게 느낀 것 같았다. 궁여지책으로 자신이 신문 제작을 진두지휘하기 위해 사장이 편집국장 대리라는 초유의 인사를 단행한 것이다.

그러나 그가 실제로 편집국장 자리에 앉지는 않았다. 그는 사장실에 있었고, 거기서 지시했다. 그러나 세세한 기사에까지 간여한 것은 절대 아니다. 큰 흐름만 관여했다.

한번은 특집 때의 일이었다. 6페이지에 달하는 대형 특집이었다. 별쇄 8페이지 중 전면광고 한 페이지를 제외하고 나머지 페이지를 하나의 주제로 채우는 것이다. 내용은 국민 의식구조 조사 분석이었다.

그것을 내가 맡았다. 6년차(?) 때였다. 혼자서 그것을 다 맡은 것이다. 설문을 만들고, 설문지를 배포·수집하고, 분석해 기사 쓰는 일까지 일관되게 다 맡았다. 설문지 배포와 수집은 판매국의 배달 사원을 동원했다. 본사에서 직접 배달을 총괄하는 체제라서 설문지 배포 수집을 두루 다 할 수 있는 장점이 있었다. 분석은 편집국 기자들이 그런 일에 많이 동원됐다. 그 일은 대개 야근으로 처리했다. 응답지가 많아 전수 분석을 못 하고, 응답지 전체를 간추려 5매당 1매씩 차출하여 분석했다.

최종단계에서 기사를 쓸 때, 창업주는 미덥지 못했는지 나를 그의 방으로 불렀다. 거기서 기사를 작성하라는 것이었다. 사장실에서 기사를 쓰니 일이 제대로 될 리 없었다. 그는 나를 아예 그의 쉼방으로 집어넣었다. '집어넣었다'고 하는 표현이 적절할 정도였다.

그의 집무실엔 쉼 방이 붙어 있었는데 공개가 안 된 방이다. 나도 그 방을 처음 보았다. 겨우 침대 하나에 테이블과 의자 하나다. 테이블에 전기스탠드가 놓여 있었다. 창문도 하나 없었다. 출입문을 닫으면 사면이 모두 벽으로 차단되는 것이다. 전화도 없었다. 거기서 기사를 쓰라는 것이다.

아침에 출근하면 그 방으로 들어가서 글을 쓰는 것이다. 참고자료도 챙기지 못한 채, 여론조사 분석표만 가지고 신문 7페이지를 메울 기사를 쓰기 시작했다. 기가 막혔지만 할 수 없었다. 주위로부터 완전히 차단된 채 온종일 쓰니까 200자 원고지 40매로 한 페이지 분량이었다. 하루 한 페이지를 만드는 것이다.

그렇게 기사를 쓰고 있으면 창업주는 집무실에 있다가 중간중간 내 원고지를 손수 가져갔다. 그가 데스크를 보는 것이었다. 많이 고쳤다. 그리고 데스크를 다 보면 편집부장을 불러 기사를 넘겼다. 그 과정에서 내가 소속한 부장이나 편집국장은 배제됐다.

그것으로 끝이 아니었다. 공무국에 넘겨 초벌 교정지를 보고, 조판교정지가 나올 때까지 기다렸다. 조판교정지가 나올 때쯤이면 다른 사원들은 다 퇴근한다. 회사에는 사장과 편집부장과 나, 그리고 공무국에서 문선·조판하는 사원만 남는다. 그렇게 해서 2교가 나오고, 조판교정지가 나와야 비로소 퇴근한다. 그러다 보면 거의 밤 11시가 됐다. 아침 9시부터 그 시간까지 나도 갇히고, 그도 갇히는 것이다. 나는 밖으로 나갈 수 없고, 그도 밖으로 나가지 않았다.

점심때가 되어 그가 "점심 먹자"고 해서 그의 방으로 가면 짜장면을 시켜 놓고 있었다. 둘이 식사하고 다시 그 골방으로 들어갔다. 저녁때가 되면 다시 "저녁 먹자"고 해서 나가면 이번엔 짬뽕이었다. 그리고 둘 다 화장실에 가는 일을 제외하고는 밖으로 나가지 않았다.

사람들의 방문도 거의 없었다. 그가 그렇게 조치한 듯했다. 그는 임원이나 간부, 사원을 부르지도 않았다. 오직 그 특집을 꾸미는 일에 전념하는 것이다. 정신을 집중하는 데 방해될까 봐 그렇게 삼가는 것이었을 성싶다. 그는 특집에 그렇게 정성을 다하는 것이다. 전력투구였다.

그런데 그의 하루 일은 그것으로 끝이 아니었다. 그는 퇴근 때 조판교정지를 챙겨 집으로 가지고 가는 것이었다. 집에서 3교를 보는 것이다.

다음날 아침이면 새빨개진 교정지를 내놓았다. 그가 밤새 교정을 본 것이다. 고쳤던 문장도 다시 고쳤다. 아마 자정이 훨씬 넘어서까지 보았을 것이다.

나는 마지막 버스를 타려고 뛴다. 당시는 통금이 실시되고 있었다. 대개 마지막 버스였다. 내 주머니엔 택시비가 없었다.

그렇게 일한 기자와 사원은 아무도 없었다. 오직 그뿐이다. 아마 고독한 작업이었을 것이다. 그는 사원의 맨 앞에 서 있었고, 또 맨 뒤에 서 있었다. 그는 어떤 사원보다도 일을 많이 했다. 사원보다 일찍 출근해 사원보다 늦게 퇴근했다.

그는 어떤 기사든지 계속 고쳤다. 인쇄 시간이 허용되는 한 고치고 또 고쳤다. 대장에 OK를 놓고도 또 고치는 것이었다. 사원들로서는 힘든 일이었지만 마지막 순간까지 최선을 다하는 모습을 그렇게 보여줬다.

그 특집을 끝내는 데 1주일이 걸렸다. 통행금지가 실시되던 당시는 밖의 분위기와 완전히 차단된 채 1주일간 독방에서 감옥살이(?)한 것이다. 물론 당시엔 일에 열중하느라 감옥이라고 생각한 적은 없다. 지금 생각하면 그렇다는 것이다. 외부와 차단된 채였으니 감옥과 같다고 할 만하지 않겠는가.

기사도 어떻게 썼는지 모른다. 처음에는 갈피를 잡았으나 후에는 나 자신도 혼란에 휩싸였다. 앞에 무엇을 썼는지, 중복되지 않는지 알 수 없었다. 과장하면 비몽사몽간에 기사를 쓴 것이다.

창업주가 특집을 진두지휘한 일은 많았지만 사장실에서 기사를 쓴 일은 이때 한 번뿐이었다. 나도 그런 일을 더는 하지 않았고, 다른 기자도 없었다. 창업주도 안 했다.

창업주의 진두지휘로 큰 특집을 하나 끝내면 사원들도 일의 어려움보다 성취감에 고된 줄 모르고 오히려 기뻐했다. 함께 즐거워했다. 그리고 독자들이 어떤 반응을 보일까 기다려지는 것이었다.

당시 사원들은 특근·야근이 참으로 많았다. 기자가 기사를 쓰기 위해 특근하는 때도 있지만 여론조사, 결산 분석 등 과외의 일 때문인 경우가 더 많았다. 그때는 여론조사를 전문기관에 위임하지 않고 직접 시행했다.

지금 생각하면 어처구니없는 일이지만, 그때는 밤늦게 일해도 특근비가 전연 없었다. 그렇다고 근로조건이나 근로시간을 따질 계제가 아니었다. 특근이나 야근 때면 점심이나 저녁 식사는 회사에서 제공했는데, 짜장면 등으로 때우기가 보통이었다. 야근이 늦게 끝나도 교통비는 없었다.

창업주가 일을 직접 진두지휘한 것은 제일 좋은 상품(기사)으로 경쟁하기 위해서였다. 또 자기가 구상하는 것을 맡아 소화할 만한 간부가 없었기 때문인지도 모른다. 그가 만족할 만한 기사, 그의 기준에 맞게 기사를 쓰고 관리(데스크)할 간부는 없었을 것이다. 그래서 신문을 제작하는 일에 몰두했다.

사원들은 그가 사장으로서 더 중요한 일하기를 바랐지만, 그는 신문 제작을 그의 제일 중요한 일로 여겼다. 좋은 신문을 만드는 일이 최우선 목표였다. 그래서 일상의 지면은 편집국에서 만들었지만, 신문의 주제를 살리고 성격을 나타내는 특집은 손수 직접 만들었다. 나는 그가 사장실에서 홀로 아이디어를 내고, 기획하고, 글을 쓰고, 교정을 보고, 제목을 달고… 하는 일에 몰두하는 모습을 많이 봤다. 골똘히 생각하기도 했고, 대장을 놓고 좋은 표현을 찾기 위해 외국 신문이나 잡지와 책을 뒤지기도 했다.

1972년 박정희 대통령이 '유비무환(有備無患)'이란 명분을 내걸고 국가안보 문제에 국력을 결집하려 안간힘을 쓸 때였다. 창업주는 역시 신년호에 '안보 백년'이란 경제신문에 좀 어울리지 않는 주제의 대형 특집을 했고, 곧이어 그 자신이 앞에 설명한 '국가구성원의 정신'을 일깨우는 노역(?)에 나섰다. 중요한 고비에는 그가 신문사의 맨 앞에 서는 자세를 보여준 것이다.

그것은 그의 기자정신이었다. 그 자신도 기자 출신이기 때문에 그런 자세를 보일 수 있었을 것이다. 그는 때로 "지금 내가 기자라면 참으로 쓸 것이 많겠다"는 말을 자주 했다.

문형선 전 편집국장은 회고록『특근기자』에서 창업주의 "사장학은 기자정신 위에 서 있었다"라고 회고했다.

그렇다고 사원들의 일거수일투족을 관리·감시하려고 하지 않았다. 대부분 업무는 사원들의 자율에 맡겼다. 처음엔 출근부가 있었으나 후에는 없앴다. 알아서 출근하라는 것이었다. 자발적으로 출근 시간보다 일찍 출근하는 사원들이 많았다. 자기관리를 잘하는 사원들이다. 그런 분위기가 조성돼 있었다. 개발 시대로 사회 전체의 일하는 분위기가 전해진 것이기도 했고, 창업주가 만들어낸 분위기이기도 했다.

그가 신문 만드는 일에 앞장선 예를 더 들어본다. 신문 발간 초기에는 각계 인사를 초청해 좌담회를 많이 열었는데, 그가 직접 사회를 보고 참관하기도 했다. 평기자가 좌담회 사회를 보는데 그가 슬며시 들어와 참관하면 긴장되기도 했다. 그가 좌담회를 많이 열도록 한 것은 다목적이었다. 지면 제작이 주목적이었지만 신문 홍보도 컸다. 그가 직접 밝힌 바다. 나는 평기자였지만 창업주의 지시로 그것을 기획하고, 주선하는 일을 여러 번 했다.

창업주의 사회 솜씨는 뛰어났다. 최호진 교수는 그의 사회 솜씨를 '전문가를 뺨치는 능숙한 솜씨'라고 극찬했다. 사실 사회는 진행이 어렵다. 요즘 매스컴에서 토론이 많이 벌어지고 있는데, 그 진행이 어려운 것을 여실히 볼 수 있다. 특히 찬반으로 의견이 갈리는 경우라면 진행이 매끄럽지 못한 경우가 많다. 참석자들은 사회의 진행에 따르지 않고 자기 말만 하려 하고, 주제를 벗어나기도 하며, 상대방의 말을 가로채기도 한다. 민감한 문제일수록 더하다. 한마디로 토론훈련이 안 돼 있기 때문이다. 그렇게 어정쩡하게 끝나는 경우가 많다.

창업주의 사회 진행은 우선 친화력이 있어 분위기를 화기애애하면서도 열띠게 만들었다. 모두 집중하고 이야기 방향을 한 곳으로 몰아갔다. 특히 의견조절을 잘했다. 말하는 사람의 의견을 긍정해주고, 다른 사람의 말도 들어보자고 했다. 얼굴에는 토론이 아무리 열띠게 진행돼도 웃음을 잃지 않는다. 토론에서 종종 남의 이야기는 듣지 않고 자기 말만 하려는 사람이 있을 때 다른 의견도 듣게 하는 기술을 발휘한다. 반대의견을 가진 사람에게는 얼굴에 웃음을 머금고 더욱 친근한 얼굴로 기분 상하지 않게 대하면서, 다른 사람의 반대의견을 듣게 하고 또 자기 의견을 말하도록 했다. 격론이 벌어져도 누구나 기분을 상하지 않게 배려했다.

그런데 좌담회 뒤처리가 문제였다. 처음 내 소관의 좌담회를 할 때는 내가 주로 기록했다. 기록하는 기자는 죽을 맛이다. 식사를 할 수도 없고(식사하는 좌담회), 무엇보다 당시에는 녹음기도 준비돼 있지 않았다. 거의 속기 속도로 육필 메모를 했다.

또 기록한 것을 집에서 밤에 정리해 와야 했다. 다음 날 기사화하기 위해서였다. 후에는 후배에게 넘겼는데 그때도 나는 참석했다. 창업주는 내게 "기자들이 기록한 것을 잘 보라"는 당부를 잊지 않았기 때문이다. 나로서는 기록을 하든 데스크를 보든 그 좌담회 일로 시간을 빼앗기기는 마찬가지였다.

그는 자금 문제에 부닥치곤 했다. 때로 월급을 주는 데도 어려움이 있다는 소식이 전해지곤 했다. 그러나 그는 적정한 급여 수준은 아니었지만, 지급일을 어긴 적은 없었다. 비상 수단으로 사원들의 월급을 마련하려니 얼마나 어려운 일이 많았겠는가.

그는 자금 문제에 몇 가지 원칙을 세워두고 있었다. 하나는 어음을 발행하지 않는 것이다. 지불 기일에 쫓기지 않으려는 속셈에서였다. 또 하나는 다른 곳에서 받은 어음을 돌리지 않는 것이다. 처음 발행한 곳에서 부도가 나면 이중으로 손해를 보기 때문이라고 설명했다. 간부회의에서 그런 이야기를 들을 수 있었다. 나는 편집국 부장으로서 판매국 회의, 광고국 회의에도 자주 참석했다.

개발 시대로 새마을운동에서 보는 '우리도 한번 잘 살아 보세', '우리도 할 수 있다', '더 열심히, 더 잘하는 사람, 기업에 혜택을 준다' 등의 철학이 지배했었다. '신화'를 이루었다는 기업, '기적'을 이룬 기업들이 이룬 열의와 환희가 매경에도 조성됐다.

나는 새마을 교육을 세 번 받았다.

8) 기자 존중, 편집권 존중

신문 기사는 외부로부터 민감한 반응이 온다. 좋은 기사로 자기에게 유리한 기사는 덮어두고, 나쁜 기사로 자신에게 불리한 기사에는 항의한다. 기자의 실수나 잘못이 아닌 기사에도 말썽이 생긴다. 기자들의 실수로 일어나는 때도 있다.

1970년대 후반(?) 사회생활부장으로 있을 때, 한 기자가 모 소비자단체의 문제점을 제기한 기사를 사회면 머리기사로 게재했다. 그들이 상품 테스트를 한 결과 품질이 나쁘다는 내용의 자료를 발표했는데, 그 상품 테스트 방법에 문제가 있다는 내용이었다. 테스트 방법을 보충 취재시켜 보니 역시 문제가 있었다.

그 단체에서 난리가 났다. 기자에게 항의하고, 창업주에게도 직접 항의했다고 한다. 그러나 나에게는 아무런 반응도 없었다. 그 단체의 대표는 언론계 출신의 거물급 인사(여)로 잘 아는 사이의 창업주에게 '부장을 파면시키라'는 압력을 넣었다고 한다. 후에 전해진 바로 그는 '그 부장 아직도 무사하냐'고 묻기도 했다고 한다. 나는 그를 알지도 못하고, 만난 적도 없다.

그러나 그때 창업주는 아무런 반응이 없었다. 내게 주의를 환기하지도 않았다. 그런 항의가 왔다는 사실 자체를 알리지도 않았다. 나는 그 사실을 훨씬 후에 다른 사람을 통해 알았을 뿐이다.

지금 생각하면 '편집권을 존중한다, 기자를 믿는다'는 무언의 암시였던 것 같다. 속된 말로 기자의 기를 죽이지 않으려는 깊은 배려도 있었던 듯싶다.

그의 대화 중에, 혹은 글 중에 나타나는 것을 보면 이런 편집권의 독립이야말로 그가 신문을 창간한 동기의 하나이기도 했다. 그는 창간 동기를 설명하는 가운데 그가 기자 시절에 겪은 일을 예로 들곤 했다.

"신문의 데스크, 부장, 국장, 사장들의 사견에 의해 기사가 묵살되는 일이 비일비재했다."

그래서 사심에 의해 기사가 죽고 사는 그런 신문과 다른 신문을 만들고 싶어했다는 것이다. 사심이 아니라 공심(公心), 글자 그대로의 공기로서의 신문을 만들고 싶어한 것이다. 개인의 사견이나 사적 감정이 지배하는 신문이 아니라 이성이 지배하는 신문을 만들고 싶었던 것이다. 그는 간부들의 부당한, 사심에 의한 신문 제작에 거부감을 가지고 있었다. 어떤 사연이 있는 듯했으나 공개적으로 말하지는 않았다. 그는 기회 있을 때마다 '보편타당성'을 강조했을 뿐이다

그래도 그는 데스크의 권한도 존중해줬다. 그가 신문 제작에 많이 참여했으나 그것은 데스크의 편집권에 간여하는 것이 아니다. 신문사의 한 요원으로서 그의 독립적인 아이디어를 반영하려는 것도 있고, 혹은 편집국에서 취급하기에는 역부족일 것이라고 보는 주제의 특집에 간여한 것이다. 대개는 전략적인 특집이었다. 신문사의 방향이나 정체성을 나타내거나, 밖으로 매경을 인상 지우는 그런 중요한 특집이었다.

그러나 그는 간혹 스트레이트 기사에도 간여한 적이 있다.

- 그렇다고 모든 데스크들이 그의 뜻과 방침을 전적으로 따라 준 것인가 하면 그렇다고 볼 수는 없다. 나는 농림부 출입 시절 비료회사들이 외국자본과 얼마나 불평등한 계약을 맺었는가를 담당자로부터 특별히 설명 들은 적이 있다. 국가관이 투철했던 그 공무원은 그 문제점이 무엇인가를 설명해주었다. 기사화해주기를 바라는 눈치였다. 그 자료를 국회의원에게 주니까 비료회사와 무슨 일이 벌어지는 것 같다는 이야기까지 해주었다.

나는 의기양양해서 기사를 썼다. 그러나 데스크는 달랐다. 내가 제출한 기사를 한 번 보고는 책상 서랍에 넣어두고, 기사화하지 않았다. 기사가 넘쳐서도 아니다. 오히려 기사는 태부족일 때였다. 그는 얼마 있다가 그 원고를 또 꺼내서 보고는 다시 덮어두고를 몇 번 반복하더니 끝내 기사화하지 않았다. 내용을 보충하라 혹은 고치라는 지시도 없고, 왜 기사화가 안 된다는 설명도 없었다. 나도 왜 기사화 않느냐고 물어보지 않았고, 기사화해 달라고 부탁도 하지 않았다. 그것은 그의 권한이었다. 그러나 나는 그 이야기해준 공무원을 더는 찾아가지 못했다. -

때로는 어처구니없는 일도 벌어졌다. 내가 기자 시절 모 우유회사 사장을 인터뷰했는데, 그는 부하에게 설명해주라고 맡겼다. 나는 그가 젊은 사원이라 편하게 여러 가지를 물었고, 그 사원은 사장의 지시라 내가 묻는 대로 설명을 잘해주었다.

그런데 그 내용을 기사화했더니 야단법석이 났다. 그 사장이 직접 회사로 찾아와서 나에게는 말도 없이 직접 편집국장에게 가서 나를 파면시키라고 흥분해 큰 소리를 지르며 방방 뛰었다. 이유인즉 밖으로 나가면 안 될 비밀이 기사화됐다는 것이다. 내용이 틀렸다는 것은 아니었다.

나는 그가 사원에게 이야기해주라고 해서 그 사원과 대신 인터뷰해 그가 들려준 내용을 기사로 썼는데, 그게 잘못이라고 기자를 파면하라니…. 정정하라는 것도 아닌 억지였다. 아마 '네가 그렇게 질문을 해서 우리 사원이 그렇게 대답했다. 그러니 네게도 책임이 있다.'라고 생각하는 것 같았다.

나는 속으로 불만이었으나 흥분한 그에게 대꾸하지는 않았다. 기자야 이런 질문, 저런 질문을 해야 하는 것 아닌가. 질문을 잘해야 유능한 기자가 아닌가.

그 사장은 부하 직원을 파면시켰으니 나도 파면시키라는 것이다. 파면시킨다고 그 기사를 본 사람들의 머리에서 그 이야기가 지워질 것도 아닌데…. 오히려 그것을 바로잡는 노력이 필요할 터인데, 그는 그것을 생각하지 못하는 듯했다. 그저 분을 발산할 뿐 어처구니없는 억지였다.

편집국장은 처음 그의 말을 경청하다가 그가 하는 양을 보고는 상대를 안 하려 했다.

"기사를 쓴 기자에게 말하세요."

그것이 전부였다. 그는 편집국장에게 자기의 뜻이 통하지 않자 사장에게 간다고 떼를 썼다. 그는 2층 사장실로 내려갔다. 그러나 사장을 만나지는 못했다. 다시 편집국으로 올라와서 소란을 피우다가 소용이 없자 그대로 돌아갔다.

창업주는 아마 후에 보고받았을 것이다. 그러나 그는 데스크에도 말이 없었고, 내게도 말이 없었다. 편집국장도 그랬다. 그 우유 사장도 더는 찾아오지 않았다.

그러나 기사로 인해 다른 사람에게 피해 주었을 때는 꼭 사과하고 시정조치를 취하도록 했다. 나는 조부상을 당해 며칠 결근했다가 출근하자 사고가 발생했다. 내가 담당하는 부처 산하의 기업이 탈세했다는 통신 기사를 그대로 전재한 것이다. 그것도 비중 있게. 기업이 탈세했다는 것은 그 회사에 치명적인 피해를 줄 수 있다. 나는 그 회사를 취재한 적도, 한 번 찾아가 본 적도 없었다.

그 회사에서 강력한 항의가 들어왔다. 사실이 아니라는 것이다. 나는 내가 저지른 일은 아니지만 보고했다. 창업주에게도 알려졌다.

이때 창업주는 즉각적인 반응을 보였다. 신속한 시정조치를 취하라는 것이다. 정정 기사를 냈으나 그것으로 끝나지 않았다. 나에게 그 회사에 가서 정중히 사과하라는 것이었다. 내가 저지르지도 않은 일인데 내가 사과하다니. 억울했으나 그렇게 할 수밖에 없었다. 부장이 갈 수도 없는 일 아닌가.

나는 그 회사 임원을 찾아가 정중히 사과했다. 그들의 분노는 삭여지지 않았으나 그들이 그 기사로 인해 얼마나 큰 피해를 볼 수 있는지 설명해주었다. 잘못 쓴 기사 한 줄이 기업에 얼마나 큰 피해를 줄 수 있는지 실감했다. 고두백배(叩頭百拜) 사과해야 했다.

그러나 신문사 안에서는 그 문제에 관해 더는 아무 말이 없었다. 징계를 하거나 크게 나무라지 않았다. 문제 발생만으로도 기자가 깨달았으리라고 믿는 것 같았다. 역시 기자의 기를 꺾지 않으려는 배려 같았다.

또 유사한 예다. 1972년 6월 증권면을 신문 분야에서 제일 먼저 설치한 후 창업주는 혼자서 말 못 할 고통을 당했고 한다. 매경 기사를 보고 주식을 샀다가 손해 본 독자들이 밤중에 사장 댁으로 전화해 항의하는 일이 잦았다는 것이다. 그러나 그는 속으로만 앓고 있었다. 누구에게건 그런 내색을 하지 않았다.

그 사실이 밝혀진 것은 훨씬 후의 일이다. 증권면 설치 1년 후 내가 증권면 데스크를 맡았는데, 얼마가 지난 후 사석에서 그가 안도의 숨을 쉬는 표정으로 말했다.

"이제 밤잠을 잘 자게 됐다."

그는 그간의 사연을 설명했다. 당시 기사는 증권사 영업장에 떠도는 이야기들을 그대로 옮기는 경우가 많았다. 영업장은 일본말로 '마바라(疎)'라고 불리는 전문 소액투자자들이 진을 치고 있었는데, 그들이 분위기를 주도했다. 어떤 주식이 좋다거나 어떤 주식을 사면 이롭다는 등 무책임한 말들이 많이 떠돌았다. 초년병 기자들은 그런 이야기를 액면대로 믿고 기사화하는 예가 있었다. 기자들이 어린 탓이었다.

항의하는 독자들은 그 기사를 믿고 주식을 샀는데, 주가가 반대로 내려가는 바람에 손해를 봤으니 신문사 사장이 손해를 배상하라는 억지였다. 기사를 믿고 주식을 사다니, 또 그것을 사장에게 보상하라고 한다니? 투자자들도 순진한 탓인지, 억지였다. 그 정도가 심했다고 한다.

나는 데스크를 맡고 증권 기사 보도 기준을 나름대로 정했다. 기자의 판단이나 직접 매매 추천, 권유하는 식의 기사는 쓰지 않고 독자의 판단을 돕는 정보제공 수준에서 끝나는 것으로 선을 그은 것이다. 정보는 풍부하게 제공하되 기자의 투자의견은 배제했다. 그러자 그런 항의가 없어졌다는 것이다.

창업주는 그동안 기사로 인해 고통당해도 아무런 내색을 안 한 것이다. 기자들을 나무라지도 않았었다. 그리고 문제가 해결되자 비로소 저간의 사정을 털어놓은 것이다. 그는 기자들이 미숙해 실수할 경우 직접 나무라지 않고 스스로 잘못을 알고 고치도록 때를 기다린 것이다. 속으로는 냉가슴을 앓고 있어도 밖으로 드러내는 일이 없었다. 기자의 기를 꺾지 않으려는 배려 같았다.

그런데 아주 사소한 일에도 갈등이 생기는 일이 더러 있었다. 신문 동정 난은 풍부할수록 좋다. 창업주의 의견이었다. 그는 그런 세세한 정보에 신경을 많이 썼다.

"일반 독자, 특히 기업 독자들은 국세청장 바뀐 것보다 담당 세무 공무원이 바뀐 뉴스가 더 관심거리다."

그러나 기자들은 그런 작은 문제에는 관심이 적었고, 따라서 동정 기사는 항상 부족했다. 자료가 부족한 것이다. 그래서 사원 누구나 재료를 가져오면 감사히 받아 넣었다.

창업주도 편집국에 자료를 보내곤 했다. 그런데 그 자료가 기사화되지 않는 일이 잦았다. 부족한 자료를 보충해주었는데 그것을 버리다니?

그런 일이 여러 번 반복되자 그는 회의 석상에서 문제를 제기했다.

"어째 사장이 넘기는 자료는 다 빼먹는 것이오."

고의로 그렇게 하지 않나 의심하는 듯도 했다. 난처해진 것은 나다. 창업주의 그런 자료는 내가 받아 처리했었다. 나를 통해서 편집국에 넘어오는 것이다.

나는 시정책을 찾지 않으면 안 되었다. 나는 분명히 편집에 넘겼는데 신문 지면에는 나오지 않는 것이다. 나도 답답했다. 담당자에게 이야기해도 시정되지 않았다. 어느 과정에서 빠지는지도 모르고 있었다. 서로 책임 전가만 했다. 편집 담당 기자는 공무국에 넘겼다 하고, 공무국은 모르는 일이라고 발뺌하기 일쑤였다. 그들의 말만 듣고는 어느 과정에서 잘못이 이뤄졌는지 알 수 없었다. 당시 나는 공무국에도 자주 드나들었다. 담당자와도 접촉이 잦았다.

나는 그들을 상대로 직접 조사해보니 조판 과정에서 빠지는 것이었다. 당시는 납활자로 조판했다. 조판공은 기사의 내용은 살피지 않고 지면 사정에 따라 기사를 빼기도 하고 늘리기도 했다. 공교롭게도 그가 넘긴 동정 기사가 잘 빠지는 것이었다. 그래서 초벌 교정지에는 있었는데 조판 과정에서 빠졌다. 편집기자도 그것을 알지 못했다.

나는 그가 넘기는 자료는 끝까지 사후 관리하기로 했다. 나는 꼭 넣을 기사를 직접 챙겼다. 또 편집부에 대해서는 '기사를 받았다는 확인서를 쓰라'고 했다. 실제로 확인서를 받을 수는 없고 주의를 기울이라는 엄포였다.

편집기자는 자기가 메모를 해서 꼭 챙길 터이니 번거로운 확인서는 생략하자고 했다. 그러나 그것으로도 안심이 안 됐다. 교정부에 가서 교정을 확인하고, 조판 대장까지 확인했다 때로는 공무국에 직접 가서 조판할 때 옆에서 확인하기도 했다. 거기서 보니 조판하는 과정에 지면이 부족하면 동정 기사를 빼기 일쑤였다. 나는 지면이 부족하게 되면 스트레이트 기사를 줄이는 대신 동정 기사는 누구의 것이건 빼지 말도록 했다. 그로부터 그가 넘겨준 동정 자료가 빠지는 일이 없게 되었다.

창업주도 그것으로 끝이었다. 더 이상 이야기가 없었다.

그러나 지금 생각하면 아주 미안한 일도 있었다. 창업주의 친척

중에 태양열을 연구하는 대학교수가 있었다. 창업주는 나를 불러 그를 소개하며, 기회가 있으면 지면에 한 번 등장시켜 주라는 것이었다.

그런데 그런 계기가 좀처럼 만들어지지 않았다. 기회를 만들어야지 하다가 차일피일 미뤄졌다. 나는 당시 일이 너무 많았다. 1주일에 데스크 보는 지면이 37개 면에 달했고, 회의 참석만도 하루 5번이었다. 기회는 만들면 되는 것인데, 나는 실행하지 못했다. 지금 태양열 시대를 맞고 보니 그에게도 미안한 일이다.

그러나 창업주는 그 문제를 두 번 다시 꺼내지 않았다. 채근하지도 않았고 서운하다는 느낌도 비치지 않았다. 나에게 불이익을 주지도 않았다. 지금 생각해도 창업주와 그에게 미안한 일이다.

또 하나 창업주에 미안한 일은 경제연구소를 차리지 못한 것이다. 그는 나에게 겸직으로 경제연구소 주비위원장을 발령했다. 그 일은 나도 하고 싶은 것이었다. 그런데 실무자도 없고, 기자들에게 자료조사를 시켜도 제대로 되지 않고, 결국은 구상만 하다가 실천하지 못했다. 경제연구소는 많고, 나는 마음속으로 '기업문화연구소'를 하길 바랐다. 나는 경영대학원에서 '기업문화'로 석사학위를 준비한 적이 있다. 당시 기업문화에 관한 관심은 별로 없었다. 그러나 외국은 달랐다. 내가 한국에 와 있는 외국 기업인들에게 문화충돌에 관한 설문지를 돌렸더니 결과가 나오면 꼭 알려달라고 부탁하는 외국 기업인들이 있었다.

매경은 지금도 경제연구소가 없다. 내 책임이 큰 것 같아 미안한 일이다.

나는 창업주에게 두 가지 빚을 진 셈이다.

9) 이익보다 공평

지금은 각 신문에 전면광고가 많이 난다. 하루에도 여러 페이지가 게재된다.

그러나 매경 발행 초기에는 전면광고가 거의 없었다. 얼마 후 전면광고가 나타나기 시작했지만, 그것 하나 유치하기가 대단히 어려웠다. 창간기념일이나 신년호 특집 등 특별한 날이 아니고는 어려웠다. 그런 날 전면광고를 유치하기 위해서는 광고사원만으로는 불가능했다. 능력 있는 간부사원이 동원됐다. 그런 경우 다른 부서의 지원 한계는 창업주가 잘 조절했다. 나는 그런 회의에 여러 번 참석했다.

당시 전면광고는 대재벌 그룹들에서나 나왔다. 그것도 아주 정책적인 경우가 많았다. 주는 측이나 받는 측이나 말단 광고사원을 통해서는 어려웠다. 고위층을 통해야 가능한 일이었다. 몇 년이 지나자 그런 날이 되면 대기업들이 알아서 전면광고를 배정해 주곤 했다.

1970년대 중반 신년호에 한 재벌이 전면광고 한 페이지를 배정하겠다고 했다. 톱 재벌이었다. 그런데 경쟁자 관계에 있는 다른 재벌에서도 전면광고를 게재하겠다고 했다. 그런데 그들은 같은 지면을 요구했다.

- 당시는 경영이 어려운 시기였다. 창업주는 매일 아침 8시에 각국 국장들로 전략회의를 열었다. 나는 부장으로서 유일하게 참석했다. 창업주는 그 회의에 참석하느라 일찍 출근한다고 부장인 나에

게도 기사가 딸린 승용차를 배정해줬다. 승용차는 10대가 되지 않아서 국장급에나 배정됐었다. 부장에 승용차 배정은 내가 유일했다. -

그 어려운 전면광고가 한꺼번에 한 지면에 둘이 경합하게 된 것이다. 그것도 간부를 통한 것이 아니라 광고사원을 통해서였다. 경사였다. 그러나 즐거운 고민거리였다. 회사 간부회의에서 담당국장이 보고하고, 어느 회사의 광고를 택할 것인지를 물었다. 어느 측도 다른 면으로 돌릴 수 없다는 것이었다. 즐거운 비명이었다. 그런 전면광고는 본지건 별쇄(別刷)건 맨 뒷면에 게재하는 것이 보통이다. 그 면이 효과가 크기 때문에 모두 그 면을 원한다. 두 재벌이 같은 날 같은 지면을 고수하는 것이다. 난처해졌다. 며칠을 두고 양보할 측을 찾았으나, 누구도 양보하지 않았다.

누가 먼저 위탁받은 것을 따질 수도 없었다. 광고사원이 수주한 시간은 선후가 있겠지만 회사에 보고한 시점은 거의 동시적으로 이뤄진 것이다. 처지가 난처해진 광고국에서는 누구를 선택하고 누구를 버릴 수가 없었다. 창업주만 쳐다보았다.

당시 회사는 재정적으로 어려운 형편이었다. 전면광고 하나가 광고 수입, 회사 수입에서 차지하는 비중은 컸다. 그런데도 아깝지만 하나를 포기하지 않으면 안 되었다. 간부회의에서 어느 것을 버리느냐는 결정을 해야 하는데, 아무도 입을 열지 않았다. 담당국장은 창업주의 얼굴만 쳐다보았다.

창업주가 드디어 결연하게 말했다.

"둘 다 포기합시다."

그는 그런 결단을 내렸다. 모두 의아하게 쳐다보았다. 아까운 전면광고를 둘 다 포기하다니. 하나라도 건져야 하지 않는가. 그러나 창업주는 단호했다. 누구를 취하고 누구를 버릴 수가 없다.

결국은 둘 다 거절하고 말았다. 하나를 얻고 하나를 잃을 수 없다는 것이다. 이해로만 따라갈 수가 없었다. 억지로라도 어느 기업이 매경에 더 이로우냐를 가릴 수도 있었지만, 그는 그렇게 하지 않았다. 그가 택한 원칙은 공평이었다. 그는 작은 이익보다 공평의 원칙을 선택한 것이다.

또 당장에는 손해지만 공정 공평하게 하면 하나도 잃지 않으리라, 그는 장기적으로 보고 있었다.

재벌에 대한 경고도 되었다. 전면광고 하나 가지고 신문사에 생색내는 듯한 자세에 대해 우리는 의연한 마음을 보이자는 것이었다. 작은 신문사지만 광고에 흔들리지 않고, 원칙에 충실하다는 메시지를 보낸 것이다. 그는 아무리 재벌이라도 결연한 태도로 대하기로 한 것이다.

그것은 신문의 자존을 지키려는 결연함 의연함이었다. 전략적으로는 '당신들은 치졸하다'라고 한 방 먹이는 것이기도 했다. 창업주는 기업에 대해서는 이해하고 도우려는 입장이었지만, 거대 재벌의 횡포에 대해서는 당당히 맞서려고 했고, 당당히 맞서려면 자존을 지켜야 한다고 생각한 것이다.

이런 사실은 정주영 전 현대 회장도 기억하고 있었다. "100억 달러 수출달성을 기념하는 '수출의 날', 각 수상기업에서 다투어 매경에 전면광고를 신탁했는데 신문의 지면 제한도 있어 귀중한 광고를 다 수용해 게재할 수 없게 되자, 창업주는 전 기업체가 우리의 큰 고객인데 누구 것은 싣고, 누구 것은 뺄 수 없으니 막대한 광고료 수입을 마다하고 전부를 게재 거부했다…"고 기억하고 있다(『特勤記者』).

정 회장은 그 일이 인상적이었던 모양이다. 창업주는 회사 내부에서는 그렇게 결정하고 당사자에게는 또 따로 해명한 것이었다. 그 나름대로 사후 조처를 한 셈이었다.

또 하나 공평 정신이 발휘된 사업은 소비자투표사업. 매경은 사시인 '부의 균형화' 차원에서 소비자 보호 문제를 비중 있게 다루면서, 소비자보호단체와 특히 밀접한 관계를 유지하고 있었다. 소비자보호는 창간 직후부터 전사적으로 주력하기 시작, 창간 다음 해인 1967년에 소비자보호 캠페인을 전개했다. [봉황 대상]을 제정하여 소비자 인기 투표를 받아서 시상하는 사업이었다. 신문에 투표용지를 게재하고 그것을 오려서 투표하도록 한 것이다.

소비자 인기투표는 현재 여러 기관에서 실시하고 있지만, 당시는 매경이 처음이었다. 소비자 투표를 받기 위해 여러 가지 방법이 동원됐다. 그것을 통해 매경을 알리자는 숨은 목적도 있었다.

전 사원이 동원돼 이 사업은 성공적으로 마쳤다. 효과도 상당한 것 같았다. 기업의 호응도 좋았고, 소비자단체도 긍정적이었다.

첫해에는 176개 상품에 시상했다.

또 그 해 5월 11일에는 부설로 '소비자 교육센터'를 설립했고, 다음 해(1968년)에는 창간기념일을 '소비자보호의 날'로 제정하는 등 많은 행사와 캠페인을 벌였다.

그러나 창업주는 다음해 '소비자투표사업'을 중단했다. 이유는 소비자 투표 과정에서 일부 기업의 조작행위를 감지한 것이다. 의도적으로 투표를 많이 하도록 동원하는 사례를 들었다는 것이다. 순수성이 훼손되고, 작위적인 것이 된 것이다. 그것은 그 기업에는 도움이 되고, 매경으로서도 친해질 수 있는 계기가 될지 모르지만 다른 기업에는 피해가 된다는 것을 중시한 것이다. 우군 하나를 얻기 위해 다른 기업에 피해가 가게 해서는 안 된다. 그런 생각이었다.

그는 단호히 그 사업을 중단했다. 이 사업은 처음에는 연례사업으로 계속할 생각이었지만 중단했다. 그로 인해 신문사에 돌아올 직간접적인 이익을 포기한 것이다. 기대하던 일이 성취됐는데 중단하기는 어려울 것이다. 그렇지만 그는 역시 결연했다.

신문사에 도움이 된다고 해도 공정하지 못하면, 공정과 형평의 원칙에 어긋나면 하지 않는다는 방침을 굳건하게 세운 것이다.

전면광고 거절도 그렇고, 소비자 투표사업도 그렇고, 모두 사원들에게 보여주려는 목적도 컸었던 것 같다. 혹여 사원들이 회사를 위한다는 명분으로 엉뚱한 일을 할 수도 있다. 그것을 사전에 방지하자는 교육적 의도로 보였다.

타산적으로 보아도 단기적으로는 그것이 도움이 될지 모르지만, 장기적으로 보면 손해일 수도 있다. 신문이 사는 길이 아니다.

이런 예는 곳곳에서 나타났다. 그는 초기 사원회의 때마다 강조하는 이야기가 있었다. 창간 초, 어떤 광고사원이 1면 5단 광고로 성냥 광고를 유치해왔다. 신문 1면 광고는 신문의 얼굴이다. 효과도 제일 크다. 그래서 단가가 제일 비싸다. 신문의 얼굴이기 때문에 아무 광고나 게재하지도 않는다. 대개는 대기업이 차지하고 있었다.

그는 보고를 받는 즉시 그 광고를 게재하지 않고 되돌려 보냈다.

"도대체 성냥 몇 갑을 팔아야 그 광고 대금을 벌 수 있느냐?"

그게 이유였다. 아마 그 광고주는 자발적으로 광고를 내려 한 것이 아니라 광고사원이 어떤 압력을 가해서 할 수 없이 광고를 내겠다고 한 것으로 의심했다. 협박했는지도 모른다. 그는 그렇게 믿은 것이다.

그게 그의 광고 원칙이었다. 재정적으로 어려운 때라 눈앞의 이익을 거절하고, 그런 원칙을 지키기는 대단히 어려울 것이었지만, 그는 그 원칙을 고수했다. 성냥 광고 이야기는 두고두고 사원교육용으로 반복했다. 그것은 사원 중에 사이비 신문의 사원처럼 행동하는 사람이 나오지 않도록 못을 박는 것이었다.

그는 언론이 기업에 손해를 끼치는 일을 피하려고 했다. 언론이 사회에 미치는 부정적 영향을 그는 누구보다도 잘 알고 있었기 때문이다. 그는 그런 신문을 하려는 것이 아니었다. 그는 그것을 철저히 지키려고 했고, 실제로 그렇게 했다.

좀 다른 이야기지만 그의 공평 정신은 사원 입사 시험에서도 나타났다. 그의 기자선발 방법은 좀 특이한 면이 있었다. 수습기자를 선발하는 데 성적 외에 다른 여러 가지를 고려했다. 필기시험에서 몇 배수로 뽑아놓고 면접에서 다른 여러 면을 보는 것이다. 일단 그들의 필기시험 성적은 같이 보고, 면접 고려사항으로 선발하는 것이다.

후에 안 일이지만 1기생도 그랬다. 여러 가지 배려 중 하나는 출신학교를 골고루 배정하는 것이다. 학교를 공평하게 대한다는 취지였다. 결과적으로는 학교별 상대평가가 됐다. 거기에 타산이 작용한 면도 있다. 되도록 다양한 학교 출신을 포용함으로써 반사이익을 노린 것이다. 출신학교를 안배하는 선발방법은 기자 초년병들이 사회를 파고드는 데 학교의 인연을 활용하라는 것이었다. 신문사가 널리 알려진 것도 아니고, 선배도 없는데 취재원을 어떻게 파고들

겠느냐. 말하자면 학교별로 거점을 만드는 것이다. 그는 기자 출신이기 때문에 취재기자의 어려움을 충분히 이해하고, 신문사의 현실을 냉정히 이해하고, 그 대책을 마련해주는 것이다. 학교로서는 공평하지만, 개개인으로서는 공평하지 않을 수도 있었다.

 - 그러나 예외도 있었다. 1기생 중에 우리 학교 우리 과 출신이 3명이나 됐다. 내가 제일 위였다. -

 그와 정반대도 있었다. 좀 모난 사람을 뽑는 것이다. 단 한 번 있던 일이다. 면접 결과 순위에서는 낙제인데 창업주는 한 사람을 특출하게 본 것이다. 다른 면접관들은 그를 높이 평가하지 않았다.

 - 면접 주관은 내가 담당했다. 면접표를 내가 만들었는데, 모두 그에 맞춰 채점했다. 창업주도 그에 맞췄다. 시험관의 채점을 종합해서 평균을 내어 순위를 매긴 것이다. 그런데 창업주는 단 한 사람을 예외로 찍은 것이다. 개인적으로 인연이 있는 사람은 아니었다.
 그러나 시험관리에 있어서는 면접시험관에는 누구에게나 똑같은 배점 기준이 적용되었다. 면접은 1차(국장급)와 2차(임원급)로 나눠 실시하는데 시험관은 똑같은 배점으로 합산, 평균을 내서 순위를 결정하는 것이다. 사장이나 국장이나 배점 비중이 같은 것이다. 공정을 기하려는 의도였다. 그렇게 해서 순위를 정하고 출신학교를 보는 것이다. 그 출신학교 중에서 제일 점수가 많은 사람을 선발하는 것이다. -

 창업주가 찍은 사람을 면접점수와 관계없이 특채형식으로 선발

했다. 시험 특채인 셈이다. 창업주가 그런 사람을 선호하는 것은 그가 엉뚱한 일, 보통 사람의 생각을 뛰어넘는 기발한 아이디어를 낼지도 모른다는 기대 때문이었다. 요즘 말로 하면 다중 평가였던 것이다.

그러나 그는 기자로서 적응하지 못하고 실무에 투입돼 좋은 성과를 내지 못했다. 모난 돌과 같은 사람인데 결과는 실패였다. 그 후 그런 특채 방법을 더는 사용하지 않았다.

그런데 창업주는 출신학교와 마찬가지로 출신 지역도 봤다. 출신학교를 안배하는 이유와 마찬가지로 출신 지역도 안배한 것이다. 그는 자기 출신 지역 사람들을 많이 뽑는다거나 인사상 우대하는 일은 하지 않았다.

인사정책에서 또 하나 특이한 점은 너무 뛰어난 사람은 뽑지 않는 것이었다.

"그런 사람이 우리 회사에 얼마나 있겠느냐?"

'우리'(매경) 현실에 적응하기 어려울 것이라는 이유에서였다. 적응하지 못하면 곧 떠날 것으로 본 것이다. 그는 사원 이동이 잦은 것을 원치 않았다. 수습사원을 뽑아 그의 정신이 철저히 주입되도록 가르쳐 '매경맨'을 만드는 것이 목적이었다.

그는 공평하면서 원칙주의자이고, 이상주의자이며 동시에 현실주의자였다.

그가 인사정책에서 공개적으로 강조한 것은 "나는 친인척이나 연고 채용을 하지 않겠다"는 것이었다.

소위 '가족회사'는 전문가들 사이에서 긍정적으로 평가되기도 했지만, 그보다는 부정적으로 평가되는 경우가 많았다. 여러 가지 부작용이 나타나기 때문이다. 국제적으로 보아도 사원간의 신뢰와 인화를 중시하는 홍콩이나 대만의 중소기업 중엔 가족회사가 많지만, 미국 기업은 기회균등의 원칙에 따르기 때문에 특히 대규모 기업은 가족회사가 적다고 한다. 우리의 경우 어느 편이 절대 우세하다고 할 수는 없다. 각 기업이 선택할 문제이다. 우리는 대기업도 '가족경영' 형태를 고집하는 기업이 많다. 기업의 공개념보다는 사유 의식이 우세하기 때문일 것이다.

창업주는 처음 규모는 작았지만 '가족회사'의 형태에서 벗어나려는 선택을 한 것이다. 친인척 특채를 되도록 배제하려고 한 것이다. 그렇다고 그가 친인척을 전연 쓰지 않은 것은 아니다. 그의 손위 처남은 처음 기획부장으로 입사해서 회사의 안살림을 도맡았다. 창업주 사후에는 부회장까지 올랐다가 퇴사했다.

그 밖에도 몇 사람이 있다. 인사에서 친인척을 우대하는 것은 옳지 못할 것이다. 반대로 친인척이라고 무조건 배척할 필요도 없을 것이다. 문제는 능력이다. 능력이 있으면 기회를 주고, 없으면 주지 말아야 할 것이다.

여기서 시선을 끄는 사람은 창업주의 형님이다. 나는 그를 창업주 장례식 때 산역장에서 만난 적이 있었다. 그는 초등학교 교장으로 퇴직한 사람이었는데 동생과의 관계를 이렇게 털어놓았다.

"여러 번 올라오라고 했지요."

창업주가 그에게 매경에 들어오라고 했다는 것이다. 그는 신문사 일을 무얼 아느냐고 거절했다는 것이었다. 그랬더니 창업주는 여러 번 더 권유했다고 한다.

"뒷배나 봐주시면 됩니다. 해외여행도 다니시고요."

형제의 의는 좋았던 모양이다. 그러나 그가 끝내 거절하자 계수(창업주 부인)를 그가 사는 나주로 보냈었다고 한다. 그래도 그는 끝내 거절했다고 한다. 그가 거절한 이유는 동생에게 누가 되고 싶지 않았다는 것이었다.

10) 현실과 한계

누구나 자기 노력으로 뛰어넘을 수 있는 상황과 아무리 해도 뛰어넘을 수 없는 불가항력적인 상황이 있다. 당시의 권위적인 정부는 정치 경제 사회 각 부문에서 넘을 수 없는 한계를 엄격한 선으로 그어 놓았었다.

언론계도 마찬가지. 그는 일차 신규 신문 발행 불허라는 벽에 부딪혔는데, 이는 37번이나 문공부를 찾아가는 집념으로 뚫었다. 그는 담당과장 뒷자리에 앉아서 하염없이 기다리곤 했다. 그런 벽은 도처에 존재했다. 그중에는 참고 기다리면 열릴 수 있는 문과 열리지 않는 문이 있다. 스스로 열어야 하는데, 여간 어려운 일이 아니었다.

현실적으로 부닥치는 한계의 몇 가지 예를 들면, 우선 취재기자의 청와대 출입이 불허된 것이다.

개발시대 대통령의 연두교서는 70~80%가 경제문제로 채워질 정도로 경제문제가 통치행위의 주종을 이루고 있었지만, 정작 경제신문의 기자는 그 본산인 청와대에 출입할 수 없었다. 더욱 국민 경제교육이 절실한 문제였는데도, 그 일조를 할 수 있는 경제신문은 배제되고 있었다.

그것은 당시 경제신문이 언론계에서 차지하고 있는 위상과 관련이 있었다. 경제신문이 신문으로서의 격을 갖추지 못한 것으로 인식되었기 때문이었다. 언론계에서 경제신문은 격이 한 단계 낮은 대우를 받았다. 언론계뿐 아니라 일반적인 인식이 그랬다. 경제지는 전문가나 경제인들만이 보는 '특수지'였다.

그런 격을 갖추지 못한 책임이 경제신문에 있다고 해야 할지, 경제문제를 제대로 이해하지 못하는 사회 인식이 문제라고 해야 할지는 속단할 수 없다. 아마 두 가지가 복합적으로 작용한 것일 성싶다.

또 경제문제가 통치행위의 중심 과제였지만 경제계는 여전히 정치 논리로 좌지우지되는 점도 있었다. 어느 편인가 하면 경제 중심사회라고 하기보다는 아직도 정치 중심사회였다. 정치 상위, 경제 하위였다.

그러나 정확히 말하면, 청와대의 태도는 좀 달랐다. 청와대를 출입하지 못한 것은 정확히는 청와대가 거절해서라기보다 기자단의 태도가 문제였다. 청와대를 출입하지 못하는 것이 아니라 기자실을 출입하지 못한 것이다. 벽은 청와대 기자단이었다. 종합지의 경우 청와대 출입기자들은 간부급이거나 유능한 베테랑들이었는데, 매경 기자로서는 거기 낄 수가 없었다. 매경뿐이 아니었다. 경제신문 전체가 그런 대우를 받았다.

다른 부처의 기자실도 같았다. 경제부처는 경제지 기자가 회원으로 가입됐지만, 기타 부처에선 가입되지 못했다. 경제지기자단은 따로 있었고, 방송기자실도 따로 있었다.

청와대는 경제신문의 출입을 막은 것은 아니다. 매경은 1기생 한 사람을 청와대 담당으로 배치했는데, 그는 열심이었다. 권혁웅. 그는 매번 청와대 출입증을 받아 출입했다. 그가 열성을 보이고 기자로서의 품격을 손상하지 않자 청와대는 그에게 개인 비표를 내주었다. 단지 기자단 소속 기자에게 내어주는 공식적인 출입비표를 받지 못했을 뿐이다. 청와대는 그를 출입기자로 인정한 것이다.

그러나 기자단이 공동으로 움직이는 대통령 기자회견이나 단체 출장에는 끼지 못했다. 당시는 청와대를 출입해도 정작 취재가 그렇게 자유로운 것은 아니었다. 청와대가 제공하는 자료를 주로 썼다. 연두 기자회견도 사전에 질문서를 받아 각본을 써서 하는 형식적인 것이었다.

그래도 청와대 출입은 상징적인 의미가 있었다. 그러나 몇 년이 지나도 매경 기자의 청와대 공식 출입문은 열리지 않았다. 비공식 출입도 담당 기자가 퇴사하는 바람에 없어졌다.

창업주는 그를 애석하게 생각했다. 창업주는 경제신문에도 청와대 출입이 허용돼야 한다는 강력한 주장을 여러 번 했다. 그가 청와대 출입과 관련해서 특히 바라는 것은 연두 기자회견 때 매경 출입 기자가 질문하는 장면이었다. 그는 그것을 신문으로써 반열에 자리매김하는 것으로 보고, 또 전국에 생중계되는 TV 방송을 통해 매경을 홍보할 기회를 얻게 되는 것을 의미했기 때문이다. 그러나 그 생전에 그런 기회는 주어지지 않았다.

- 미국에서도 뉴스 전문 케이블TV CNN이 설립됐을 때 초기에는 백악관 출입이 허용되지 않아 법원에 소송까지 제기한 사실이 있고 보면, 새로 시작하는 일은 어디나 그만큼 어려운 것 같다. 어느 면 청와대보다 백악관이 더 배타적이었다고도 할 수 있다. 그렇다고 매경을 비롯한 경제지들이 청와대를 출입도록 해달라고 CNN처럼 강력한 투쟁을 한 것은 아니다. -

당시는 극도로 통제된 사회였지만 홍보에 많은 신경을 썼다. 국민을 의식하기 때문이었다. 경제부처별로 장관이 기자회견 날짜를 서로 중복되지 않게 정해 놓고 정기적으로 국민에게 알리고 싶은 것을 알렸다. 회견이니까 질문도 자유롭게 했다. 공식 발표할 것이 없으면 기자간담회로 격의 없이 대화했다.

그런 면에서는 지금보다도 정부 시책의 홍보에 더 관심이 높았다고 할 수 있다. 오히려 문민정부 때부터 그런 정례 기자회견이 없어졌다. 대통령 회견도 각 신문사 창간기념일에 특별회견을 '해주는' 배려 차원이었다. 전 국민을 대상으로 공식적인 기자회견은 기피하고, 개별 신문사에 인심 쓰는 특별회견이나 하는 것이다. 기자회견을 공적인 행사로 의무감을 느끼는 것이 아니라 사적인 인심 쓰기로 활용하는 것이다.

신문사로서도 그렇다. 창간기념일 때 대통령 단독회견하는 일에나 관심을 둘 뿐이다. 그들은 대통령이 일 년 내내 기자회견을 안 해도 기자회견을 공식 요청하지 않았다. 대통령으로서야 일 년이면 여러 차례 개별회견하는 꼴이니 그것으로 기자회견을 다 했다고 착각할지도 모른다 그러나 국민을 의식하지 않는 태도라고 할 수밖에 없다. 그들이 그렇게 외치는 '민주화' '민주주의' 의식도 희박한 셈이다.

정부나 신문사나 같은 의식 선상에 서 있다는 간접증거다. 주는 자는 주는 것으로, 받는 자는 받는 것으로 소임을 다한다는 그런 암묵적 합의가 이뤄지는 것이다. 민주주의가 무엇인지, 언론의 자유가 무엇인지 의심케 하는 태도다.

언론의 취재 관행에 관해 군사정부보다 무엇이 발전했고, 무엇이 퇴보했는가. 한 번쯤 생각해 봄직하다.

물론 군사정부가 기자를 대하는 태도에는 더 본질적인 문제가 있었다. 그것은 일정한 '한계 안의 자유'였다. 기관장에 따라서는 기자들을 '우리 식구'라고 말하는 사람도 있었다. 출입기자를 자기들 식구라고 한다니. 신문이 제4부의 기능을 하는 독립적인 존재로 취급하지 않는 것이다. 그들의 의식에는 정부나 신문사나 다 같이 국가발전을 위해서 일하기 때문에 공동운명체 의식을 갖는다는 태도이기도 했다. 그래서 언론기관은 정부의 홍보 매체 이상도 이하도 아니었다. 기자는 그 출입처를 객관적으로 취재해서 기사를 쓸 수 있는 처지가 아니었다. '우리 식구'로 그들의 일을 홍보하는 수단으로 활용한 것이다. 참으로 어처구니없는 일이었다. 당시는 그런 체제였다.

창업주는 어느 편인가 하면, 그런 체제로 인해 큰 불편을 느끼는 것 같지는 않았다. 물론 다른 문제에서는 제한과 불편을 느끼기도 했지만, 그 때문에 신문 제작에 지장이 있다고는 생각지 않는 듯했다. 오히려 할 일이 더 많다는 태도였다.

각 부처에서도 기자단은 대단히 폐쇄적이었다. 청와대나 마찬가지였다. 기자단에 가입하지 못하면 출입과 취재가 자유롭지 못한 면도 있었다. 우선 그 기관장의 기자회견에 참여할 수가 없었다.

기자단이 이익집단화하고 있었다. 그 때문에 군소신문(특수지) 기자들과 종합지 기자들 사이에는 갈등이 많았다. 신문기자들과 방송 기자들의 관계도 마찬가지였다. 경제신문 기자들은 경제부처에서는 기자단에 비교적 쉽게 가입됐지만, 정치 사회부처에서는 배척당하는 경우가 많았다. 경제부처에서도 경제신문 기자들의 무대가 돼야 했지만 실제로는 종합지 기자들이 주도했다. 궁극적으로야 개인 기자들의 역량에 딸린 문제이기는 했지만, 전체적인 분위기는 그랬다.

그래서 부처에 따라서는 특수지(전문지)들이 또 하나의 기자실을 마련해 갖고 있었다. 방송기자실도 따로 있었다. 부처에 따라서는 기자실이 2개, 혹은 3개가 되는 곳도 있었다. 해당 부처로서는 번거롭고, 과외의 노력이 들었을 것이다.

그렇다고 그것이 취재에 절대적으로 불리한 것은 아니었다.

나는 보건사회부(보건복지부의 전신)를 출입하고 있었는데, 물론 기자단에 가입되지 못했다. 그런데 월요일인 '약의 날'(9월 9일)에 게재하도록 장관 인터뷰를 해오라는 지시를 토요일 오후에 받았다. 갑자기 방침이 정해진 듯했다. 편집국에서는 아예 불가능한 일로 생각하고 기획을 안 하고 있었는데, 창업주가 직접 지시했다. 사장실에서 창업주가 편집국장이 같이 있는 자리에서였다. 그렇게 해야 의약 업계에서 매경을 달리 본다는 것이었다. 약 광고를 의식해서 제약업체에 매경의 위상을 과시하기 위한 것인 듯했다.

나는 참으로 난감했다. 그렇다고 못 한다고 할 수도 없었다. 그 지시는 절대적이었다. 나도 못 한다고 하기는 싫었다. 우선 J 장관의 행방을 수소문해야 했다. 가능하다면 일요일에라도 인터뷰하려고 했다. 그의 행방을 찾고, 연락하고, 집 주소를 알아내느라 토요일을 거의 다 보냈다. 어찌어찌해서 집으로 연락이 됐는데, 월요일 새벽에 집으로 오라고 했다.

월요일 새벽 약속 시간보다 훨씬 일찍 가서 그 집을 찾았다. 원효로였는데, 그 주소지에 가보니 집들이 너무 초라했다. 전형적인 서민 동네였다. '장관이 이런 집에 살 것인가' 좀 번듯한 집을 찾았으나 없었다. 주변을 돌다가 집마다 문패를 살펴보니 장관 집도 그 작은 집 중의 하나였다.

초인종을 누르니 들어오라고 하는데 집 안이 협소하기 짝이 없었다. 20평도 안 돼 보였다. 응접실이라고 할 것도 없이 조그만 응접세트가 하나 놓여 있을 뿐이었다. '이게 장관이 사는 집인가? 참으로 청렴한 분인 모양이다'고 감탄하는데 장관이 파자마 바람으로 나왔다.

그렇게 인터뷰를 해서 그날, '약의 날'에 장관 인터뷰 기사를 내보낼 수 있었다. 사진도 내가 직접 찍었다. 그들은, 아니 장관은 내가 기자단에 가입된 기자가 아니라고 차별하지 않았다.

창업주는 박정희 대통령을 자기와 대칭관계에 놓고 보았다. 그것이 박 대통령의 통치 철학에 공감해서였건, 신문을 발전시키기 위한 전략에서였건 청와대의 움직임에 안테나를 고정하고 있었다. 박 대통령이 무엇을 생각하는가, 박 대통령이 관심을 두고 있는 문제는 무엇인가, 박 대통령은 이런 문제를 어떻게 생각하는가….

그러는 과정에 창업주는 박 대통령의 통치 철학에 공감이 늘어가는 듯했다. 옆에서 느낄 수 있는 것은 박 대통령이 국정에서, 특히 경제문제에 있어 혁명을 일으키고 있는 것과 마찬가지로 경제신문에서, 나아가 신문계에서 박 대통령과 같은 혁명을 일으키려는 의욕이 드러나곤 했다. 공적인 사적인 대화에서, 공적인 연설에서 그런 암시가 감지됐다. 거의 공공연하게 의사를 표시하기도 했다.

그것이 신문을 발전시키기 위한 전략의 일환임도 부정할 수 없다. 우선 특집을 박 대통령의 관심을 끌 만한 주제로 골랐다. 박 대통령의 공감을 얻고, 박 대통령이 생각지 못하던 문제를 제기해주고, 박 대통령에 도움이 되는 그런 주제를 찾아내느라 고심하곤 했다. 그는 박 대통령에게 매경을 인식시키려는 노력을 계속했다. 특별사업까지 기획했다. 유신에 관한 특집도 과감하게 했고, 박 대통령 어록을 특집으로 엮기도 했다.

창간 10주년 때는 '박정희 대통령의 지도이념과 행동철학'을 특집으로 엮었다. 이것은 후에 책으로 냈다. 국내뿐만 아니라 영어판, 일어판, 중국어판까지 냈다. KH 사의 협조를 받았는데 내가 담당했다. 박정희 대통령의 개발철학을 이해하려는 노력의 일단이었다. 그러나 인연이 맺어진 것은 아니다.

내가 그 특집을 맡았었는데, 회사는 나의 의견을 묻지도 않고 나를 기자협회의 기자상 후보로 추천했다. 나는 대단히 쑥스러웠으나 사후에 알아서 어찌할 수 없었다. 무엇인가 의도하는 바가 있었을 것이다.

대외에서의 수상도 회사가 관리했다. 금융단은 저축 기간 행사의 하나로 매년 경제홍보에 기여했다고 평가되는 기자에게 금나무상, 은나무상, 동나무상을 준다. 내가 경제부 차장 때 회사는 나를 그 대상자로 추천했다. 나는 금융기관 출입도 아니었지만 책임자라고 선택한 것이다. 경제계에서는 경제신문이 인정을 받아서 한국은행은 나를 동나무상 수상자로 결정했다.

그런데 회사는 우리에게 금나무상을 주지 않고 동나무상을 주는 것이 경제신문을 낮게 평가한 탓이라고 시상식에 나가지 못하게 했다. 그렇다고 수상을 거부하는 것은 아니고 다른 기자를 시상식에 대신 내보냈다. 그런데 나 대신 참석했던 사람은 내게 상장도 부상도 건네주지 않았다. 회사에 바친 것이다. 물론 회사가 시킨 일이었다.

– 몇 해 후 회사가 이사할 때 보니 사장실 창고에서 그 상패가 나왔다. 회사는 부상도 내게 전해주지 않았다. 입장이 곤란해진 것은 나였다. 기자들은 상을 탔으면 부원들에게 한턱해야 하는 것 아니

냐고 직접 이야기하는 사람도 있었다. 월급은 적고, 나는 여윳돈이 없었다. 얼마가 지난 후 상금(얼마인지도 몰랐다)의 일부를 돌려주어 부원들과 간단한 점심식사를 했다. -

1975년 창업주는 정부를 위한 경제의식 여론조사를 시행했다. 국민의 일반적인 경제의식 수준과 정부의 경제정책에 대한 반응 등이 광범하게 포함된 것이었다. 큰 노력을 들였다. 기사화해도 좋은 내용이었다.

그러나 그는 그것을 신문에 게재하지 않고 차트로 읽기 좋게 만들어 정부에 직접 전달했다. 해설은 K 군이 쓰고 전달은 내가 했는데, 당시 경제부장과 절친하던 S 정무 장관을 통해서였다.

그러나 그에 대한 정부의 반응은 듣지 못했다. 박 대통령도 매경을 의식하고 있었음이 틀림없다. 창간기념일에는 단독기자회견은 안 했지만, 서면 질의에 응해주면서 '절약 근면(節約 勤勉)'이라는 휘호를 써주기도 했다. 그 휘호는 축소해 월급봉투에 찍어 두고두고 사용했다. 상당 기간 그 글자는 월급봉투에 찍혀 있었다.

또 창간 5주년 때는 박 대통령이 매경 사시의 첫 번째, '신의 성실한 보도'를 휘호로 써주기도 했다. 10주년 때는 '경제유신(經濟維新)의 구현(俱現)'을 써주었다. 그러나 지금과 같은 단독 특별회견은 끝내 없었다. 당시는 대통령이 각 신문사의 창간기념일에 특별기자회견을 많이 하지는 않았다.

- 당시 Y 기획위원(비서)의 술회를 들어본다.

어느 회사나 사장의 아침 일정은 거의 비슷할 것이다. 창업주는 아침 8시에 간부회의를 주재하고, 부서별로 업무 결재를 하고 나면 10시 30분부터 12시까지는 조금 한가한 시간이 된다. 그때쯤 Y 기획위원을 불러들인다. 그는 점심때까지 세상 돌아가는 이야기, 회사 관계 일과 심중에 있는 말들을 격의 없이 토로하곤 했다.

1970년대 후반에는 유신 시대의 말기였으므로 시사성 있는 말들을 잘못하면 곤욕을 치르곤 했었다. 사회 분위기가 극도로 경직돼 있었으므로 식자층의 불만은 상당히 높은 편이었다. 어느 날 Y 위원도 세상 돌아가는 이야기를 하다가 당시의 집권층을 강도 높게 비판했더니, 창업주는 대화를 중단시키고 이렇게 말했다고 한다.

"나도 당신의 의견에 상당 부분 공감하지만, 앞으로는 내 앞에서 그런 불평을 삼가기 바란다. 그런 유언비어성 얘기들이 내 머리에 떠오르게 되면 신문 제작에 많은 지장을 받게 된다. 당신은 나와 함께 매경의 발전을 위해 장기간 동고동락해야 하는데, 그렇게 반체제적 사고방식을 갖고 있으면 매경 발전에 도움이 되지 않는다. 우리의 활동무대인 매경이 폐간돼버리면 언론 보국하려는 나의 꿈은 깨져버리고, 나를 도와주려는 당신 역시 설 땅을 잃게 된다. 그러므로 당신이 진정 나를 도와주려면 지금까지의 고정관념을 버리고 180도 생각을 바꿔야 한다. 어쩔 수 없는 선택이다." –

당시 매경(경제신문)에 열리지 않는 문으로 '해외특파원 파견'도 있었다. 청와대 출입과 마찬가지로 정부에서 허가하지 않았다. 당시는 외환 사정이 좋지 않아 달러 지출을 적극적으로 억제하던 시기였다. 일반의 해외여행이 극히 어려웠음은 물론, 언론계의 해외특파원도 신문사별로 쿼터를 배정해 해외 취재가 극히 어려운 시절이었다.

그러나 더 기본적인 문제는 경제신문 위상과 관련되는 것이었다.

솔직히 말하면 당시 경제신문은 특수전문지로 취급해 종합일간지와는 한 수 접어보는 경향이었다. 그런 인식이 여러 곳에서 작용하는 것이다. 창업주는 역으로 창간사에 '경제불모지'라는 표현으로 경제신문의 필요성을 역설했다.

그는 해외특파원 파견의 꿈을 접지 않았다. 경제신문에도 그 문이 언젠가는 열리리라고 믿고 있었다. 그것은 시간을 기다리면 될 일이었다. 오히려 당시 회사 재정 사정으로는 그렇게 급한 일도 아니었다.

영어 문제로 나를 자주 불러내던 시절, 어느 한 날 그는 영어 공부를 끝마치고 느닷없이 말했다.

"특파원이 허가되면 제일 먼저 보내줄게."

그 자신 희망을 버리지 않겠다는 자기 다짐이었고, 사원들에게도 희망에 차라는 격려의 말로 들렸다. 당시 매경 기자들은 특파원을 꿈도 꾸지 못할 때였다. 그것은 너무도 요원하게 보였다.

그의 꿈은 그의 생전에 실현되지 못했다. 그저 지나가는 말로 한 것이었는지 나에 대한 약속도 지키지 못했다. 물론 그 후임자들에게 그 약속을 지키라는 유언도 없었던 것 같다.

경제신문으로서 나래를 활짝 펴고 싶은 창업주의 욕망은 그런 외부 상황 때문에 좌절을 곱씹곤 했다. 더욱 고통스러운, 그대로 참고 넘어갈 수 없는 일도 있었다. 광고(결산공고) 지면 배정 문제가 대표적이었다. 결산공고는 법인기업(주식회사)들이 결산기가 끝나면 결산 내용(대차대조표)을 일간신문에 공고하도록 의무화되어 있었다. 그런데 법인기업은 거의 80% 정도가 결산기를 12월 말로 정하고 있었다. 그들에게서 나오는 결산공고는 기존의 신문지면만으로는

다 소화할 수 없는 방대한 양이었다.

결산공고 의무화는 작은 신문사로서는 행운이었다. 특히 경제신문으로서는 대단한 특수였다. 그동안은 평소의 몇 배의 광고 수입을 올릴 수 있었다. 그때 벌어들이는 결산공고 수입으로 몇 달 치 경상비용이 충당될 정도였다. 언론계서 그 문제에 제일 먼저 눈뜬 사람은 창업주였다. 그래서 결산공고는 매경이 독보적이었다. 후에 다른 신문사들도 열을 내기 시작했다. 그래서 유치경쟁이 치열해졌다.

매경은 그 일에 전 사원이 동원되다시피 했다. 종합지는 광고단가가 비싸지만 경제신문은 상대적으로 싸서 중소기업들은 경제신문으로 몰렸다. 매경은 결산공고 단가는 중소기업에 봉사한다는 명분으로 특별할인을 했다.

창업주는 다른 신문에 앞서 이 결산공고 유치에 전사적인 노력을 기울였다. 특별팀을 두고 유치에 총력을 기울였다. 치밀하게 준비했다. 사전 공작도 많이 했다. 결산공고는 정관에 공고신문을 규정해 놓게 돼 있는데, 매경은 그 작업부터 한 것이다. 법무사를 통해 신설 법인엔 매경을 공고신문으로 올려놓도록 한 것이다. 기존 법인도 매경을 공고신문으로 하도록 정관개정을 촉구(공자?)하기도 했다. 결산공고를 꼭 정관대로 하지는 않아도 됐지만, 정관에 못 받아놓으면 그만큼 유리했다.

그런 노력의 결과로 다른 신문사보다 유치 건수가 월등 많았다. 결산공고라면 단연 매경이 돋보였다. 그에 따라 지면 수 부족도 매경이 제일 심했다.

그런데 당시는 신문의 지면 수를 엄격히 제한했다. 그 결정권을 신문협회가 쥐고 있었다. 자율규제 형식이었다. 특수사정이 생겨 예외를 인정할 필요가 있으면 신문협회가 허가토록 한 것이다.

- 당시 각종 협회는 업계 대변자라기보다 정부 정책의 대리 집행자 같은 역할을 하는 경우가 많았다. 회장을 정부가 임명하는 곳도 많았고, 임명이나 허가는 아니래도 승인(묵인)을 받아야 했다. 당시 신문협회 회장은 정부 소유의 '서울신문' 사장이 맡아왔다. -

결산공고를 다 게재하자면 기존의 지면 수로는 기사를 하나도 게재하지 못할 형편이었다. 그러고도 지면이 부족할 형편이었다. 대폭 증면하지 않으면 안 됐다. 그러나 아무리 법적 의무사항인 결산공고라도 개별 신문사 마음대로 할 수 없었다. 결산공고를 게재하기 위한 증면도 허가 아닌 허가를 받아야 했다.

이런 증면은 각 신문사가 필요한 만큼 신문협회에 신청하면 신문협회가 이사회에서 의논, 할당해 주었다. 처음엔 신청하는 대로 승인해줬다. 그러나 결산공고가 전 언론계의 관심거리가 되자 신문협회의 태도가 달라졌다.

매경은 사원들이 유치해오는 결산공고를 소화하는 데 필요한 만큼의 지면 배정을 받을 수 없는 문제에 봉착했다. 유치를 많이 해도 지면이 없으면 소화할 수가 없다. 매경이 결산공고 유치에 뛰어난 실력을 발휘한 것 역시 창업주의 전략이 주효한 것이었지만, 공고를 못 하면 허사가 될 뿐만 아니라 해당 법인들은 법적인 문제에 봉착한다. 매경은 이때가 되면 이 문제를 해결하느라 북새통이 됐다. 자연 기사 지면이 축소될 수밖에 없어 편집국도 기사 조절하느라 북새통이었다.

매경의 결산공고를 위한 증면 상황을 보면, 1970년엔 16면을 부록으로 발행했다. 이것이 점점 늘어나 1974~75년은 56면, 그 후에는 120면까지 늘어나는 해도 있었다. 매경의 결산공고 유치는 타의 추종을 불허할 정도였다.

사정이 이에 이르자 결국 신문협회가 제동을 걸고 나왔다. 지면 할당이라는 전가의 보도를 휘둘러 매경에 일정한 지면 수로 제한할 것을 강력히 요구한 것이다. 전년 게재 지면 수보다도 더 줄이라는 해도 있었다. 자유경쟁의 정신을 위배하는 것이다. 종합지들도 결산공고가 막대한 수입을 올려준다는 사실을 뒤늦게 인지한 후의 태도 변화였다. 그러나 그것은 우리 마음대로 할 수 있는 것도 아니었다. 그것은 기업의 선택이고, 법적인 문제였다. 그러나 신문협회는 벽창호였다.

그들은 자기들이 유치할 노력은 안 하고 원천적으로 특수지의 지면을 제한해 다 소화할 수 없도록 함으로써 가만히 앉아 그들에게 결산공고가 배정되도록 하려는 심사가 엿보였다. 매경은 필요한 지면을 할당받지 못했다. 그래서 기사면을 광고로 채우고 그 기간이 끝나면 감면하지 않을 수 없었다.

1976년의 경우, 결산공고가 끝나고 매경 1면에 '감면에 양해 바랍니다'라는 사고(社告)를 수시로 게재했다. 당시 신문협회 결의로 주 48면만 발행하게 돼 있었는데 결산공고를 게재하느라 48면을 증면했다. 그래서 증면한 만큼 여러 날을 두고 조금씩 감면한 것이다. 그것은 무언의 시위이기도 했다. 결산공고는 법정 사항인데 그것을 평시의 지면으로 다 소화할 수 없음은 너무도 뻔한 일이었다. 자율경쟁을 스스로 막고 기득권에 안주하려는 대형 신문들의 횡포에 대한 항거의 표시이기도 했다.

그것이 당시 정부 신문, 거대신문의 경영자들이 취한 태도였다. 신문의 불공정, 요즘 개혁의 도마 위에 올라야 하는 단초를 보인 것이다. 기사를 위한 지면 통제는 정부의 뜻이었다고 해도 그만한 융통성은 협회가 발휘할 수 있었지 않나 생각되는 것이다.

신문협회의 비이성적인 처사에 창업주는 분노했다. 그는 신문협회 탈퇴까지 고려하는 등 끝까지 맞서려고 했지만, 신문협회의 발행면수 제한결정(1970년 1월 20일 제53차 이사회 결의)을 받아들이기로 했다. 역부족이었다.

그때 창업주가 분통해 하던 모습은 지금도 눈에 선하다. 호젓한 시간, 사원들이 안 보이는 곳에서 '이럴 수 있느냐'고 상기된 얼굴로 억울함을 토로하는 격앙된 얼굴을 본 적이 있다. 나는 황소와 개구리의 우화가 생각나기도 했다. 저러다 병이 나지 않을까 하는 우려도 했었다. 분을 삭이지 못하면 병이 되는 것 아닌가. 스트레스는 병의 원인이라고 하지 않나.

결국 창업주는 쓸개가 상하는 병을 얻었다. 그 분노가 원인의 하나가 되지 않았을까. 직접 원인은 아니라도 다소간 영향은 미쳤을 것이다. 그는 췌장암으로 별세했다.

3. 성공한 전략

1) 전천후 사원이 되라

부서간 관계에서는 대개 편집국 요원들이 다른 부서의 일을 도와 준다. 신문 판매, 광고 유치, 책 판매…. 그러나 역으로 편집국에서 다른 부서의 도움을 받기도 했다. 상장법인의 결산기 때 결산자료 수집이 그것이다.

매경은 증권면을 만들고 상장사 분석자료를 충실히 하려고 애썼 다. 그래서 주총 때면 각 상장사의 결산자료를 모두 수집하는 것이 큰일이었다. 편집국에서는 증권 담당뿐 아니라 각 부서 업계 담당 기자들이 해당 상장사의 결산자료를 얻어오도록 했다.

나는 증권 데스크를 5년 동안(1년 건너뛰고) 맡았고, 총괄부장도 맡아서 그런 총괄을 많이 했다. 기자들에게 상장사가 중복되지 않 도록 조치하고, 누락되는 상장사가 없도록 확인하는 것이다. 그래 도 편집국 기자들만으로는 손이 모자랐다. 당시 기자 수가 적은 편이었는데, 상장사 주식은 며칠 동안에 집중되기 때문에 주총장에 다 찾아갈 수 없었다.

그때, 편집국 이외의 도움도 받는 것이다. 창업주는 증권면을 만들고 전 상장사 주식을 사서 모았다. 상장사 중 문화 경향(당시 상장) 주식만 유통주식이 없어 사지 못했고 나머지는 모두 소량을 샀다. S 증권의 도움이 컸다.

창업주는 연구소를 만들 자금을 비축하려는 목적에서라고 했다. 또 하나의 목적은 기자의 취재를 도와준다는 것. 주주인 신문사에서 주총에 참석하면 주총 자료를 얻는 데 편의를 보아주지 않겠는가 하는 것이었다. 다목적이었다.

그 주식의 관리는 기획실에서 했다. 편집국과 기획실의 협조가 절실했다. 그 담당 사원을 주총 자료수집에 활용하는 것이다. 편집국으로서는 큰 도움이 됐다. 창업주는 부서간 그런 협조체제를 만들어 놓은 것이다. 다른 부서 업무를 지원하는 데 거부반응이 없도록 했다. 인력 부족을 그런 전사적 협력체제로 극복하는 것이다.

그것은 넓은 마음에서 가능했다. 기자가 영업사원에 우쭐해서도 안되고, 홀대해서도 안 된다. 그는 마음이 좁은 사람을 '밴댕이' 같다고 질타하곤 했다. 그런 마음가짐은 사원들에게 열린 마음으로 일에 임하게 하고, 각 부서간 협조체제를 이룩하는 데 큰 도움이 됐다.

또 하나의 예는 정보의 활용이다. 기자들은 대개 영업부서(광고나 판매) 사원들이 기사에 대해 이러쿵저러쿵하는 것을 달가워하지 않는다. 기사자료가 있다든가, 기사를 써주었으면 좋겠다고 하는 등 기사로 호감을 사 그 회사와 친해지려는 것이다. 궁극적으로는 광고 유치에 활용하려는 것이다.

그들은 기자들에게 희망과 기대 사항이 많았다. 제도적으로 그런 협조체제를 만들 수는 없고 개인간의 친밀관계로 그런 협조를 얻는 사람도 있고, 협조를 얻지 못하는 사람도 있었다.

그때 창업주는 선을 그었다. 영업사원이 기자에게 기사를 써달라고 하는 것은 안 되지만 정보는 제공할 수 있다. 정보마저 막을 필요는 없다. 정보는 누구에게서 나와도 좋다. 그것을 가지고 취재해서 기사화하는 것은 기자의 몫이고, 편집국 임무다. 그것이 기사가 되고 안 되고는 기자와 데스크가 판단할 문제다. 그런 것이었다.

나아가 정보제공은 누구에게서 나왔건 편집국을 도와주는 것이다. 기자들에겐 누구든 자기의 정보원으로 활용할 수 있도록 열린 마음을 가지라고 촉구하는 것이다. 그가 판매사원이면 어떻고 광고사원이면 어떠냐. 어떤 부서나 도움을 줄 뿐만 아니라 받을 수도 있다는 생각이 있으면 다양한 협조가 가능한 것이다.

창업주 자신이 그런 모범을 보였다. 누가 말하든 타당하다고 믿어지면 과감히 실행에 옮겼다. 1977년 2월 10일 박정희 정부는 '임시 행정수도 건설구상'을 밝혔다. 서울에 인구가 너무 집중되고, 휴전선에서 너무 가깝다는 이유에서였다. 통일될 때까지 임시 행정수도를 서울에서 고속도로로 1시간 또는 1시간 30분 거리에 건설하겠다는 구상이었다.

문제는 후보지였다. 정부도 몇 곳의 후보지를 가지고는 있다지만 절대 비밀이었다. 그때 재미있는 일이 벌어졌다. 당시 Y 기획위원은 그 후보지가 충청북도 진천(鎭川)이라고 추정했다. 그 이야기를 들은 창업주는 이유를 상세히 설명해보라고 했다. Y 위원은 다음과 같이 설명했다.

첫째, 박 대통령이 세칭 신라지역인 경북 출신이므로 백제지역인 계룡산(당시 계룡산 설이 있었다) 부근을 택할 리는 없고, 둘째 박 대통령이 남북통일을 염원하기 때문에 삼국통일을 이룩한 김유신(金庾信) 장군과 인연이 있는 곳을 택할 것 같으며, 셋째 고속도로로 1시간 내지 1시간 30분대의 거리에 있고, 넷째 북한 육해공군의 사정권에서 가장 안전한 천혜의 요지라는 점을 들었다. 그래서 충북 진천을 찍었다.

진천은 평양 – 서울 – 부산을 잇는 일직선상에 위치하고, 차령산맥을 끼고 있는 분지로 금강과 남한강의 교류지점에 자리 잡고 있다. 창업주는 그 추정을 받아들였다.

매경은 2월 14일, 1면 머리기사로 '임시 행정수도 진천 지역 가능성'이라고 대서특필했다. 기사도 그들(사장실)이 직접 썼다. 이어 그 이유와 내용을 상세히 푸는 시리즈도 그들이 준비했다.

창업주와 Y 위원은 그 해설기사를 사무실에서 완료하지 못해 창업주 댁에서 밤 3시까지 썼다고 한다.

기사는 기자만 쓰는 전유물이 아니었던 셈이다. 다른 부문의 사람들과 마찬가지로 기자들도 영역 다툼을 할 수 있다. 자기 소관 부문의 기사를 딴 사람이 쓴다면 싫어하는 것이다. 그러나 창업주는 그것은 옹졸한 마음의 소치라고 보았다. 열린 마음이면 그런 협조가 가능하다는 것. 그는 정보를 제공하는 사람이 누구건 타당하면 받아들이는 것이다. 특히 기사 정보는 그랬다. 기자가 자기가 아는 만큼의 정보로 기사를 쓰기보다 다른 사람의 정보를 활용할 수 있으면 그만큼 활동 영역이 넓어지는 셈이나 마찬가지 아니냐. 그런 주장이었다.

그는 그것을 제도적으로 돕기 위해 영업사원이 보고하는 일보를 일일이 보고, 직접 활용할 수 있는 정보를 골라 편집국에도 알려주었다. 그 통로 역할을 내가 맡았다.

 인력을 활용하는 데 전문화인가 종합화인가 하는 문제는 항상 대두된다. 어느 한 편만이라고 할 수 없지만 창업주는 인력을 풀로 쓰는 편이었다. 좁게는 편집국에서 특집을 만드는 일에서부터 회사 차원의 이벤트를 추진하는 일 등까지….

 예를 들면 회사연감 판매이다. 판매는 사업국 담당이지만 각 부서 인원들이 참여한다. 그러나 형식적으로는 자발적이다. 회사는 다른 부서 사람들이 참여토록 유도하기 위해 인센티브제를 마련할 뿐이다. 본사 인원뿐 아니라 지방 인력도 동원한다.

 그러나 인력 활용은 장기적인 관점에서 전문화와 일반화를 병행했다. 전문화는 전문화대로 시도했다. 편집국의 경우, 한 곳에 붙박이로 배치하는 기자는 전문기자로 양성하려는 목적에서였다. 그 반면 간부는 달랐다. 간부는 광범위하게 순환 배치했다. 그게 꼭 고급 간부 양성 목적이라고는 할 수 없다. 편집국에 인력이 많으니까 그렇게 활용한 것이다.

 나는 편집국 취재부서 전체를 돌았다. 총괄부장, 정경부장, 산업부 차장, 사회생활부장, 문화체육부장, 증권부장 등으로 일부는 겸직이었다. 왜 그랬을까. 한 가지 분명한 것은 일이 아주 많았다는 사실이다. 내 소관이 아닌 일도 많이 했다. 나는 특집부장 비슷하게 돼 있었다. 그러나 특집부는 없었다. 말하자면 발령 없는 특집부였다.

 국장이 되고서도 비슷했다. 광고국장, 관리국장, 사업국장(출판), DB 실장을 돌았다. 7개국 중 4개국을 돈 것이다. 왜인지는 모른다. 설명해 주지도 않았고, 묻지도 않았다. 역시 일은 많았다. 시킨 일, 내가 개발한 일 등….

창업주는 여러 면에서 융통성을 보였다. 판에 박은 신문을 발행하려고 하지 않았다. 사설을 싣지 않고, 소설을 연재하지 않았다. 그것이 경영상 부담이 돼서였더라도 그것을 신문의 필수적인 요소로 생각지 않은 것이다. 남이 하니까 나도 해야 한다는 그런 생각이 아니었다. 그런 것들이 없이도 좋은 신문을 만들 수 있는 것으로 생각한 것이다. 소설을 게재하는 대신 기자들이 재미있는 읽을거리를 쓰도록 융통성을 취했다.

'돈'이라는 연재는 각 기자가 다양한 직종의 사람들이 돈을 어떻게 벌고 쓰는지 재미있게 쓴 것이다. 소설 대용이었다. 190회에 걸쳐 장기 연재했다. 형태도 삽화를 곁들여 세로 2단 통의 소설 모양이었고, 위치도 소설이 게재되는 자리였다. 말하자면 전 기자가 돌아가면서 쓰는 실화 콩트였던 셈이다. '돈' 시리즈는 1969년 6월 9일 박치원의 연재소설(「여인 백태」)이 처음으로 연재되기 직전 끝을 맺었다.

'극비의 스위스 은행'도 마찬가지다. 출처나 필자를 밝히지 않고 재미있게 역시 100회 이상 연재했다. '돈'과 함께 연재되는 관계로 이것은 사회면에 미니 박스로 처리됐다.

편집국이 아니고 다른 부서에서 창업주가 직접 참여한 부문의 하나로 『상품 대사전』의 판매를 들 수 있다. 『상품 대사전』은 만들기도 어려웠지만 판매도 어려웠다. 판매가 부진했던 것이다.

창업주는 『상품 대사전』 판매의 영업부장을 자임하고 나섰다. 전 사원이 『상품 대사전』 판매에 관심을 두고 협조하라는 암시였다. 당시 나는 사업국장(출판업무 포함)이어서 그 판매의 책임자였다. 그때 여러 가지 방안을 강구했는데 그중 하나가 지방사원들을 활용하는 것이었다.

마침 그들을 본사로 불러올려 본격적인 신문 판매 교육을 시행했다. 나는 그들을 책 판매, 특히『상품 대사전』판매에 활용하자고 했다. 그래서 그들에게 책 판매 교육도 했다. 그들에게 도서 상품(회사연감, 상품 대사전)의 내용을 상세히 설명해주었다. 수요처와 판매 방법도 알려주었다. 특히 판매 대상에게서 나올 수 있는 다양한 예상 질문을 상정해 각 질문에 대응하는 요령도 주지시켰다. 성과가 컸다고는 할 수 없었지만 노력은 다양하게 했다. 그러나 판매에 한계가 있었다.

사원들은 자연히 전천후 사원이 돼 갔다. 어느 부서의 일이든 그때그때 필요에 따라 투입되면 그대로 처리해야 했다. 사원들은 고유의 본업이 아니라도 잘 수행했다.

2) 독자의 머릿속으로 들어가라

창업주의 신문 직접 만들기는 곳곳에 나타났다. 그 하나가 여론조사다. 초기에는 국민 의식조사를 많이 했다. 한해 두세 번꼴의 의식조사를 했다. 주로 경제의식 조사였다. 신년호와 창간기념호에는 으레 여론조사 특집을 냈고, 그 사이에도 여러 번 실시했다.

그것도 전 국민 대상이다. 1975년 창간 10주년 기념일(3월 24일)에는 광복 30주년을 기념해 실시한 '한국민의 의식구조'에는 1만 5990명이 응했다. 타 신문에도 공고하는 등 적극적으로 추진한 결과이다. '갈등과 단절의 원인을 정확히 파악하여 국민총화의 기반을 다지는 자료로 집대성한다'라는 목적이었다. 응모하는 사람에겐 상품까지 걸었다. 여론조사는 대규모로 시행했다. 되도록 많은 사람을 대상으로 했고, 대다수 사원이 동원됐다.

국민 의식조사를 자주 한 숨겨진 또 하나의 목적은 신문 홍보이다. 여론 주도자들을 파고드는 전략이 사계 권위자 기고와 좌담회였다면, 여론조사는 대중을 파고드는 전략이었다.

그는 세심한 배려를 했다. 인사말 하나에도 치밀한 계산이 깔려 있었다. 그는 설문지에 나가는 인사말도 직접 챙겼다. 실무자가 인사말에서 '본사는…'이나 '폐사는…', '우리 회사는…'이라는 표현을 쓰면 그는 꼭 '매일경제신문사는…'으로 고쳤다. 그것도 서너 번씩 나오게 했다. 그런 업무는 내가 많이 처리했는데, 그는 인사말을 그렇게 고치는 이유를 자상하게 설명해줬다.

"매일경제신문이라는 이름이 사람들 머리에 박히게 해야 한다."

안내장을 동시에 홍보지로 활용하는 셈이다. 인사말 하나라도 읽어가는 사람에게 '매일경제신문'이 머리에 박히도록 해야 한다는 얘기다. 그러려면 반복 효과를 노려야 한다는 것. 전파매체의 약 광고에서 약 이름을 반복해 외치는 이치와 마찬가지의 효과를 노린 것이다.

그는 그런 사소한 일에까지 전략적 사고를 발상했다. 여론조사 대상에는 독자도 있고, 비독자도 있었다. 독자에게는 '매일경제신문'이 뇌리에 붙박이게 하고, 비독자에게는 '매일경제신문'이 새롭게 인식되도록 해야 한다는 목적이었다. '매일경제신문'이라는 이미지를 그들의 잠재의식 속에 심어주는 전략이었다.

거기에 부수적인 조사도 곁들였다. 어떤 신문을 기대하는지, 어떤 주제를 다뤄주길 원하는지, 어떤 기사가 좋은지 등 여론조사 취

지와 직접 관련이 없는 본사용의 질문도 곁들인 것이다. 그런 내용
은 따로 분석해서 지면 구성계획을 짜고 영업전략을 세우는 데 참
고했다.

1970년대 초, 독자 대상의 여론조사를 대대적으로 실시했다. 총
지휘는 창업주였다. 설문 작성과 조사·분석과 기사화 등 실무는 내
가 맡았다. 그러나 그는 설문 하나하나의 내용이나 분석, 기사화에
는 구체적으로 간여하지 않았다. 누구를 대상으로 조사해서 어떻게
활용하는가, 어떤 효과를 거둘 것인지가 그의 제일 큰 관심사였다.

"전수조사로 하시겠습니까, 표본 뽑기 조사로 하시겠습니까?"

그런 결정도 창업주가 해야 했다. 설문지를 얼마나 인쇄해야 하
는가 하는 문제와 직결되기 때문이다. 그것은 바로 돈과 연결되는
문제이기도 했다. 그는 바로 대답했다.

"이왕이면 전수로 하지."

"그러면 설문지를 몇 부 인쇄할까요?"

부수적인 문제지만, 전수조사로 하면 독자 수가 드러나야 한다.
나는 "독자가 몇 명입니까"라고 묻지 않고 돌려서 물었다. 창업주
는 솔직히 대답해 주었다. 독자 수를 밝혀준 것이다. 초년병이지만
그래서 나는 당시 사내 최대의 비밀인 독자 수를 정확히 알 수 있었
다. 그 독자 수가 나에게 알려졌다는 것을 그도 알았을 터이다. 독
자 수는 다른 신문들도 비밀로 했다. 지금은 ABC 조사 등으로 조사
하지만, 여전히 비밀인 경우가 많다.

독자 수는 생각보다 적었다. 서울의 독자 수가 1만여 명을 좀 넘
었다. 실망스러운 수준이었다. 그러나 창업주는 나에게 비밀로 하
자는 당부 등은 없었다. 사원을 믿는 마음에서였던 것 같다. 내가
그것을 가벼이 발설하지는 않으리라고 믿었던 듯싶다. 나도 아무에

게도 그것을 밝히지 않았다.

그 설문지는 서울 시내 전 배달원을 통해 전 독자에게 배포했다. 당시는 독자 수가 적었어도 독자적인 배달망을 구축해 놓았다. 경제신문들은 대개 종합일간지에 위탁해 배달하는 것이 보통이지만, 그는 먼 훗날을 생각해 경제적으로는 손해이지만 독자적인 배달망을 구축해 갖고 있었다.

이렇게 자주 하는 여론조사로 기자들은 특근 야근을 자주 했다. 전부 수작업으로 분석했기 때문이다. 그런 일들은 모두 기자들의 차지였다. 넓게 보면 취재용이지만, 좁게 보면 취재 활동은 아니었다. 또 취재용만도 아니다. 그러나 기자들은 불평 없이 잘 수행했다. 사장이 앞장서기 때문이었다. 특히 견습 3~5기생들이 많이 동원됐다.

이벤트도 벌였다. 당시 북한 고위층으로 있다가 판문점을 통해 한국으로 극적 탈출한 지식층 간첩 이수근 사건을 활용해 "이수근 가족을 돌려보내라"라는 '범세계 서명운동'(1967년 4월)을 벌였다. 당시 온 국민의 이목이 그에게 쏠려 있었다. 특히 주부들이 이수근의 북에 남겨진 가족에게 연민의 정을 보내고 있는 사실을 활용해 매일경제신문을 주부들에게 알리는 계기로 삼자는 목적이었다. 그것도 '범세계 서명운동'이라는 거대한 타이틀을 붙였다.

자수한 간첩 이수근 가족을 돌려보내라는 국민 서명운동의 명분은 당당했으나 경제신문이 추진하기에는 엉뚱한 것이었다. 특히 허약한 실세의 풋내기 매경이 추진하기에는 힘이 들었다. 그것을 따로 담당할 부서도 없었다. 역시 기자들을 동원했다. 거리에서 허리띠를 둘러매고 서명받기도 했고, 유명 인사를 직접 찾아가 사인을 받기도 했다.

유명인 접근은 어려웠으나 거절하지는 않았다. 당국과 어떤 연계하에 이뤄지는 운동이 아닌가 하는 눈치였다. 그렇다고 다 성공하는 것이 아니었다. 나는 '이수근 가족을 돌려보내라'라는 서명 용지를 들고 E 여대 총장을 찾아갔으나 그는 끝내 거절했다. 가족을 버리고 혼자만 살겠다고 귀순한 사람을 위해 그런 서명할 수 없다는 이유였다. 나의 설득력이 부족한 탓도 있었을 터이다.

그 서명운동은 3개월 만에 130만 명 서명이라는 큰 호응을 받았다. 일단 매일경제신문을 널리 알리려는 목적은 달성한 셈이었다.

그러나 이수근은 한국에서 살다가 몇 년 후 이중간첩이라는 사실이 드러나 처형됐다.

창업주는 독자의 머릿속을 파고들 사업을 여러 가지 구상했다. 역시 엉뚱하지만 '재일교포학생에 학용품 보내기' 운동(1968년 4월)을 벌이기도 했다. '이수근 가족 돌려보내라'는 운동과 비슷한 동기에서였다.

지면만으로는 독자에게 매경을 심어주기에 부족함을 느끼고 그 보완책으로 독자의 마음을 사로잡을 사업을 구상한 것이다. 그런 목적으로 시상제도 많이 만들었다. 앞에 설명한 봉황 대상, 봉황 개발상(1968년 2월) 시상도 그 하나다. 소비자보호 측면뿐 아니라 낚시, 등산 등의 분야에도 시상했다.

또 매경 독자들을 위해 '생활대학'(1968년 6월)을 열기도 했다. 주부를 대상으로 공개강좌를 여는 것이다. 그 주제는 투자 문제 등 주부들이 관심을 두는 분야로 다양하게 펼쳤다. 주식투자에 눈뜨는 주부들이 늘어나 '생활대학'은 큰 인기였다.

전체적으로 보면 그의 사업은 성공하는 것이 더 많았다.

3) 먼 앞날을 봐라

1972년 6월 신문업계에서 처음으로 증권면을 신설했다. 지면 구성을 새로 하면서 4개 부문을 전략화했다. 그중의 하나가 '증권'이고 '조세', '금융', '공업 기술' 부문에 한 면씩 배정했다. 창업주의 생각으로 정보 수요에 맞춘다는 원칙이었다. '증권'은 증권투자자로 특정할 수 있으나 '조세'는 경리사원들, '공업 기술'은 사시 기술 개발의 선봉을 구체화하는 것이었다. 공장장 등 기술직을 위한 정보를 제공한다는 취지였다.

나는 산업부 차장으로 '공업 기술' 면을 전담했다. 데스크는 부장이 보는데 나는 차장으로 실질적인 데스크 책임을 졌다. 그런데 매일 그 지면 성격에 맞는 기사를 충당할 수 없었다. 전담 기자는 없고, 겸임으로 두 명이 고작이었다. 취재 대상은 그래도 뚜렷했다. 공업진흥청이 막 생겼을 때였다. 특허국은 후에 특허청으로 승격됐고, 공업진흥청으로 통합되는 국립공업연구소는 혜화동, 계량국은 원효로, 표준국은 세종로 종각 옆에 있었다. 내가 수습기자 때 맡았던 취재처였다. 공업 기술은 상공부에서 담당하지만 우리가 거기에 접근할 수는 없었다. 그곳 기사는 본 면에서 취급했다. '공업 기술' 면은 말하자면 변방 문제였다.

그보다 더 어려운 점은 기사 범위를 정하는 것이었다. 과학과 순수기술을 주대상으로 할 것인가, 기업에서의 응용 기술을 주로 할 것인가. 매경으로서는 후자의 편이었으나 취재가 어려웠다. 기업의 기술자를 취재 대상으로 삼아야 하는데, 그들을 접촉하기가 쉽지 않았다. 그에 비해 과학이나 순수기술은 오히려 취재 대상이 뚜렷했고, 취재도 비교적 쉬웠다.

취재 기사는 나오지 않았다. 통신 기사도 별로 없었다. 난감했다. 그래서 일본공업신문도 번역해 넣고, 박스기사(컴퓨터 도입업체 탐방) 시리즈도 준비하고, 관련법을 뒤져 취재 지시를 하기도 했다. 그렇게 제작하기는 대단히 어려웠다. 지면을 채울 수가 없었다.

그런 사정을 짐작했을 창업주가 특별한 관심을 갖고 지원했다.

"우리 KIST에 인사하러 가자."

그가 직접 과학기술면 신설에 대한 취지를 설명하고 협조를 부탁하겠다는 계산이었다. 과학기술면 제작의 길을 터주겠다고 앞장서주었다. 숨은 목적으로는 우리 기자들 취재편의를 봐달라는 것이었다. 우리는 홍릉에 있는 KIST를 찾았다. 1973년 당시 소장은 한상준이었다.

그들은 대단히 기뻐했다. 신문사 사장이 1일간 자기들을 방문한 것은 처음이라고 했다. 그래서 다른 사람에게는 보여주지 않는 곳도 다 보여주었다. 창업주는 그곳 연구원들에게 깊은 인상을 남겼다. 회사로 돌아오는 자동차 안에서였다.

"우리 아프리카 개척하는 셈 치고 한 5년 열심히 해보자."

그러면서 그는 기분이 대단히 좋았다. 그렇게 어려운 만큼 기다리자는 뜻이었다.

그는 그런 가운데서도 과학기술 관련 사업을 벌이자고 했다. 1973년 '창안 대상'을 만들었다. 산업현장에서 새로운 아이디어를 내어 회사를 이롭게 한 숨은 일꾼들을 발굴해 격려해주자는 취지였

다. '기술개발의 선봉'이라는 사시의 하나를 실천하기 위한 사업이
었다.

문제는 응모하는 사람이 있을까 싶었다. 우선 상의 권위를 격상
해야 했다. 시상의 품위는 심사위원의 영향을 받는다. 그래서 새로
생긴 공업진흥청의 최종완 원장을 심사위원장으로 했다. 공무원을
심사위원(장)으로 하는 데 문제가 있었으나 그는 쾌히 응해주었다.
다행히 여러 건의 응모가 있었다.

8월 21일 첫 시상을 했다. 그러나 1회 시상으로 끝나고 말았다.

결국 이 사업은 지속되지 못했다. 1년 만에 내가 데스크를 다른
부서로 옮겨진 후였다. 창업주는 다음 데스크에 2차 시상계획을 세
우도록 지시했는데, 그는 계획을 세운 것이 아니라 1회 시상을 비판
하는 데 주력했다. 창업주도 다 알고 있는 문제였다.

"계획을 세우라고 했지, 비판하라고 했나!"

창업주는 질책했으나 2차 시상은 하지 못했다. 과학기술면도 얼
마 가지 못해 중단됐다. 지면을 꾸미기도 어려웠고, 그 부문으로 독
자가 늘어나지 않았기 때문이다. 기술직은 사내 위치상 신문 구독
을 자유롭게 할 형편이 못됐다. 창업주는 한 5년 해보자 했으나 1년
여 만에 중단되고 말았다.

매경은 내가 퇴사한 후 과학기술부의 후원으로 '장영실상'을 만
들었다.

그런데 전략 지면 중 '세무회계' 면도 얼마 가지 못해 중단됐다.
세무 회계사나 기업의 회계 경리 담당 사원들이 필요한 정보를 제
공하려는 의도였지만, 정작 그들이 원하는 정보를 제공하는 데 미
흡했다. 기사 발굴이 어려웠다. 그보다 그들은 전문 정보를 신문 이

외의 곳에서 이미 충분히 얻고 있었다. 신문으로서는 그들의 정보 수요를 충족시켜 주지 못한 것이다. 매일 세무 관련 기사로 한 면을 채우기도 어려웠다. 그래서 그 면은 중단되고 금융 면에 통합됐다.

지면 개편 후 1년여가 지나자 4개 전략 부문 중 '증권', '금융' 면만 유지되고 있었다. 금융은 정경부장이 금융을 잘 알고, 정보도 많아 잘 꾸려가고 있었다. 그는 '금융' 면을 다시 요일별로 제2금융권 뉴스로 충당했다. 창업주는 멀리 내다보았지만 현실은 따라가지 못했다.

나는 지면 개편 1년여 만에 정경부로 발령이 났다. 그런데 황당한 일이 벌어졌다. 증권면 데스크를 담당하라는 것이었다. 나는 경제 증권 상식이 없었다. 학교에서도 경제학을 공부하지 않았고, 경제 부처를 한 곳도 취재해본 적이 없었다. 증권, 금융, 제2금융권, 재정 문제 등을 취재해본 경험이 없었다. 그런데 증권면 데스크를 보란다. 그래도 전담 기자가 있어 1년여 활동해온 곳이라 '공업 기술' 면처럼 막막하지는 않았다.

당시 지면 수는 매일 8면이었다. 그중 한 면에 증권 기사만을 싣는데, 위에는 기사를 넣고 하단 광고 자리에 시세표를 넣었다. 광고까지 희생시킨 것이다. 당시 상장사는 100개가 되지 않았다. 채권 시세까지 넣어도 5단을 다 채우지 못할 정도였다. 광고 수입이 그만큼 줄어들지만 창업주는 그 이상의 효과를 노린 것이다.

그때 증권 인구는 수십만 명 수준이었다. 당시 증시는 규모가 작았지만, 증권면 신설은 미래의 분명한 독자 시장(증권투자자)을 내다본 것이다. 그의 앞날을 내다보는 발상이 발동된 결과였다.

이 증권면은 대히트였다. 몇 년 후 '매경' 하면 '증권면'이라 할 정도가 됐다. 당시 독자 조사를 해보면 70%가 증권면 때문에 매경을 본다는 것이었다. 사운에 결정적인 영향을 미칠 정도의 대성공을 거둔 것이다.

남덕우 전 경제 부총리는 창업주에게 '매경이 증권 분야에 편집 상의 큰 비중을 두는 특별한 이유'를 질문했다.

창업주의 대답은 "자유경제 체제하에서는 자본시장의 역할이 중요하지 않습니까? 나는 기업가들이 좋아하고, 투자가들이 도움을 받는 신문을 만들려고 노력하고 있습니다"라고 했다(『特勤記者』).

나는 이 증권면 데스크를 한 해 건너뛰고 두 번에 걸쳐 5년 동안 맡았다. 정경부 차장 때부터 사실상 전담한 셈이다. 정경부장을 거친 후 독립한 증권부 부장을 하면서 다시 증권 데스크를 맡았다.

나는 증권을 모르는 데다 경험도 없었지만 나름의 원칙을 세웠다. 투자 판단에 참고할 정보를 다양하게 제공하는 데 그친다. 투자 판단이나 기자의 주관적 평가는 배제한다. 직접적인 정보뿐만 아니라 간접정보도 충실히 제공한다. 특히 증권은 이론적 바탕과 기민한 판단이 필요했다. 그래서 분석 기사를 많이 만들고, 좌담회를 수시로 열었다.

특히 좌담회는 증권 실무책임자(국장)와 교수, 증권업계 인사를 고루 참여시켜 인기가 높았다. 증권 당국자는 참석을 꺼리기도 했으나 업계에 정책을 소상히 설명할 기회로 좋아하게 됐고, 업계 인사는 건의할 호기를 잡아 긍정적으로 변모했다. 교수는 전문적인 의견을 피력하는 기회로 삼았다.

내가 증권을 모른다는 사실이 오히려 증권계에 편향되지 않고 중립적인 입장에서 증권 문제를 보게 하는, 객관적인 안목을 지키는 데 도움이 됐다. 증권 정보의 초점을 증권투자자가 바라는 정보가 무엇인지에 맞추었다. 증권업계나 증권 당국의 시야에서만 보지 않고 증권투자자 측면에서 본 것이다. 증권업계나 증권 당국으로부터 자유로운 것은 증시를 객관적으로 볼 수 있는 전제가 됐다.

당시 증권의 '기술적 분석'을 하거나 제대로 아는 증권투자자가 적을 것으로 판단했다. 대부분은 증권영업장에서 떠도는 정보에 좌우되기 쉬웠다. 이들에게는 정확한 상장사 정보가 필요할 것으로 짐작했다. 그래서 상장사 정보, 상장사 분석에 많은 지면을 할애했다.

1974년 개별 상장사를 소개하는 시리즈를 만들었다. '그래프로 본 주가'라는 제목으로 상장사 하나하나를 회사 특성과 주가를 대비시켜 그래프와 함께 소개했다. 처음 하는 시도라 신중히 처리하려고 두 달 동안의 연습 기간을 두었다. 그런 기사에 기자들이 훈련돼 있지 않았기 때문이다.

그런데 그것이 대히트였다. 증권사에서는 그 기사를 오려 벽에 붙여 놓고 고객(투자자)이 상장사에 관해 물으면 그 기사를 읽어보라고 권할 정도라는 소식이 전해지기도 했다. 나는 전혀 모르는 증권계 인사로부터 '고맙다'라는 인사도 들었다. 집에 화분을 보내는 사람도 있었다. 부탁하려는 것이 아니고 고맙다는 표시였다. 그는 매경 기사를 아주 많이, 가장 잘 활용하는 업계 인사였다. 고마운 것은 오히려 우리인데, 그가 고맙다는 표시를 한 것이다.

무엇보다 담당 기자의 노고와 열정이 크게 이바지했다. 전담은 유병필 기자 1명. 그리고 다른 담당 기자의 지원을 받는 체제였다. 그는 기사를 많이 써야 했다. 시황을 두 번 쓰는데 하나(종가)는 매일 집에서 기사를 써와야 했다. 그러면서도 젊은 그들은 대포도 자주 해야 했다.

"새벽 5시에 일어나 우물물 한 통을 머리에 퍼붓고 기사 작성했습니다."

그는 종종 그렇게 말했다. 그의 집은 변두리에 있는데, 우물이 마당에 있어 주취로 비몽사몽일 때 술이 깨라고 물을 몇 바가지 퍼붓고 글을 쓴다는 것이었다. 당시 매경 사원들은 그렇게 열심히 일했다. 지금도 잊히지 않는다.

그런 노력의 덕분일까. 독자가 많이 늘어났다. 증권회사가 매경을 홍보해주었던 것이 큰 도움이 됐다. 특히 전화 구독이 많이 들어왔다. 창업주는 그것이 즐거워 판매국에 가 앉아 전화 접수를 지켜보면서 사원들에게 커피를 사주기도 했다.

독자가 늘자 증권업계에서 매경을 보는 눈도 달라졌다. 그들은 매경에 호감을 느끼기 시작했고, 그것은 다시 영업에 도움이 되는 승수효과를 냈다. 증권면은 독자 수 증가에 비례한 영업(광고)수익 증가라는 정통 코스를 가기 시작했다.

1976년 증권면을 두 면으로 확대하면서 한 면은 증권시세와 상장사 정보에 치중했다. '매경 하면 증권면' 하던 것이 '증권 기사 하면 매경'으로 바뀌었다. 매경은 증권 기사로 확고한 위치를 다져갔다. 두각을 나타냈다. 다른 경제신문도 증권면을 두었다. 이 증권면은 말하자면 섹션 신문의 효시였다. 별쇄(別刷)는 아니었으나 증권 관련 기사를 한 곳에 몰아 독자의 정보 활용을 도와주었다.

이런 성공은 창업주가 독자들의 정보 수요를 꿰뚫어 보고 미래를 설계함으로써 가능해진 일이었다.

독자 중심의 발상이 나올 수 있었던 것은 독자 편에 서서 미래를 생각한다는 데 있었다. 그런 발상의 전환은 소비자보호운동에 참여하면서 '소비자가 왕'이라는 의식에서 나온 것인지, 역으로 그런 의식으로 소비자운동에 깊이 간여했는지 분명히 밝힌 적은 없다. 그는 기업경영 측면에서 후에 대두되는 '고객 중시', 'user-friendly', 'customer-oriented', '고객 만족' 등 다양한 명칭의 소비자중심 경영 이론이 대두되기에 앞서 '고객 중시' 경영을 실천하고 있었다. 먼 앞날을 내다보는 경영이 실효를 거둔 것이다.

'고객 중시' 경영은 상대 배려와 존중 의식이 뿌리 깊은 황금률 문화권(기독교)에선 쉽게 받아들여졌지만, 우리는 요청되긴 했으나 뿌리내리기 어려웠다. 증권면도 마찬가지였는데, 투자자에게 비교적 쉽게 다가갈 수 있었다.

증권면 외에 성공을 거둔 또 하나의 특화 면은 후에 생긴 부동산 면이다. 4개 전략 면을 설치하고 얼마 지나서의 일이다. 부동산 면 (반 페이지. 반면은 유통)을 신설하고 부동산 매물(賣物)란을 두도록 했다. 부동산 매물을 기사 정보로 게재한 것이다. 광고성의 정보였으나 기사로 취급했다. 부음(訃音)이나 구인(求人) 정보가 기사이듯이 부동산 매물정보도 기사로 삼았다. 새로운 정보 인식에서 나온 결과물이다. 역시 창업주는 독자가 필요로 하는 것이 무엇인지 정확히 맞히었다. 그는 몇 년 후에는 부동산 면이 큰 인기를 끌 것으로 내다보았고, 수입 증대에도 이바지하리라 예측했다.

이 당시 에피소드도 있다. 부동산 면을 신설하면서 1기생 세 사람 (나와 B. K)에게 창업주 승용차를 내주면서 서울 외곽을 탐방하게 했다. 매일 탐방기를 연재했다.

그런데 어느 날, 사장실에서 세 사람을 불렀다. 화난 얼굴이 아니어서 안심은 됐는데 "틀린 것 없느냐"고 물었다. 우리는 틀린 것을 알지 못했다.

"판문점에 다녀왔다고?"

"예."

"정말로 판문점에 다녀왔어?"

우리는 그제야 알아차렸다. 기사에 약도를 그려놓았는데 거기에 판문점이라고 표시돼 있었다. 자유의 다리, 문산이라고 해야 할 것을 판문점이라고 한 것이다. 그래도 그는 화를 내지 않았다.

"남산(정보부)에서 연락이 왔더군."

그는 이 초년병들의 실수를 너그러이 용서해줬다. 그리고 점심까지 사줬다. 그것은 고도의 훈육이었다.

그의 부동산 면은 역시 먼 앞날을 내다본 것이었다. 그 기사가 넘쳐 지면이 부족해지면 자연히 유료 광고로 전환할 수 있다는 전략이었다.

"몇 년이 지나면 그게 큰 수입원이 될 것이다."

"몇 년이건 그렇게 해 봐라."

그때를 내다보고 될 수 있는 한 많은 부동산 매매정보를 게재토록 했다. 지금 무료 정보지의 효시라고 할까. 처음에는 그런 정보가 있을 턱이 없었다. 그래서 기자들이 그 정보를 수집해야 했다. 담당 기자가 따로 있기보다는 전 기자에게 요구했다. 많은 어려움을 겪었다. 기자뿐이 아니었다. 사원들이 아는 정보가 있으면 다 실어주었다. 전 사원이 기자였던 셈이다.

날이 갈수록 그 란은 점점 인기를 더해갔다. 게재해달라는 자료가 많이 들어왔다. 드디어 수요 공급 관계가 역전됐다. 들어오는 매물정보를 다 게재할 수 없게 된 것이다. 예상보다 효과가 빨리 나타났다.

오래지 않아 매경에 부동산 광고가 많이 실리기 시작했다. 수입 증대에 많은 도움이 될 터이다. 창업주의 예측은 어김없이 적중한 것이다.

168

미래를 내다보는 경영은 신문 제작 곳곳에 나타났다. 그 하나가 중국 문제 시리즈다. '이것이 중공이다'라는 제목으로 창업주가 직접 외부 인사(정보기관)에 청탁하여 1970년 12월 시작해 장장 100회에 달하는 연재를 했다. 상당한 정보량이다. 당시는 중국에 가지도 못하던 시절이었다. 게재 경위야 어떻든 언젠가는 중국 정보가 필요하리라고 먼 앞날을 내다본 것이다. 지금의 중국을 예측하고 20여 년 후를 내다본 혜안이다.

그것은 중국 하나로 끝나지 않았다. '이것이 미국이다', '이것이 일본이다', '이것이 러시아다'로 수년간 장기 시리즈로 이어졌다. 모두 100여 회에 달하는 대작이었다. 모두 창업주가 섭외했다. 국제화 시대를 내다보고 상대를 정확히 알자는 취지였다.

그 밖에 우리나라가 앞으로 나아가는 데 필요한 미래에 준비할 일을 깨우치게 하는 특집도 많이 했다.

미래를 내다보는 경영은 지면 제작에만 반영된 것이 아니다. 광고 부문에도 똑같이 나타났다.

1970년대 초 소공동 사옥의 한 귀퉁이에 IAA(International Advertising Association) 한국지부 간판이 붙었다. 한국지부장 이종배(한독약품 광고부장)에게 조그마한 방 하나와 그 당시로는 거액인 200만 원을 아무런 조건 없이 운영비에 보태 쓰라고 쾌척했다.

1971년 광고업계 유일 단체인 한국광고협의회(1975년 회장 유충식)가 생겼는데 73년 살림 규모가 300만 원도 안 됐다. 그때 창업주는 200만 원의 기금을 희사한 것이다.

당시 광고 분야는 너무나도 열악한 상태였으나, 창업주는 미래를 내다보고 광고 실무자에게 간접 투자했다. 역시 먼저 도와주고 도움받는다는 정신에서 나온 것이다. 성경의 황금률(黃金律)을 떠올리게 하는 대목이다. '네가 바라는 바를 먼저 그에게 베풀라'. 그러나 그는 기독교도는 아니었다.

광고를 구걸하거나 압력으로 얻어내는 것과는 다르다. 그는 광고산업을 돕는 일에 많이 투자했다. 앞에 설명한 바와 같이 제휴사인 일본경제신문사와 공동으로 한일 합동 광고 세미나(1979년)를 열고 광고인들이 양국을 오가며 견문을 넓히도록 도와주기도 했다.

'광고인 대상'도 그 하나다. 다른 신문사들은 광고 작품에 상을 주는 '광고 대상'이었지만 창업주는 광고인에 상을 주는 '광고인 대상'을 시상했다. 광고계 발전을 위해 이바지한 사람을 격려하는 차원이었다. '광고인 대상'이 이상하다는 사람도 있었으나 기업을 돕고 기업인을 지원하는 취지에서 나온 것으로 역시 먼 미래를 내다보는 투자였다.

1970년에는 '매경 광고연구센터'를 개설했다. 광고를 단발성으로 유치해 그때 게재하고 마는 것이 아니라 광고인들과 끈끈한 인연을 맺고, 또 광고산업과 광고인의 발전에 도움을 주고받으며 함께 발전하는 공존의식이 뚜렷했다. 모두 창업주의 먼 미래를 내다보는 경영전략의 일단이었다.

당시의 관계자들은 창업주의 그런 그 열성에 감복한 것으로 보였다.

아주 먼 미래를 보는 전략은 학생들에게도 펼쳐졌다. 미래의 독자를 끌어들이기 위해 그는 학계를 파고드는 일에 큰 노력을 기울였다('학계를 파고들라' 참조).

'미래를 보라' 전략은 '머리를 써라'는 것과 결부됐다. 그는 사원회의 때 뇌세포 이야기를 자주 했다. 인간의 뇌세포는 64억 개에 달

한다. 그중에는 쓰지 않아 사장되는 뇌세포가 더 많다고 한다. 그런 쉬는 뇌세포를 작동시키라는 내용이었다.

4) 외부 협력관계를 강화하라

창업주가 중요하게 생각한 또 하나의 전략은 외부와의 협력을 강화하는 것이었다. 아웃소싱을 하는 것이 아니고 협력관계를 맺는 것이다. 당시는 아웃소싱이라는 말이 사용되지 않았다. 그러나 실질적으로 아웃소싱에 해당했다. 그것은 내부의 인력·능력 부족을 외부의 힘으로 신문의 질을 높이려는 목적도 있었고, 그들의 힘을 빌려 신문을 홍보하려는 다목적이었다.

국내에서는 우선 경제단체와 협력관계를 맺었다. 1988년 4월부터 매주 토요일에 전경련의 협조로 '개방체제 아래의 신산업정책'을 연재했다. 그 기사는 전경련에서 제공했다. 매경에서 협조를 구한 것이 아니라 그들이 요청해왔다.

전경련은 각 언론과의 협조가 필요했다. 매경은 아무런 배경이 없는 순수 언론이었다. 그들은 매경과의 협조도 비중 있게 생각하는 것 같았다.

당시 중소기업이나 노조 측의 정책에 대한 의식은 적극적이 아니었다. 산업정책으로 무엇을 주장하고 나오는 예가 드물었다. 노조의 경우 당시는 산업별 노조가 존재했는데, 그들은 정책보다 조직관리에 힘을 쏟고 있었다. 노사가 경제정책으로 본격 대결하는 시대가 아니었다. 나는 입사 후 희망 부처를 써낼 때 농업, 공업, 노동 세 부문을 희망했다.

나는 노동청을 출입했다. 그때는 노동부가 아니고 노동청이었다. 다른 신문사에서는 출입을 안 했다. 기자실도 없었다. 당시 노동청은 명동에 있어 우리 소공동 회사와 가까웠다. 기사를 열심히 쓴 결과 다른 언론사 기자도 출입함으로써 노동청은 기자실을 마련해주었다.

그러던 차에(군사정부에 의해 '부정 축재기업'으로 몰린) 대기업들의 자구 모임이라는 태생적인 약점을 안고 있는 전경련은 조사 활동을 강화했다. 대한상의 등 경제단체도 조사연구사업을 하고 있었지만, 전경련은 그보다 한 단계 발전적인 조사연구에 주력한 것이다. 유능한 요원을 확보하고 단단한 이론 무장으로 그들의 주장을 관철하려는 전략이었다.

그들은 자주 정부의 경제정책에 관해 그들의 의견과 주장을 발표하곤 했는데, 신문에 잘 먹혔다. 기사화가 잘된 것이다. 그들은 대기업 단체였지만 경제정책이나 산업정책에 관한 의견이나 주장을 발표할 때면 '국가 경제'를 들고나왔다. 그들의 이론은 자신만을 위한 것이 아닌 국가를 위한 경제·산업정책이라고 내세웠다. 그리고 건의 사항은 주로 조세 금융 지원을 요구하는 내용이었다.

기자 중에는 경제이론이 약한 사람이 많았는데, 전경련이 속셈은 어떻든 경제이론을 바탕으로 주장하자 그대로 믿었다. 언론의 신뢰를 받는 데 성공한 것이다. 기자들로서는 항상 기사가 부족하기 마련인데, 그들이 자발적으로 공급한 자료는 우선 이론상 논리정연했다.

그들의 의견이나 주장은 대기업 측에서 바라는 산업정책임이 틀림없었다. 아니면 그들 대기업이 곧 산업 전부이고, 나아가 그들의 발전이 국가의 발전이라는 등식이 숨어 있었다. 개발 시대의 경제정책 과제는 국제경쟁력을 갖추기 위해 생산을 늘리고, 규모의 경제가 주는 효율을 극대화하기 위해 대형화가 미덕이던 시절이었다. 산업정책은 곧 대기업 정책이나 마찬가지였다. 지금과 같은 분배 측면에서의 경제정책이나 중소기업을 위한 산업정책은 상대적으로 덜 중요시됐다. 파이 이론으로 우선 생산을 늘리는 일에 주력하고 분배는 그다음의 과제라고 주장하였다. 정부도 그랬다. 그들은 우리나라 산업발전의 기관차를 자임하며 정부에 지원을 요구했다.

그것을 액면대로 받아들임은 특히 재벌 논리에 너무 편향되는 것이 아닌가 하는 측면도 있었지만, 그들의 막강한 조사 능력이 뒷받침된 주장은 비판이나 반론보다 긍정적으로 받아들이는 예가 많았다.

그에 비해 노조는 열악했다. 노총의 사무실 역시 소공동에 있었는데, 그들은 조직 싸움이 심했다. 당시 노조는 노총 – 산별노조 – 단위노조 3단계였는데 활동이 전경련과 대비됐다. 언론으로선 노조의 조직 투쟁을 기사화하기는 조심스럽고, 나는 그들에게 전경련처럼 조사 활동을 강화해 이론 대결하면 어떠냐고 제의해 보았다. 그러나 그들은 그런 의사는커녕 능력도 없었다.

그래서 나는 노동청의 인력개발계획을 자주 기사화하고, 기능올림픽 관련 기사도 신선해 많이 썼다.

매경은 전경련뿐 아니라 외부에서 협력을 구하는 것이면 대부분 응해주었다. 그러나 외부와의 협력이 쉽지 않을 뿐만 아니라 다 성공하는 것도 아니었다.

하나의 예를 들면, 창업주는 『상품 대사전』에 큰 의미를 두고 추진했다. 유붕노 교수(연세대)의 제의와 지도로 많은 인원을 동원해 추진했다. 그는 사고(社告)에서 "사회가 고도화되고, 경제환경이 급격히 변화함에 따라 올바른 경제 지식과 정보가 절실하게 요구되고 있습니다. 특히 요즘과 같은 불황 아래서는 '아는 것이 힘'이란 옛말의 뜻을 더욱 실감케 합니다. 정확하고 신속한 경제 지식과 정보는 소비자에겐 재산증식과 알뜰 생활을 이룰 수 있는 바탕이 되고, 생산자에겐 기업을 키우고 발전시키기 위한 의사결정의 포인트가 될 것입니다"라고 역설하면서, 수많은 공산품에 관한 상세 정보를 제공하려는 뜻을 밝혔다.

창업주는 『상품 대사전』에 스스로 영업본부장이 되겠다는 의지를 보일 정도로 기대가 컸다. 국내에 그런 유의 사전은 없었다. 그러나 책이 만들어지지 않았다. 그런 상태에서 몇 년이 지나고 내가 그 일을 맡게 됐다(사업국장).

책을 종결짓는 데 제일 시급한 일은 책의 내용에 대한 검증이었다. 나는 외부 협력을 제안했다. 그래서 KIET의 감수를 받기로 했다. 당시 K 원장은 한은 출신으로 매경에 대해 호의적이었다. 쾌히 협조를 응낙했다. 그래서 그들의 권위 있는 감수를 받았다.

그런데 책이 나오기 전에 그 원장이 바뀌었다. 나는 신임 S 원장을 찾아가 전 원장과의 약속을 설명했다.

그러나 S 원장은 'KIET 감수'라는 표시를 할 수 없다고 거절했다. 공적 기관이 사익을 위한 사업에 명의를 빌려줄 수 없다는 이유였다. 전임자가 맺은 약속이라도 이행할 수 없다는 완강한 반대에 부딪혀 결국은 표시하지 못했다. 실질적으로 감수는 받았으나 책에 그 표시를 하지 못했다. 이는 책에 대한 공신력을 높이려는 것이었으나 결국은 실패한 셈이다. 그래도 내용에 대한 감수를 받았기 때문에 그나마 안심은 됐다.

한편, 밖으로는 일본경제신문과 기사 제휴 관계를 맺었다. 일본경제신문과 제휴 관계를 맺은 신문은 많았으나 실질적으로 사업을 진척시킨 신문은 매경이었다. 우선 일본경제신문에 한국경제 특집을 내게끔 하는 데까지 발전했다. 가을에 한 번씩 일본경제 지면에 한국경제 특집을 게재하는 것으로 홍보성이다. 이것도 다목적적(多目的的) 효과를 냈다. 일본경제신문과의 유대를 돈독히 하고, 우리 정부에 대해서는 한국경제의 대외 홍보에 기여한다는 구실을 주었다('신문혁신이 출발점' 참조).

좀 후의 일인데, 일본경제신문으로부터 받은 협조 중에 나와 관련된 부문은 두 가지였다. 하나는 일본경제신문사의 야심적인 온라인 DB 서비스인 NIKKEI TELECOM의 국내 판매 대행이고, 다른 하나는 회사연감 자문이다.

NIKKEI TELECOM의 한국 서비스는 창업주 사후에 이루어진 것이지만, 그가 맺어놓은 협력관계 때문에 길이 트였다. 처음 일본경제신문사에서 아시아기업 데이터베이스를 만들면서 한국기업에 관한 자료를 매경에서 협조해달라는 제의를 해왔다.

매경은 그들의 상대를 나에게 맡겼다. 나는 자료협조를 해주는 대신 NIKKEI TELECOM을 한국에서도 서비스하게 그 대행을 매경에 맡기라고 역제의(逆提議)했다. 그것은 모 종합지에서도 욕심을 내던바라 성사가 어려워 보였다. 사내에서도 가능성이 없으니 포기하라는 이야기가 나올 정도였다.

그러나 수차 왕래하면서 교섭한 결과 매경과 계약했다. 창업주가 맺어놓은 튼튼한 제휴 관계 때문에 가능했던 것으로 생각한다.

또 하나 『회사연감』 자문은 창업주가 생존했을 때부터 이뤄졌다. 매경이 『회사연감』을 내기 시작한 후 3년 차에 내가 담당했다. 내용

보완이 필요해 일본경제신문사의 『상장사연감』을 벤치마킹했다. 제작과정 견학이었는데 친절히 가르쳐 주었다.

지금도 지속되는 매경의 사업 중에는 아시아 써키트 골프대회가 있다. 골프계에 발이 넓었던 당시 N 전무가 유치한 것이다. 처음엔 '후원' 명의를 빌려주기로 했으나 내가 맡으면서 매경 주최로 바뀌었다(1981년). 나는 그 첫 대회를 주관했다.

우선 골프에 대한 이해가 필요했는데, 나는 골프 경력이 짧았다. 편집국에 있을 때 창업주가 골프 클럽도 사주고 골프장에도 처음 데려갔지만, 내가 비용을 부담하는 골프는 할 수 없었다. 그런 실력이니 골프대회에 관한 아이디어가 나올 수 없었다.

나는 아이디어를 얻기 위해 일본에 가서 골프대회의 TV 중계를 보면서 진행방식을 익히고, 수지 균형을 맞추기 위한 광고 협찬 아이디어도 찾았다. 도대체 골프대회는 수익구조를 어떻게 짜는 것인지도 몰랐다. 일본의 골프대회를 보고 많은 아이디어를 얻었으며, 국내 유관 단체의 협조를 얻는 데도 도움이 됐다.

가장 어려웠던 일은 TV 중계를 하는 문제였다. 당시는 '골프' 하면 귀족 운동으로 인식됐다. 대중화되어 있지 않아 거부감이 심했다. 위화감을 조성한다는 이유로 방송사들도 중계를 꺼렸다. 겨우 MBC에서 중계했는데, 생중계를 못 하고 밤 11시에 녹화방송하는 방식이었다.

주관과 진행은 골프협회가 담당해 매경은 관련 사업만 책임지면 됐다. 제일 중요한 것은 수지를 맞추는 일이었다. 수입은 관람료와 안내서 게재 광고, 골프용품 전시장 임대료 등이었다.

무엇보다 최대 관건은 관객을 모으는 것이었다. 선수들은 국내 골프대회 중 제일 많은 상금을 걸었기 때문에, 또 아시아를 순회하면서 경기하는 국제대회이므로 별문제가 없을 듯했다. 그러나 관중은 의심스러웠다. 국내에서 제일 큰 국제대회라서 관심을 끌 듯했지만, 처음이라서 일반관중이 올지 마음을 졸였다. 성공 여부는 바로 그 관중에 있었다.

다른 큰 사업과 마찬가지로 골프대회도 전사적으로 추진했다. 골프용품 상회, 골프협회, 골프 단체 등에 광범하게 협조를 부탁했다. 그 덕분에 대회는 첫 회부터 성공적이었다. 관중도 많이 왔다. 이후 관중은 국내 골프대회 중 제일 많이 왔다. 골프 대중화에 기여한 셈이다. 국내 최대의 골프대회로 자리매김한 것이다.

매경이 외부 단체와의 협력관계에 적극적이자 사업 제의가 많이 들어왔다. 대부분은 후원이다. 그들이 주최와 진행을 맡고 매경은 홍보 협찬하는 식이다. 직접 주관하는 때도 진행은 그들이 맡고, 매경은 홍보하는 방식이었다. 그것은 매경의 외연을 넓히는 데 많은 도움이 됐다.

5) 최고를 추구하라

창업주는 특집이나 일상 지면 제작에 등장하는 외부 필진이나 좌담회 참가자를 최고의 수준으로 구성하려고 했다. 경제계에서 사계의 권위자로 이름이 나 있는 명망가를 필진으로 구했다. 창업주가 주력한 전략 중의 하나는 학계를 파고드는 것이다. 교수와의 인연을 맺기 위해 여러 가지로 배려했다.

우선 교수를 지면에 많이 등장시킨다. 그 하나가 기고를 많이 받는 일. 중요한 문제가 터지면 꼭 대학교수의 기고를 받도록 했다. 대학교수 활용은 과감했다. 1969년 창간기념일(3월 24일) 특집으로 '한국의 미래상'을 시리즈로 연재하면서 안병욱, 김형석, 김명회, 조동필, 이창열, 이현재, 고영복… 등 나름대로 일가를 이룬 명망 있는 교수들을 초빙했다.

1970년 신년호부터 '민족중흥의 길'을 연재하면서는 백영훈, 오만식, 이현재, 이한빈, 배병석, 임익순, 반병길, 김윤환, 민병기… 등 교수의 글을 받았다. 교수 외에도 저명인사를 많이 등장시켰다. 대개 신년호 특집은 당일로 끝나는 것이 아니라 시리즈로 3월 24일 창간기념일 직전까지 계속했다. 그 기간에 거의 매일 대학교수가 지면에 등장했다. 그것도 대개 1면이었다.

사원 급여에 비해 원고료도 많이 주었다. 한번은 5개 분야에서 명망이 높은 5명의 대학교수로 특별 필진을 구성했다. 교수당 한 페이지 분량의 원고를 받았다. 서울대 차병권, 연세대 최호진, 이화여대 김대환, 외국어대 J 교수 등으로 이들에겐 특별 원고료를 주었다. 신문 한 페이지(200자 원고지 40매)에 5만 원으로 당시 매경 기자 초봉보다도 많은 액수였다. 그리고 선지급이었다. 원고료를 주면서 원고 청탁한 것으로 최고의 예우였다.

이들에겐 원고청탁 방법도 달랐다. 청탁은 나와 동기인 K 군이 맡았다. 그리고 사장 지프를 내주었다. 원고청탁에 사장의 차를 타고 가라는 것이었다. 파격적인 원고료를 선지급하며 기자가 두 명이나 사장의 차를 타고 다니면서 원고청탁을 한 것이다. 파격적인 대우를 그렇게 표시했다.

모두 원고청탁에 응해주었다. 외대 J 교수만 원고료를 받았다가 후에 원고료를 반송하며 거절했다. 이런 인연으로 최호진 박사와 김대환 박사는 특별한 인연이 맺어졌다. 최 박사는 후에 학교를 퇴직하고 1979년 매경의 상임고문이 됐다. 창업주가 타계한 후에도 상당 기간 재직했다. 김 박사도 비상임논설위원이 됐다.

외대 J 교수는 처음 원고료를 받은 후 써준다고 했다. 그런데 그는 우리를 불러 원고를 못 쓰겠다고 했다. 매경은 당시 큼지막한 현수막을 사옥에 내걸었다. 지나가는 자동차들이 먼 곳에서도 볼 수 있게 큼지막한 글씨로 벽면을 거의 차지했다. 그는 그것을 지적했다. 공익에 위배된다는 얘기였다.

"제발 사옥에 내건 그 큼지막한 현수막 좀 떼 달라."

그러면서 원고료 5만 원 중 1천 원을 우리에게 주며 차비로 쓰라고 했다. 우리는 회사 차로 왔으니까 차비가 필요 없다고 해도 굳이 주었다. 우리는 어른의 뜻을 끝내 거절할 수 없었다.

일부 전문가 중에는 신문에 나는 것이 좋아 신문사에 찾아와 그들의 글을 내주길 바라기도 했으나, 창업주는 최고 필진을 찾아다니며 모시도록 했다. 단순 명망가가 아닌 사계 권위자의 글은 반기 어려웠다. 여러 번 찾아가도 써 줄까 말까 했다. 거절당하기도 여러 번이었다. 더욱이 매경 초기에는 신문이 잘 알려지지 않아 권위자들의 원고 받기가 대단히 어려운 일 중의 하나였다. 끝내 거절한 사람도 여러 명 있다. 내가 원고 청탁했다가 거절당한 인사로는 계관시인 L씨, K대 교수 C씨, F대 교수 J씨 등이 있다.

'최고 지향' 전략은 삼성의 전략에서 영향받은 것인지도 모른다. 사원의 경우 '최고의 대우를 해주고 최고의 능력을 발휘하게 한다'

는 것이다. 그러나 매경은 밖으로 최고를 지향했으나 안으로는 그렇지 못한 것이 다른 점이었다.

그는 그 후도 상당 기간 절박한 자금 부족으로 고통당했다. 후에 밝혀진 일이지만 사채를 얻어 월급을 지급하기도 했다고 한다. 그러나 회사 형편이 좋아졌을 때는 태도가 달라졌다. 출장비도 물론 보너스도 주었다. 그의 말에 힘이 실리기도 했다. 사원복지를 강조하기 시작했다.

매경은 열악한 조건으로 출발했지만 목표는 '최고'에 두고 있었다. 맨 밑바닥에서부터 한 단계 한 단계 밟아 올라가 최고에 이른다는 목표이고 전략이었다. 비유하면 제일 늦게 출발한 경주자가 앞서 달리는 경주자를 따라잡아야 하는 형국이었다. 창업주는 그 목표를 특유의 전략과 사원의 노력으로 달성하려고 했다. 최고에서 출발해 최고를 유지하는 것과 최하에서 출발해 최고에 도달하는 데는 상당한 차이가 있다.

외부 필자를 동원하는 것은 경제 분야에서만도 아니다. 인문계에서 김형석, 안병욱, 백철, 이은상(거절) 등 경제와 거리가 먼 인사들도 자주 등장시키곤 했다.

그것은 몇 가지 목적이 있었다. 경제를 경제인만의 것이 아니라 전 국민의 것으로 하려는 뜻도 있었다. 경제신문에 비경제인, 최고의 지성인을 끌어들임으로써 경제에 관심이 적거나 없는 사람들도 관심을 두게 한다는 유인책이었다.

또 실리적인 면에서 최고 인사를 통해 파급돼 가는 효과를 겨냥한 것이다. 말하자면 최고의 여론주도층을 끌어들임으로써 매경의 성가가 자연히 다단계로 파급되길 기대하고 있었다.

또 하나는 경륜이 짧은 기자들의 지력을 그들로 보충한다는 것이었다. 기자들 성장은 시간이 오래 걸리지만 외부 인사들은 초빙하면 되는 것이다.

그래서 다른 부문의 비용 지급이나 안의 사원들에는 박한 대우를 하면서도, 밖으로는 최상의 대우로 최고의 인사를 모시려고 했다.

그 전략은 성공했다. 창업주에 대한 평가가 좋아지며 자연히 신문에 대한 평가도 높아졌다. 창업주에 대한 호감은 그가 열심히 한 데 원인이 있었지만 외부 인사에 대한 대우를 잘해준 데서도 얻어졌다. 사회지도층을 공략함으로써 사회 파급효과를 극대화해 성공한 전략이었다.

최고를 지향하는 전략은 필진뿐만 아니라 여러 부면에서도 추구했다. 그는 특히 '봉황'이라는 말을 좋아했다. 소비자 대상도 '봉황대상', '봉황 개발상', 심지어 낚시 상도 '봉황컵'(1971), 등산대회 상도 '봉황배'였다. 각계 인사들의 명함 광고를 실으면서도 제목을 '정상을 향하여'(1967년 1월)라고 붙이곤 했다.

1970년 4월 창업주는 '이코노미스트'와 '논단'을 동시에 설치했다. 고정 필진을 둔 것이다. 그 필진도 사계 권위자들이었다.

이코노미스트: 김봉진(대한상의 부회장), 김용갑(보세 가공협회 부회장), 김종대(동해화전 사장), 김진형(한국개발금융 사장), 나익진(동아무역 사장), 남덕우(재무부 장관), 민병구(서울대 상대 학장), 송인상(한국경제개발협회 회장), 신현확(쌍용시멘트 사장), 서봉균(농협 회장), 서진수(한은 총재), 원용석(동양나일론 사장), 홍승희(외환은행 행장).

논단: 고영복(서울대 문리대 교수), 나웅배(서울대 상대 교수), 박희범(경제과학심의위원), 박동묘(성균관대 총장), 백영훈(한국산업개발연구소

장), 송기철(고려대 교수), 오상락(서울대 상대 교수), 윤당(산업은행 이사), 우기도(한양대 교수), 이현재(서울대 상대 교수), 이문재(세무협회 부회장), 이한기(사법대학원장), 이승윤(서강대 교수), 조천식(한은 업무2부장), 조순(서울대 상대 교수), 차기벽(성균관대 교수), 황병준(서울대 경영대학원장).

지면을 빛내고, 기자들의 기사량을 덜고, 사회지도층에 매경을 홍보하고…. 역시 다목적이었다. 다른 특집이나 시리즈에서도 외부 인사를 많이 활용하면서 모두 최고를 지향했다. 매경은 특집이나 시리즈가 상당히 많은 편이었다.

나는 송기철 교수의 글을 받아오다가 큰 실수를 했다. 전동차 안에서 원고를 잊어버린 것이다. 할 수 없이 되돌아가 사과하고, 원고를 다시 작성해 주시도록 부탁했다. 그는 불쾌한 기색을 내지 않고 다시 써주었다. 이후 그는 매경에 글을 많이 썼다.

이코노미스트 상을 시상한 것도 그런 학계 존중, 학계와의 인연 맺기 차원이었다. 매경이 이코노미스트 상을 창설한 것은 1971년 창간 5주년 기념사업으로 제정해 3월 24일 창간기념일에 첫 시상을 했다. 이후 오늘에 이르기까지 창간기념일에 이 상을 시상한다.

처음엔 경제논문상과 평론상으로 나누었다. 후에는 통합해 경제학상과 과학기술상 2개로 수정했다.

그런데 처음엔 심사 대상 자료를 찾는 일이 문제였다. 후에 권위가 붙은 다음에는 추천받아 심사했지만 처음에는 기자들이 심사 대상 자료를 찾아 나섰다.

첫 회에는 1945년부터 1971년까지 총 44종의 잡지에 게재된 논문의 제목과 필자를 전부 발췌했다. 종합지 9종, 전문지 2종, 학술지 4종, 학술 및 논문집 27종 등에 게재된 논문이 858편이었다. 이 목록을 대학교수(160명), 금융기관조사부장(110), 신문사 논설위원(36), 경제부처 국장급(80), 연구기관 연구위원(56), 경제단체 조사부장(43) 등에 배부해 추천받았다.

여기서 추천된 논문을 심사위원회(최호진 위원장과 고승제, 신태환, 김봉진, 최석채, 구용서, 성창환 위원)에 넘겨 심사했다.

이코노미스트 상은 이후 우리나라 경제학의 태두 최호진 박사가 17회까지 심사위원장을 맡아 권위 있는 상으로 장착시켰다. 그는 공평무사한 심사로 빠른 기간에 이 상을 궤도에 올려놓아 권위를 쌓았다.

몇 년 시상한 후에는 그 수상 작품을 모아 단행본으로 내기도 했고, 수상자를 초청해 좌담회를 열기도 했다.

한편 1975년 창간기념 특집에서는 '인재가 필요하다'를 시리즈로 다루었는데 이병도, 차기벽, 고승제, 김기두, 박종서, 김윤기, 백철, 이문영, 박동묘 등의 글을 받거나 대담했다.

1976년 1월 '신 경쟁 시대의 경제전략' 특집(시리즈)에서는 백영훈, 조순, 윤상, 박승찬, 서상철, 강명순, 태완선, 송기철, 김용완, 김봉재, 황병준, 한상준, 유붕노, 전창원, 남덕우, 김대환, 구본호, 양재모, 한기춘… 등이 기고나 좌담회에 등장한 인물들이다.

외부 필진 활용뿐만 아니라 1976년에는 좌담회를 많이 열었다. 다른 해에도 자주 연 편이지만 이 해에는 집중적으로 많이 열었다. 사장부터 편집국장, 경제부장…. 후에는 나도 좌담회 사회를 보았다. 1·1 경제전망(나병하), 1·1 소비 절약 시대의 병법(김재봉) 1·29

신 경쟁 시대 경제전략(창업주), 3·10 신 경쟁 시대 경제전략(나병하), 5·22 경제자립(나병하), 5·25 5·29조치 두 돌(나병하), 6·21 4차 5개년계획(김재봉), 6·28 세제개혁(최인수), 7·26 광고산업(나병하), 7·31 증권 관계법 개정(최인수), 9·4 조세체계의 근대화(최인수), 10·15 내일의 증시(최인수)….

외부 인사 활용은 신문이 어느 정도 궤도에 올랐다고 생각한 때부터 줄어들었다. 1978년에 가장 활발했고, 79년에도 그런 기조가 이어졌다. 신년호에서 '신산업시대의 전개와 조건'이라는 특집을 하고, 예의 사계 전문가들로 창간기념호 때까지 시리즈로 이어갔다. 김대환 - 조순, 서상철 - 백영훈, 이만기, 임병진, 노융희, 송기철, 차배근, 김신행, 배무기, 황일청, 정종진, 조순탁, 박혜경 - 김동기, 김성훈, 최신덕, 김인제, 유훈, 노정현, 윤종주, 김신복, 반병길, 김영봉, 심윤종, 현병규, 김홍철, 홍원탁 - 황성모, 임희섭, 문병집, 신태환, 고승제, 최호진….

그러나 1979년 신년호에 '불확실성 시대, 한국적 상황과 처방'이라는 특집을 하고 창간기념호까지 시리즈로 엮었지만, 외부 인사를 쓰지 않고 내부에서 처리했다. 하나는 내부 기자들 실력이 그만큼 향상됐다고 본 것이고, 또 하나는 신문이 어느 정도의 궤도에 올랐다고 봤기 때문이다.

당시 기고나 좌담회든 이런 인사를 모시기는 대단히 어려운 일이었다. 그러나 창업주는 꼭 그렇게 강요했다. 기자들이 일일이 찾아다녀야 했다.

6) 글자를 세라… 경영합리화

수습기자 시절, 좀 엉뚱한 지시가 떨어졌다. 신문에 나오는 글자를 통계로 내라는 것이었다. 기자들은 그것도 교육의 일환이려니 하고 신문 전 지면의 글자 수를 세었다. 글자별로 사용 빈도수를 조사하는 것이다. 그러나 창업주의 목적은 딴 곳에 있었다. 그 용도를 알게 된 것은 훨씬 후의 일이었다.

당시 신문사에서 쓰는 재료 중 비중이 큰 부문의 하나가 납이었다. 당시는 지금 같은 컴퓨터 조판이 아니라 납 활자의 조판이었다. CTS(Cold Typesetting System, Computerized Typesetting System)가 아니라 HTS(Hot Typesetting System)였다. 납 활자로 조판해 지형을 뜨고, 연판을 떠서 인쇄하는 방식이었다. 모두 불로 이루어지는 작업이다. 활자를 만드는 것과 연판 뜨는 일도 그랬다. 그래서 납을 많이 썼다.

그런데 납은 중금속으로 건강에 극히 해롭다. 당시 공무국은 사원들이 작업 과정에서 몸에 축적될지 모르는 납을 제거한다는 명목으로 한 달에 한 번씩 돼지머리 파티를 열었다. 공무국에 돼지머리를 놓고 고사를 지냈다. 명분은 인쇄 기계가 고장 나지 않게 해달라는 축원이지만, 공무국 사원들에게 돼지고기를 먹이기 위한 구실이었다. 일거양득인 셈이었다. 그것은 그들만의 행사였다.

그런 납을 많이 쓰기 때문에 상대적으로 유실도 많을 수 있는 부문이다. 납 사용량을 줄이면 재료비가 절감되는 것이다. 창업주는 여기서 경영합리화의 길을 모색했다. 자주 쓰이는 글자는 많이 만들고 드물게 쓰이는 글자는 적게 만들자는 과학적 발상이었다. 많이 쓰이건 적게 쓰이건 똑같은 숫자의 활자를 만들면 사용하지 않는 활자를 쌓아두는 꼴로 그만큼 필요 없는 재고를 가지고 가는 셈이다. 일반 제조기업에서 적정재고로 원가를 줄이는 것은 경영합리화의 기본이다. 그는 신문에서도 그런 원리를 도입한 것이다.

그러나 원가 개념이나 경영합리화 의식이 희박한 언론계에서는 그런 통계적 방법을 찾지 못한 듯했다. 신문인으로서는 일찍 눈을 뜬 그는 그것도 아주 손쉬운 방법으로 달성할 수 있는 길을 찾았다.

그는 수습기자 교육 시간에 신문 전 지면의 글자를 모두 세게 했다. 교육과정의 수습기자들을 시켜 조사한 글자의 사용 빈도 통계를 이용하여 재료비를 절감하여 경영합리화를 추구한 것이다. 구체적으로 듣지는 못했지만 아마 재료구매비를 많이 절약할 수 있었을 것이다.

경영합리화 전략임과 동시에 절약 정신의 발로이기도 했다. 그의 절약 정신은 곳곳에 배어 있었다. 편집국에서는 기사를 통신지 이면에 쓰는 것이 기본이었다. 자료에 대한 감각은 철저했다.

소공동 사옥에서 필동 새 빌딩으로 이사할 때 기자들은 각자 자료를 많이 버렸다. 창업주는 그 쓰레기 더미에서 많은 자료를 손수 거둬들였다. "보관해두면 언젠가는 쓸 곳이 있을 터인데 왜 버리느냐"는 것이었다.

경영합리화는 우선 수지 균형을 맞추는 데 초점이 맞추어졌다. 수입은 극대화하고, 지출은 억제하는 것이다. 창업 초기 신문 판매 부수와 광고 유치가 부진했던 때 수지 균형을 맞추려면 지출 억제가 가장 효과적인 방법이었다. 수입을 먼저 계산하고 지출을 결정하는 것이다. 철저한 양입계출(量入計出)이었다. 아마 다른 신문과 차별화되는 일일 터이다. 대개는 지출을 먼저 상정하고 수입을 맞추려고 한다. 신문기업이 유지해야 하는 체면(지출)·적정·필요 수준을 먼저 설정해 놓고 수입이 모자라면 차입으로 충당했다.

그러려면 여러 가지 무리가 생긴다. 국민경제와 언론계의 수준이 맞지 않았고, 많은 신문이 과당 경쟁하는 실정에서 지출을 상쇄할 수입이 쉬운 일은 아니었다. 대부분 언론사가 그러지 않았을까. 그래서 언론은 '적자기업'이란 딱지가 붙여졌다. 차입이 늘면서 수입을 위해 무리하지 않을 수 없었다. 심한 경우 신문의 본래 사명(정론)이 훼손되는 부작용을 낳기도 했다. 그것이 쌓이고 누적되어 언론 부조리를 낳고, 개혁으로 몰리는 것이 아닌가.

창업주는 그런 일반적인 경영 관행, 일반의 인식에서 벗어나려는 노력을 다각적으로 펼쳤다. '태생적인 것'으로 인식되는 언론기업의 취약한 경영상태에서 벗어나려고 애썼다.

창업주는 그런 상황에서, 그것도 모든 조건이 열악하고 규모도 작은 신문사에서 어느 정도 괄목할 만한 성과를 거두고 있었다. 그래서 그는 주변 사람들로부터 '신문경영의 귀재'라는 말을 들었다.

그러나 창업주의 방식이 모두 성공적인가 하면, 그것은 논란의 여지가 있을 법하다. 모두 옳다고만 할 수도 없다는 얘기다. 역시 언론이 제구실하려면 필요충분조건을 갖추어야 하기 때문이다. 인재, 급여 수준·시설 등이 어느 수준에 달하지 않으면 안 된다. 그것이 일반기업의 경영전략과 언론기업의 경영전략이 달라야 하는 이유이기도 했다.

우선 사원 급여이다. 급여 수준이 생활급이었는가, 후생 복지 수준이었는가, 기아임금(飢餓賃金)이었는가는 쉽게 판단할 수 없다.

그러나 그것이 기자가 생활고를 겪지 않고 언론의 사명에 충실할 수 있는 수준이었는가는 의문이다. 기업 측면에서 수지 균형을 맞추는 데 성공했지만 사원 급여가 충분했다고는 할 수 없다. 그래서 그는 다른 신문사만큼은 주겠다고 했지만, 그것은 목표였을 뿐 실행된 것은 아니었다.

그러나 그런 노력을 한 흔적은 여러 곳에서 보였다. 창업주가 고물 지프를 타고 다닐 때 주변에서 "이제는 좋은 새 차로 바꿀 때가 되지 않았습니까"라고 권유하면, 창업주는 "사원들에게 박봉을 주면서 사장이 새 차 타게 됐느냐"며 거절했다고 한다. 그는 사원들에게 '남만큼 주겠다'라고 한 약속을 이행하려고 마음먹었던 것은 진심이었던 듯싶다.

1978년 창업주는 대졸 기자의 초임을 현대보다 1만 원이 많은 19만 원으로 하였다. 재정 형편이 다른 직급의 급여는 인상할 수 없었지만, 사원들에게 자부심을 심어주기 위해 그렇게라도 궁여지책의 파격적인 조치를 단행했다. 그래서 부분적이지만 현대보다 월급이 많다고 할 수 있었다. 그러나 그것은 일부분으로 다른 직급의 경우는 그렇지 못했다.

경영은 합리화로만 될 수 있는 것이 아니다. 현실적인 애로, 그가 경영합리화로만 극복할 수 없는 난관도 많았다.

결재 단계의 확대도 그 하나의 예다. 그는 경영합리화를 위해 의사결정 단계를 축소해 결정이 빠르게 이뤄지도록 했고, 업무 능률화 향상… 등의 일을 추진했다.

그러나 반대로 결제 단계가 늘어나는 부문이 있었다. 돈 지급에 관한 결제가 그랬다. 당시 돈이 지불되려면 원안 결재 말고도 결재가 4번 이루어져야 했다. 실행계획, 지불계획, 지출 결재, 전표 결재 등이다.

사규 제정위원회에서는 한 단계를 줄이려고 했다. 돈이 지출되는 데 시간이 너무 걸리는 불편을 개선하기 위한 것이었다. 나도 그 위원회 구성원이었다.

그러나 창업주는 그것을 허용치 않았다. 경영합리화를 지향하는 그가 반대하다니 이해되지 않았다. 그러나 창업주의 속셈은 따로 있었다.

"나도 그것을 모르는 바 아니다."

사원들이 납득하지 못하자, 그는 그 이유를 설명했다. 당시 경리 사원들은 지불 지연으로 대내외에서 시달리는 일이 많았다. 자금 사정이 좋은 편이 아니었기 때문이다. 지출하려고 해도 시재금(時在金)이 부족한 경우가 생기는 것이다.

"사장을 팔란 말이야."

창업주의 뜻밖의 말이었다. 지급이 늦어질 때 사장의 결재가 나지 않았다는 구실을 대라는 것이다. 사원의 어려움을 덜어주려는 배려이기도 했지만, 그의 고뇌에 찬 궁여지책의 일단이기도 했다. 어려운 일이나 외부로부터의 화살은 사원에게 미루지 않고 자신이 맞겠다는 표시이기도 했다.

회사 형편이 좀 나아진 다음에도 그런 방식은 지속됐다.

7) 일의 체급을 올려라

매경은 태생부터 무에서 유를 창조하며 부족한 모든 조건을 노력과 전략으로 극복하려고 했다. 능력에 비해 좀 과중한 일을 맡기는 방법도 그 하나다. 중학생에게 80kg짜리 쌀가마를 들게 하는 것과 엇비슷한 일이 자주 벌어졌다. 상식적으로는 거의 불가능하다고 생각되는 일에 맞서도록 하는 것이다.

정상 신문사라면 '단신'과 '동정' 정도나 쓸 병아리 기자들에게 스트레이트 기사 이외에 해설물, 시리즈, 가십 등을 써내도록 했다. 창간 때부터 시리즈도 맡겼다('뜻은 강렬했으나 초라한 출발' 참조). 그것은 전략적이라기보다 불가피한 일이기도 했다. 다른 방법이 없는 형편이었다.

그것이 위험해 보였던지 해설 기사 이름은커녕 이니셜도 내주지 않았다. 몇 달이 지나서부터 이니셜을 넣고 1년여가 지나면서 이름을 넣어주었다. 이니셜이 두 개인 기자도 많았다. 2개 이상의 해설을 쓰는 경우가 생겼기 때문이다. 당시는 사설도 없어 기자들은 해설, 초점, 시리즈 등의 글을 많이 쓰게 무거운 짐을 지워 줬다.

전반적으로 사원들에게, 특히 기자들에게는 모든 일이 과중하게 이뤄졌다. 과중은 일에 전력하지 않으면 안 되게 했다. 그 과중은 기자들이 매우 빠르게 성장(?)하는 동인(動因)도 됐다. 그는 기자들이 밟아 올라가는 단계를 많이 축소했다. 그러나 기자들의 수가 늘어나자 기자들의 직급을 다단계로 나누었다. 편집국의 직급은 수습기자, 기자보, 기자, 차장 대우, 차장(때로 차장 직무대리), 부장 대우, 부장(부장 직무대리), 부국장 대우, 부국장, 국차장 대우, 국차장, 편집국장… 이런 식이었다.

과중한 업무는 동시에 기자들이 다른 곳에 신경 쓰지 못하도록 하는 부수적인 효과도 있었다. 1기생들은 앞에 설명한 바와 같이 신분은 수습기자였는데, 바로 취재 활동에 투입됐다. 선배 기자와 조를 이루기도 하고, 독자적으로 활동하기도 했다. 나는 단독이었다.

1기생에 3기생 모집 시험출제를 맡긴 것도 초고속 업무의 하나였다. 1기생이 들어오고 1년 남짓한 때였다. 하루는 사장이 1기생 몇 명을 불러 모았다(나 포함, 2기생도 있었다). 그리고 3기 수습기자 시험문제를 출제하라는 것이었다.

그날 사무실 근처의 호텔에 방을 예약해 집에 가지 말고 거기서 다음 날 아침까지 시험문제를 출제하라는 것이었다. 모두 어리벙벙했지만 밤을 새우다시피 해서 시험문제를 제출했다. 그대로 채택돼 그 문제로 수습기자 시험을 치렀다. 호텔에 시험관을 감금(?)한 것은 아마 시험관리를 공정하게 하려고 얼마나 정성을 들이는가, '호텔에서 시험문제를 출제했다'는 사실을 사원들에게 과시하려는 목적도 있는 것 같았다. 이후에는 그러지 않았다.

우리는 시험문제 출제뿐 아니라 시험감독, 채점까지 담당해야 했다. 그야말로 다목적, 전천후였다. 다음 기부터는 면접까지 관리 전체를 맡겼다.

그런데 문제는 영어였다. 영어 시험문제를 나와 1기생 또 한 사람이 출제했는데, 타자기도 타자원도 없었다. 할 수 없이 타자기를 임시로 빌렸고, 타자는 내가 직접 쳤다. 나의 타수 속도는 그렇게 빠른 편이 아니었다. 시험 당일 새벽 6시쯤 시작해 오자가 나지 않도록 떠듬떠듬 쳐서 프린트까지 직접 내 손으로 했다. 겨우 시험시간에 댈 수 있었다. 비밀 유지를 위해 사장실에서 창업주와 나, 기획부장 등 셋이 다했다. 나는 1인 3역이었다. 나는 전 직장에서 영문 타자를 조금 배웠다. 기계조작을 겨우 하는 수준이었다.

그런데 창업주는 그 전 과정 동안 함께 있었다. 말 없는 감독이었다. 구체적으로 시험감독에 간여한 것은 아니지만, 그가 옆에 있을 때와 없을 때는 일하는 분위기가 다르다. 능률도 다르다.

또 관리를 철저히 하기 위한 목적도 있었을 성싶다. 시험지가 유출되면 어떻게 할 것인가. 그래서 시험 당일에 타이핑하게 했을 것이다. 이것도 사장 진두지휘의 일단이었다. 기자들의 어설픈 실력을 그의 열성으로 보충해 뚫고 나가자는 전략이었다. 그리고 사원들이 스스로 실력배양에 힘쓰도록 말 없는 독려를 한 것이다.

기자를 독려하는 방법은 여러 가지였다. 창간 초기, 그는 1기생을 사적으로 만나면 자극적인 말을 했다. 초년생 기자들이 취재의 어려움과 기사 부족을 호소하면 그는 농담을 섞어 말하곤 했다.

"나는 여기서부터 서울시청 앞까지 걸어가면 기사를 10건은 쓰겠다."

당시 매일경제신문사는 중구 소공동 한국은행 후문 건너편에 있었다. 거기서부터 시청 앞까지는 500여m로 그 사이에 무슨 기사가 그렇게 많이 있겠는가.

그것은 기자들의 보는 눈이 성숙하지 못했음을 꼬집는 말이기도 하고, 기삿거리가 왜 없느냐는 부드러운 질책이기도 했다. 안목을 키우면 기삿거리는 얼마든지 있다는 뜻이었다. '부드럽다'라고 하는 것은 그가 말할 때 웃음기를 머금고 낮은 소리로 말하기 때문이다. 그리고 농담처럼 말한다. 얼굴을 긴장하고 화를 낸다거나 윽박지르는 것이 아니다. 그런 부드러운 말로 기자들의 자존심을 자극한다. 그렇게 기자들의 자기 계발을 자극한다.

'사장이 10건을 쓴다면 나는 5건은 써야 하지 않겠는가?'

그렇게 생각하는 기자들도 있었다.

또 그는 이렇게도 말했다.

"지금 내가 제일 하고 싶은 것은 기자다. 지금 기자를 한다면 쓸 것도 많고, 쓰고 싶은 것도 참으로 많을 것 같다."

역시 어린 기자들을 그렇게 자극함으로써 분발할 수밖에 없었다.

8) 사헌(社憲)의 꿈

운명을 예감한 것일까. 그는 타계하던 1981년 마지막 사훈을 '무엇을 어떻게 할 것인가'로 정했다. 병을 진단받은 상태는 아니었다. 그런데도 사원들에게 영원한 질문을 던진 것이다. 과거의 사훈은 그가 정하는 명제였다. 상황판단이나 지향해야 할 바를 적시하는 방향 지시였다. 그런데 이 해에는 역으로 사원들이 대답하도록 질문을 던진 것이다.

그런데 왜 마지막 사훈(스스로 마지막이라고 생각한 것은 아닐 터이다)을 소크라테스의 '너 자신을 알라'와 유사한 질문으로 정한 것일까.

그 물음은 사원 각자가 생각하고 스스로 해답을 찾도록 한 것이다. 나아가 스스로 계발하도록 한 셈이다. 그런 의미에서 영원한 것이다. 앞으로 올 사원에게도 던지는 메시지다. 언제 어디서 누구에게나 해당하는 질문이기도 하다.

그가 생각한 최고의 신문은 지면에 국한된 것만이 아니었다. 신문을 공기로 생각한 그가 그래서 생각해낸 것이 '사헌(社憲)'이다. 신문사 설립 10여 년이 지난 후 새 사옥으로 이사하고 나서 그는 제반 사규를 정비하려고 했다. 그래서 특별히 사규 제정위원회를 만들었다. 나도 위원으로 참여했는데, 위원장은 정보기관에 있던 외부 인사였다. 그는 익명으로 '이것이 중국이다' 등의 장기 시리즈를 집필하던 사람이었다.

각 조문이 정리될 무렵, 중간 보고받던 창업주는 느닷없이 사규의 명칭부터 바꾸자고 했다. 위원들에게 새 사규집의 명칭에 대한 아이디어를 내라고 했지만 '사규(社規)' 외에 좋은 안이 나오지 않았다. 사규집에 무슨 새 이름이 필요한가. 그러나 그는 마음속에 작정해둔 새 안이 있었다. 아무도 안을 내지 않자 그는 자기의 안을 내놓았다.

"사헌(社憲)이라고 하면 어때?"

'사헌이라니?'

회사의 헌법이라는 뜻이다. 위원들은 멍해졌다. 좀 어색하기도 하고, 상식을 초월하는 것이기도 하고, 너무 자신을 과대평가하는 듯싶어 위원들은 얼떨떨한 채 대답하지 못했다.

그러나 그는 사규를 그렇게 격상시키려고 했다. 국가의 헌법같이 회사도 헌법이 있어야 한다. 중국에는 가헌(家憲)이 있다고 하지 않는가. 일본에도 가헌(家憲)이란 말이 있다. 우리 사전에도 나와 있다. 거기서 힌트를 얻은 듯했다. 회사의 권위를 한껏 올려놓으려는 것 같았다. 위원들에게 의견을 물었지만, 그의 마음속에서는 이미 그렇게 결정해 놓고 있는 듯싶었다. 아무도 이의를 제기하지 않았다.

"다른 안이 없으면 그렇게 하지."

그렇게 결정이 났다. 위원들은 다른 의견이 없었다.

그는 그 사헌으로 회사의 뼈대를 새로 만들고 법통을 세우려고 했다. 일반 노사관계나 근로조건만 담는 보통의 형식적인 사규가 아니라 '사헌'이라는 이름으로 언론계에서 모범적인 신문사의 특별한 사규를 만들려고 했다.

그 사례조사 모델은 일본경제신문이었다. 나는 일본 특파원에게 지시해 일본경제신문사의 사규집을 얻어 매경에 필요한 규정을 검토해 나갔다. 그들의 사규집은 두꺼운 책이었다. 사주(社主)가 없는 그들은 어떻게 법통을 이어가는가. 그것이 궁금했다. 상당히 진지하게 진행됐다.

그런데 그 '사헌'은 불발되고 말았다. 사규 중 위임전결 규정이 있었는데 거기서 막힌 것이다. 사규 심사위원장이 중간 보고하는 과정에 그 문제가 나오자 그는 그것을 보류시켰다. 그는 위임전결 규정이 그의 권한을 많이 축소하는 것으로 받아들인 듯했다. 아직은 그럴 때가 아니라고 본 것이다. 그는 아직 회사 경영을 세세하게 직접 챙겨야 한다고 생각했을 법하다. 회사발전 단계로 보아 그렇게 할 수밖에 없었을 것이다.

그는 위임전결 규정을 보류시켰다. 그리고 사규 제정 자체를 장기연구과제로 남겼다. 그 후 사규 제정위원회는 흐지부지되고 말았다. 무기한 연기됐으나 다시 열리지 않았다.

그러나 그는 가장 이상적인 언론사 체제(소유 형태)를 꿈꾸고 있는 듯했다. 구체화한 것은 없었다. 그 이상형과 현실 사이에서 어떤 접점을 찾지 못해 잠시 보류한 것이 아닐까. 그는 사규 안을 완전히 폐기한 것이 아닌 언젠가 다시 열려고 했는지 모르지만, 그런 시간은 다시 오지 않았다.

그러나 그는 평소 말하던 대로 그의 신문사를 사원과 사회에 환원하고 훌쩍 이 세상을 떠났다. 그것도 아주 갑자기…. 그러나 사원에게 직접 유언을 남긴 것은 아니고, 사후 조치를 그렇게 했다는 것이었다. 유언도 직접 쓰지 못하고 1기생급의 인척 B 군에게 대필시켰다. 너무 급하게 운명을 맞이하였기 때문일 것이다. 그래도 그는 자기의 약속을 이행(?)했다. 그는 아들이 없고 딸이 한 명 있었다.

그가 작고하던 날(1981년 7월 17일) 매경은 다음과 같이 보도하고 있다.

'전 주식 사회에 환원, 공익재단 사우회에 출연'….

"고인은 별세에 앞서 소유하고 있던 매일경제신문사 주식 모두를 공익기금과 사우회 기금으로 출연했다. 고인은 평소 '신문사는 개인 소유가 아니다'라고 늘 말해왔으며 사회의 봉사라는 창업정신에 따라 주식 지분 일체를 이와 같이 사유 아닌 공유로 전환했다. 지난 15년간 자신의 몸을 태워 매경을 일으켜 세웠던 고인은 '신의 성실한 보도', '부의 균형화 실현', '기업육성의 지침'('기술개발의 선봉'은 누락)이라는 사시의 완전한 결실을 못 본채 타계하면서, 매경의 창업정신은 사원의 손에 의해 연면히 이어져 가야 한다는 유지를 남겼다. 언론기관장으로서 현직에서 타계한 고인은 '재산의 사회환원'이라는 결단을 내렸는데, 고인의 이같은 결정은 언론계에서는 처음 있는 일이다."

창업주도 사원들에게 '주인의식을 갖고 일하라'는 말을 수없이 강조했다. 그러면 보상하겠다는 암시를 해주었지만, 그는 일찍 타계함으로써 그런 기회를 얻지 못했다. 당시 언론계에는 노조가 없었다. 개별적으로 노조 운동이 없었던 것은 아니지만 언론노조가 허용되지도 않았다.

물론 매경에도 노조는 없었다. 사원들은 노조를 만들려는 시도도 하지 않았다. 사원들이 회사에 대하여 근로조건이나 대우를 따질 게제나 분위기도 아니었다. 매경 사원들은 우선 좋은 신문을 만들어 최고의 기자가 되겠다는 목표로 매진하는 분위기가 팽배해 있을 뿐이었다. 앞서가는 신문사를 따라가겠다는 의지가 사원 모두에게 충만해 있었다. 후생이나 복지는 드러내놓고 따지지 않았다.

"우리도 일류 신문사 만들어 일류 기자가 돼 보자."

그게 꿈이었다. 어느 부문이나 마찬가지지만 일류와 삼류의 차이는 크다. 언론계 안에서나 밖에서 눈에 보이지는 않지만 매경 기자들은 일류 대접을 받지는 못했다. '그것을 뛰어넘어 앞서가는 사람들을 따라잡는다'란 모토가 사원들의 꿈이었고, 그런 공감대가 형성돼 있었다.

창업주는 암묵리에 그것을 자극하고, 촉구하고, 조성하는 데 성공하고 있었다. 그게 기자들을 앞으로 매진하게 하는 동기부여의 수단이었다. 그것이 매경의 원동력이었다. 노사의 구분이 있는 것이 아니라 일심동체, 아니 사원들도 모두 자기 회사라는 의식(주인의식) 속에서 열심히 일했다. 창업주 자신도 사원들에게 그런 '주인의식'을 요구하고 주입했다.

창업주는 기회 있을 때마다 "신문은 사원들 것이다"라고 말하곤 했다. "사장은 사원 중에서 회사를 가장 사랑하는 사람이 될 것이다"라고도 언급했다. 그래서 사장을 외부에서 초빙하는 일은 하지 않겠다는 다짐도 했다. "나보다 매경을 더 사랑하는 사원이 있다면 그가 사장이 돼야 한다"고 강조해 왔다.

그러나 그보다 매경을 더 사랑하는 사원이 어디 있겠는가. 매경 사원들은 창업주의 말에 대한 믿음이 컸다. 그가 언론계에서 최고의 대우를 해주겠다고 한 약속을, 단 '회사가 발전하면'이라는 조건이 붙기는 했지만 언젠가는 이행할 것으로 믿었다. 아니 사원들 힘으로 그렇게 만들겠다는 스스로에의 다짐도 있었다.

사원들은 그래서 좋은 신문 만드는 데 주력했고, 신문이 발전하면 급여도 올려 주겠지 하고 철석같이 믿었다. 그의 말을 추호도 의심하지 않았다. 그런 공감대가 컸다. 그가 "회사는 사원들의 것이다"라고 말할 때 '회사는 우리 것이다'라고 생각한 사원은 없지만, 적어도 그의 숭고한 뜻은 믿었다.

간혹 급여 문제에 관심을 두는 사원이 없었던 것은 아니다. 나는 수습기자 교육을 맡아 교육이 끝나면 모두 사장실에 데려가서 신고했다. 몇 기인가, 수습기자 K는 사장과의 대화시간에 급여 문제를 꺼냈다. 당시 사장의 방침은 최고의 대우를 해준다는 것이었다. 그 이상은 약속한 것이 없었다.

그런데 K 기자가 그것을 구체적으로 물은 것이다. 창업주는 그 이상 분명한 대답을 할 수 없었다. 그렇다고 면박을 주지도 않았다. 그러나 창업주의 얼굴은 굳어져 갔다. 그 후 얼마 되지 않아 K 기자는 회사를 떠났다. 무슨 이유 때문이었는지는 몰라도, 그의 표정을 보고 지레짐작으로 가위눌린 것이 아니었을까 하는 생각도 든다.

매경은 노조 대신 사우회 조직이 비자발적으로 생겨났다. '비자발적'이란 사원들 스스로가 아닌 창업주의 지시에 따라 생겨난 것이기 때문이다.

창업주는 사옥을 소공동에서 충무로로 옮긴 후 사원 분임 토의를 지시했다. 같은 부서끼리가 아니라 편집국, 공무국, 판매국, 광고국 등 각 부서의 사원들이 골고루 참여하는 횡적인 팀을 만들어 회사 발전을 위한 아이디어를 내도록 했다. 팀조직도 물론 회사에서 짰다. 그것은 당시 요원의 불길처럼 번져가던 '새마을 운동'에서 힌트를 얻었던 것으로 추측됐다. 현재는 미국의 GE사가 성공한 전략 중의 하나이지만 당시는 그런 사실이 알려지지도 않았다. 아니 태동하지도 않았을 때였다.

그는 각 팀에 회식비도 제공하면서 자유로운 토의를 유도했다. 팀 간에 공개경쟁을 시켜 우수한 팀에는 시상도 했다(나는 조장으로 우승했다. 발표회 때는 조부상을 당해 시골에 가는 바람에 간사가 발표했다).

그러나 이 조직은 단발로 끝났다. 더이상 팀 활동이 이어지지는 않았다. 그렇다고 자발적인 조직으로 확대되지도 않았다. 창업주는 이때 사우회 조직을 생각했는지 모르나 공식적으로 사원끼리 모인다는 의식을 심어준 것이다.

그는 어느 한 날, 전체 사원회의에서 '금연'을 선언했다. 줄담배로 피우던 담배를 끊겠다는 것이다. 담배 끊기가 얼마나 어려운가. 그러나 그는 '의지의 사나이'였다. 그 '금연 선언'을 사원에 대한 약속으로 만들어 철저하게 지켰다. 금연에 성공한 것이다. 사원 앞에서 굳이 금연 선언한 것은 금연의 수단이었는지도 모른다. 사원과의 약속을 깰 수는 없지 않겠는가. 어떤 수단을 썼건 그는 의지와 결단력이 강했음을 금연에서도 보여주었다.

그런데 그의 금연은 뚜렷한 목적이 있었다. 그는 담배를 피우는 데 들던 비용을 사원 복지기금으로 적립하기 시작했다. 그는 매일 담배 사는 데 들이던 만큼의 돈을 예금통장으로 만들어 적립했다. 하루 세 갑이었다. 아마 실제보다 더 많았을 것이다. 줄담배이기는 했지만 하루 세 갑을 피우지는 않았다. 몇 년 동안 그렇게 해서 금액이 어느 정도 됐을 때, 그 돈을 사원들에게 넘겨주고 관리하게 했다. 그것이 사우회를 만드는 계기가 됐다.

동시에 회사 내의 자판기 운영도 사우회에 맡겼다. 그 운영에서 나오는 이익금을 역시 사원들의 복지에 쓰도록 했다. 사우회는 이 두 기금을 운용함으로써 복지기금의 원천을 마련한 것이다.

그 자금의 운용을 위해 각국에서 사원 대표를 뽑아 운영위원회를 만들었다. 수익금을 관리하고 어려운 사원들에게 소액이지만 융자해주었다. 그 위원회의 초대 간사는 내가 맡았다. 회장은 없었다.

창업주는 이 사우회에 다른 목적도 있었다. 사원들이 이를 운영해봄으로써 회사 운영을 배우라는 것이었다.

사원들은 누구나 언젠가는 회사를 떠나야 한다. 그때 노후대책이 필요한 것 아닌가. 종업원으로 근무할 뿐인 사람들이 상점을 운영하더라도 경영에 관해 아무것도 모른 채 덤벼들면 실패할 가능성이 크다. 사우회에서 그런 조그만 사업이라도 경영하는 기법을 배우면 도움이 되리라는 취지였다.

사원회의 같은 때 공개적으로 그런 이야기를 반복해서 했고, 특히 그 운영위원들에게 그런 뜻을 강조했다.

사우회는 이 두 재원을 기금으로 점점 발전했다. 기금은 사원들에게 융자도 해주었다. 창업주 사후에는 그 유언에 따라 사원들에게 준 주식의 수혜조직으로 발전했다.

매경에 노조가 생긴 것은 그 후의 일이다. 내가 퇴사한 후다.

4. 인간 면모

1) 일이 취미다

"사장님은 취미가 무엇입니까?"

창업주는 어느 일요일 편집국에서 사원과의 대화에서 이런 질문을 받았다. 젊은 기자로부터였다. 내가 당직이었던 날이었다. 1기생들은 자주 접하더라도 하지 않던 질문인데, 후배 기자가 그렇게 물었다.

그는 일요일이건 휴일이건 1년이면 365일 회사에 나왔다. 그리고 한 번씩 편집국에 올라왔다. 오전에 올라와 당직 기자들과 이런저런 이야기를 나누다가 점심때면 같이 밥을 먹으러 가곤 했다. 어느덧 일요일은 창업주와 기자들과의 격의 없는 대화 시간처럼 되는 관행이 생겼다.

그때의 대화는 소의(疏意) 없는 것이었다. 화제도 취재 뒷이야기부터 세상 돌아가는 이야기, 신변잡기에 이르기까지 등 다양했다.

그는 평소에 말을 좋아해 일방적으로 이야기하는 경우가 많았지만, 그때는 듣기를 좋아했다. 기자들에게 질문을 잘 던졌다. 그 질의를 통해 그가 보충 정보를 얻기도 하고, 또 기자들이 간과하기 쉬운 부문은 깨우쳐주었다.

그리고 그가 기자들로부터 질문을 받으면 이야기를 시작했다. 그러면 기자들은 스스럼이 없어진다. 특히 신문사에 갓 들어온 젊은 기자들은 거칠 것이 없었다. 창업주가 마음을 터놓은 탓도 있었다.

그날 질문한 사람은 창업주가 일요일도 없이 출근하고 일밖에 모르는 것이 안타까운 듯했다. 도대체 인생을 무슨 재미로 사는가 하는 의미도 포함된 것 같았다.

"일이 취미지."

그도 질문자의 의중을 읽고 있었다.

그는 덧붙였다.

"나는 일하는 것이 제일 즐겁다. 취미는 즐거움을 찾는 것 아니냐. 내가 일에서 제일 큰 즐거움을 맛본다면 그것이 취미가 아니겠느냐. 나는 다른 어떤 것보다도 일할 때 제일 큰 즐거움을 느낀다."

그는 정말 일할 때 즐거움을 느끼는 것 같았다. 개발 시대의 일밖에 모르던 사람들의 사고방식이었다. 물론 개발 시대라고 모두 일벌레는 아니었다.

그는 '매경이 애인'이라고까지 했다. 때로는 "자기 생명과 같다"라는 말도 했다. 그만큼 애착을 뒀고 모든 힘을 쏟았다. 사원들에게도 그만큼 매경을 사랑하길 바랐다.

"나보다 매경을 더 사랑하는 사원이 나오면 그에게 사장 자리를 내주겠다."

그런 말도 했다.

그의 머리는 24시간 '매경'으로 차 있는 것 같았다. 그러나 마음은 기뻤는지 몰라도 그의 몸은 피로하지 않았을까?

한번은 점심시간인데 나는 일 처리가 늦어 요기(療飢)할 시간도 이미 지나 있었다. 외톨이가 되어 터덜터덜 근처 식당에 혼자 갔다. 홀에서 엉거주춤 의자에 앉으려고 하는데, 종업원이 다가오더니 방에서 누가 찾는다는 것이었다. 방에 들어가니 창업주와 총무부장이 같이 식사하고 있었다. 불고기를 구워놓고 소주도 한잔 곁들이는 자리였다.

그런데 분위기가 썰렁했다. 즐거운 식사 시간이 아니었다. 소주는 따라놓은 채였다. 창업주는 나에게 앉으라고 손짓하고 하던 말을 계속했다. 두 사람 다 얼굴이 약간 상기돼 있었다. 식사하는 것이 아니라 창업주가 이야기하는 시간이 돼 있었다. 고기는 지글지글 익고 있는데, 창업주는 물론 부장도 집어먹지 않았다. 총무부장은 기자 출신으로 관리에는 좀 서툰 점이 있었을 것이다.

나는 좀 난처했다. 그 자리에 앉기도 그렇고 돌아서 나올 수도 없었다. 엉거주춤하는데 앉으라고 다시 손짓했다. 창업주의 이야기가 꽤 길어졌다. 업무에 관한 이야기로 거의 나무람이었다. 지글지글 끓고 있던 불고기는 말라비틀어지고 있었다.

듣고 있던 부장은 처음엔 긴장해 있더니 차차 풀어지는 듯했다. 그는 마음의 여유가 있는 사람이었다. 연배도 비슷했다. 한참을 그렇게 듣고 있더니 소주 한잔 들이켜고는 웃으며 말했다.

"사장님, 저 밥이 목구멍으로 들어가는지, 콧구멍으로 들어가는지 모르겠습니다."

이야기는 그만하고 밥을 먹자는 뜻이었다. 나 때문에 용기를 얻었는지도 몰랐다. 창업주도 알아차렸다. 좀 주춤하면서 하던 이야기를 중단했다.

"그럽시다. 밥이나 먹읍시다."

창업주도 긴장한 얼굴을 풀고 밥을 먹기 시작했다. 그런 일은 그의 머리가 일로 차 있어 나오는 것이었다. 부장도 그것을 알고 있었다. 식사를 마치고 나올 때는 즐거운 식사 후의 풀어진 얼굴이었다.

또 한 번은 광고국장 시절이었다. 화장실에서 창업주를 만났다. 그는 말을 걸어왔다. 그런데 업무 이야기였다. 화장실이면 볼일이나 보실 일이지.

"아무개 일보를 보니까, XXX가 필요하다고 하더라. 그것을 도와
    주도록 해."

화장실에서 일을 보면서 일 지시라니? 우습기도 하고, 언짢기도 했다.

그런데 순간 그게 아니라는 생각이 퍼뜩 들었다.

'이것을 활용하자.'

나는 그 일보를 쓴 사원의 담당 국장이었다. 나도 그 내용을 기억하고 있었다.

"예."

나는 즐겁게 대답했다.

그것은 반가운 일이었다. 자금과 관련된 일이라서 결재 중간단계에서 부결될 가능성이 있는 문제였다. 그런 예가 더러 있었다. 그래서 결재를 올릴까 말까 망설이고 있던 차였다.

'사장님 말씀을 활용하자.'

"사장님 지시로…." 하면 결재가 쉬울 터였다.

실제로 그렇게 되었다. 예상대로였다. 나는 다음부터 그런 문제가 있으면 꼭 일보에 쓰도록 했다. 말하자면 건의였다, 구두 결재였던 셈이다. 일 처리가 빨라지고 결재가 수월해졌다.

창업주는 말단 사원들의 일보까지 다 보고 있었다. 그리고 사원을 보면 그에 관련된 일을 생각해내는 것이다. 그의 머릿속은 사원 개개인에 관한 일로 가득 차 있는 듯했다. 그러다가 그것이 어디든 화장실이나 식사 자리든 당사자를 만나면 즉석에서 지시가 나왔다.

그런 속전속결의 현장 지시로 의사결정이 빨랐다. 첨단기술의 시대, 경쟁이 치열해지는 시대에는 빠른 의사결정이 요구된다. 당시는 요즘 같은 디지털 경영 시대가 아니라 아날로그 시대였지만 그는 빠른 판단을 내렸다.

일본은 복잡한 의사결정 단계·과정으로 인해 경쟁력이 뒤지는 예가 있다고 한다. 그에 비해 의사결정이 빠르고 기민한 우리 기업들은 유리한 경우가 많다고 한다.

한때 미국 교포로 400대 부호 안에 들어 화제가 됐던 H(텔레비데오) 회장의 회사에 찾아간 적이 있다. 그의 사무실은 미국 캘리포니아주의 첨단산업단지 서니베일에 있었다. 그를 한국으로 초청해 국내에서 강연회를 열기 위해서였다. 그는 매경의 초청에 쾌히 응해주었다. 현장에서 즉답을 해주었다.

그는 대단히 바쁜 기업인이었다. 시간을 15분 단위로 쪼개서 사용했다. 이런저런 이야기를 하다가 성공 비결이 무엇이냐고 물었더니 한국인 기질의 '빠른 의사결정'을 첫 번째로 들었다. 그는 세 가지를 꼽았다. 한국인의 빨빨 기질, 고향 황해도의 빠른 기질, 그리고 황씨 가문의 빠른 성격 탓이라고…. 셋이 조합돼 그는 빠른 의사결정을 할 수 있는 것 같았다. 황해도 사람과 황 씨가 성질이 급하다는 이야기는 그로부터 처음 들었다.

창업주는 시대를 앞서 그런 빠른 의사결정을 몸으로 체득하고 있었던 셈이다. 그것은 '일이 취미다'라고 말하는 일중독에서 가능한 것이었다.

2) 집념과 전략

집념은 누구나 가질 수 있다. 많은 사람이 나름대로 집념을 가지고 있다. 그러나 그것이 성공하느냐의 여부는 그가 어떤 전략을 구사하느냐에 달렸다.

창업주는 신규 신문발행이 금지된 벽을 깬 집념과 전략을 들려주었다. 전술한 바와 같이 그는 신문등록을 위해 공보처에 37번을 찾아갔다. 처음에는 상대도 해주지 않았다고 한다. 그것은 절벽이었다. 그러나 찾아가고 또 찾아가니까 나중에는 상대는 해주더란다. 그러나 그것이 허가를 내준다는 뜻은 아니었다. 신문발행은 형식상으로는 등록이었지만 실질적으로는 허가였다.

5·16 군사정권은 4·19혁명 전에 709종이던 정기간행물이 5·16 직전까지 1594종으로 늘어나 있는 사실을 중시했다. 사이비 언론으로 인한 폐해도 컸다. 군사정권은 854개의 정기간행물 등록을 취소했다. 신문은 76개를 줄여 39개가 됐다. 이런 상황에서 신규로 신문발행의 등록(허가)을 받아줄 리 없었다. 그러나 1년 전에 재벌 신문은 등록됐다.

그는 작전을 구상했다. 어떻게 하면 저 벽을 뚫을 수 있는가. 고심 끝에 그는 먼저 윤전기 수입허가를 받아내기로 했다. 윤전기는 기계이기 때문에 상공부에서 수입허가를 해주었다. 그러나 해당 부처의 추천을 받아야 했다.

그는 신문발행 등록을 접어두고 먼저 윤전기 추천을 받는 데 매달려 공보처 추천과 상공부의 허가를 받아내는 데 성공했다.

그리고 그것을 근거로 신문허가를 다시 신청했다. 윤전기는 신문발행을 위한 것이다. 그런데 윤전기 수입은 허가해주고 등록을 받아주지 않으면 모순이 아니냐. 윤전기는 고철이 될 것이다. 정부가 민간에게 이런 손해를 끼쳐서야 하느냐. 정부는 민간에게 신의를 지켜야 할 것 아니냐. 그런 논리였다고 한다. 속된 말로 정부는 '발목을 잡힌' 것이다.

그의 집념은 드디어 신규 신문발행 금지라는 벽을 뚫는 데 성공했다. 그렇게 해서 그는 아무 배경 없이도 일간의 순수 경제신문을 탄생시킬 수 있었다.

그때 그는 뜻이 있으면 길이 있다는 신념을 굳힌 것 같다. 사옥을 소공동에서 필동의 신사옥으로 옮기며 성공의 길로 접어들어 제2의 성장기를 맞았을 때 그 신념은 더욱 굳어진 듯했다. 현관에 '뜻이 있으면 길이 있다'라는 경구를 크게 써 붙이고 사원들이 출퇴근 때 보도록 한 것이다.

신문이 어느 정도 궤도에 올랐을 무렵, 그는 확장을 노렸다. 그래서 1979년 주간지 하나를 인수했다. 『주간 시민』이란 제호의 타블로이드(?) 판형으로 나왔으나 경영은 실패했고, 많이 알려지지도 않은 주간지였다. 그것을 인수했다. 후에 『주간 매경』으로 바꾼, 지금의 『매경 이코노미스트』의 전신이다.

문제는 제작이었다. 주간국은커녕 주간부도 없었다. 주간국이 생기고 별도의 판매를 한 것은 몇 년 후의 일이다. 그는 매경 편집국에서 덤으로 하나 더 만들려는 속셈이었다. 판형도 신문 전지로 부문 신문과 부록 같은 것을 1주일에 고정적으로 몇 페이지 더 만들려고 생각한 것 같았다. 16페이지였다. 물론 별도의 대금을 받고 판매하기 위한 것도 아니다. 편집국에서 매주 덤으로 16페이지를 더 만들라는 것이었다. 후에는 독립시킬 목적이었지만 처음에는 그렇게 시작했다.

편집국에서 모든 계획을 담당해야 했다. 나에게 그 일이 떨어졌다. 물론 겸임이다. 부국장 겸 사회생활부장 때다. 그렇다고 주간부장으로 겸임 발령을 내지는 않았다. 나는 덤으로 16페이지의 편집 기획과 취재 지시를 하고, 데스크를 보면서 제작 총책을 맡았다. 기자는 다른 부서 사람도 썼다.

그 결정의 과정에서 진통을 겪었다. 우선 지면 수가 문제였다. 그에 따라 업무량이 결정되기 때문이다. 그것을 결정하는 회의는 사장실에서 창업주와 N 편집국장, 나 3명이 모인 가운데 열렸다. 그날은 토요일이었다. 후에 알았지만 창업주는 신문 판형 16페이지 발행을 복안으로 이미 굳혀 갖고 있었다.

그러나 편집국의 입장은 달랐다. 그만한 일을 부가해 소화해낼 여력이 없었다. 본지도 업무 과중으로 제작에 많은 애로를 느끼는 형편이었다. 편집국장은 8페이지 안을 냈다. 그러나 창업주는 16페이지를 고집했다. 그렇다고 편집국장이 창업주 의견에 적극적으로 반대할 입장도 아니었다. 편집국장도 창업주의 16페이지 안을 이미 들어 알고 있는 듯했다. 그것은 회의라기보다는 편집국을 설득하기 위한 것이었다. 나는 창업주의 안을 받아들이는 데 난색을 보였다.

가능치가 않은 일이라고.

그는 일방적으로 명령해 강경 지시를 하지 않고 동의를 구하는 형식으로 자발적인 참여를 구하고 있었다. 나는 반대할 수밖에 없었다. 몇 시간이 지나도 합의되지 않았다. 내가 동의하지 않은 탓이다. 회의가 길어지자 창업주는 화장실에 가느라 자리를 떴다. 그 사이, 편집국장은 나에게 말했다.

"어떻게 하든지 8페이지를 관철하도록 하라. 16페이지가 되면 결국 고생은 너희들이 하게 된다. 알아서 하라."

반협박이었다. 그것은 나보다 그가 해결해야 할 문제였다. 그것을 나에게 미루다니…. 둘은 친한 친구 사이였다. 그는 창업주를 설득하기 좋은 위치였다. 그런데도 그는 뒤로 물러서고 나를 앞세웠다. 내 생각도 비슷했다. 어떻게 하든 페이지 수를 줄이려고 했다. 업무 과중 등 여러 가지 이유를 대면서 창업주의 16페이지 안에 반대했다.

그러나 창업주는 요지부동이었다. 편집국 사정을 그가 얼마나 잘 아는가. 내가 이야기하지 않아도 그는 이미 다 알고 있다. 아무리 해도 내가 받아들이지 않자 그는 역정을 내면서 결론처럼 말했다.

"내가 만들겠다. 16페이지 중 8페이지는 내가 만들 테니, 너희들은 8페이지만 만들어라. 너희들이 그것을 다 만들 수 있을 것으로 생각지 않는다."

엉뚱하게 자존심을 건드리는 것이다. 그러면서 억지를 썼다. 사장의 뜻이 확고함을 알고 결국 편집국장과 나는 8페이지 주장을 접은 채 창업주의 뜻을 받아들일 수밖에 없었다. 편집국은 일주일에 덤으로 16페이지를 더 만들어야 했다.

나는 그 대신 기자를 늘려달라고 했다. 창업주는 그것을 받아들였다. 경력 기자를 공채하도록 한 것이다. 그것은 편집국이 최종적으로 노린 바였다.

그러나 데스크 등 간부는 충원되지 않았다. 기존 데스크들에 업무가 그대로 부가된 것이다. 종합은 내가 하고, 각 부에서 몇 페이지씩 맡아 제작하는 체제였다. 경력 기자를 공채했으나 그들로서는 부족했다. 경력 기자도 각 부에 배치했다. 주간지와 일간지 기자의 구별도 안 했다. 각 부에서 덤으로 몇 페이지를 더 만들도록 했다. 그들의 일상 업무가 된 것이다.

『주간 매경』은 1979년 7월 5일 창간호를 냈다.

창업주는 평소 항심(恒心)을 중요시했다. 그래서 사원들의 일상 태도를 중시했다. 기자들의 세세한 부분까지 눈여겨보았다. 그는 큰 칭찬은 하지 않아도 마음속에 기록해 두는 듯했다. 눈앞에서 점수를 따기 위한 행동인지 아닌지를 보고 있었다. 내색은 하지 않아도 그는 사원들의 그런 면까지 기록해 두는 듯했다.

매경은 전사원 대상으로 신문보급확장 운동을 종종 시행했다. 실적에 따라 시상도 했다. 나는 평소 실적이 좋은 편이 못 됐다. 한번은 확장 기간이 끝난 다음날에 보급실적을 올렸다. 창업주는 매일매일의 실적을 보고받았다. 신문 한 부를 확장해도 사장에게 보고됐다. 그날 사장실에 들어가는 판매현황표를 보니 나 한 사람뿐이었다.

그는 그것을 사원 전체회의에서 이야기했다. 나를 거명하지는 않았지만 이런 사람도 있다는 흐뭇함을 나타냈다. 그렇다고 내게 직접 이야기하지는 않았다. 단지 그것을 마음에 기록해 두었다는 신호를 보내는 것이었다. 그는 그런 평상심을 좋아했다. 유인책이 있어야 움직이고 보상이 없으면 움직이지 않는 것이 아닌 항상 한결 같은 마음으로 임하는 것을 높이 사는 듯했다.

그는 다른 문제도 그렇게 마음속에 기록해 두었다가 사원 전체회의에서 한마디 불쑥 던지곤 했다. 본인에게는 직접 말을 않고 전체회의에서 그렇게 밝혔다. 사원들에게는 그것을 따르라는 지시였고, 당사자에겐 '내가 기억하고 있다'라는 표시였다.

그는 어느 날 전체회의에서는 이런 말을 했다.

"우리 기자 중에는 촌지를 거절한 사람이 있다더라. 내가 촌지를
	줬었다는 사람에게서 직접 들은 이야기다."

그러나 더 이상의 부연 설명은 없었다. 한마디만 해도 사원들이 알아들을 것으로 짐작했기 때문일 것이다. 내 이야기였다. Y 기획위원(비서)은 사전에 들었다고 했다. 내 이름까지 밝히면서. 내가 ○○라면 사장을 인터뷰했던 당시 그는 끝나고 지갑에서 돈을 꺼내주었다. 나는 한사코 거절하고 나왔다. 그 사장은 그 이야기를 창업주에게 전하며 나를 칭찬했던 모양이다. 창업주는 그 감사의 표시를 그렇게 사원회의에서 했다.

기자들의 촌지는 참으로 거론하기 어려운 복잡한 문제다. 나는 촌지에 대해 내 나름대로 원칙을 정해두고 있었다.

'기사와 관련해서는, 특히 기사를 쓰기 전에는 좋은 기사든 나쁜
	기사든 촌지를 받지 않는다.'

그러나 촌지를 받지 않는다고 그것이 전부 긍정적인 반응으로 나타나는 것은 아니다. 한번은 중견기업 사장을 인터뷰했는데 예의 촌지 봉투를 주었다. 거절하니까 문밖까지 나오면서 주머니에 넣어주려고 했다. 그래도 나는 받지 않았다. 그 사장은 그 후 내 전화를 받지도 않았다. 내 짐작으로는 그가 무안을 느낀 듯했다. '나를 거

절하다니?' 하는 심정이 아니었을까.

촌지에 관해서는 또 다른 에피소드도 있다. 어떤 경제단체장을 인터뷰했을 때의 일이다. 그때는 사진기자와 함께 갔는데, 인터뷰를 끝내고 엘리베이터를 막 타는데 그 직원이 내 주머니에 봉투 하나를 넣어주었다. 나는 회사로 그냥 돌아와 사환에게 그 봉투를 돌려보냈다. 그런데 같이 갔던 사진기자가 나를 다방으로 가자고 했다. 그는 험악한 인상을 지으며 따지고 들었다.

"봉투를 받았으면 절반씩 나누어야 하는 것 아니냐?"

나는 그 봉투는 반환했으니 사환에게 물어보라고 했다. 그는 아무 말 없이 물러났다. 그는 얼마 후에 다른 신문사로 갔다.

3) 집념의 영어 공부

"IPI(국제신문인협회)에서 영어로 연설하고 싶다."

그것은 단순한 희망 사항이 아니었다. 창업주는 영어 공부를 시작하면서 목표를 그렇게 세웠다. 그가 국내 신문인협회에 정회원으로 가입한 것은 1973년 2월 1일, 그 무렵이었다. 그는 IPI에 가입하면서 그런 꿈을 키운 것이다. 아니 아마 그 전부터 그런 꿈을 안고 있었을 터이다. 단지 그런 표현을 그때에야 했을 뿐이다.

그는 꿈의 실천에 나섰다. 영어를 ABC부터 배우기 시작했다. 그는 학교에서 제대로 영어교육을 받지 못했다.

그 무렵, 그는 나를 그의 방으로 자주 불러 내렸다(당시 편집국은 4층, 사장실은 2층이었다. 왜 나였는지는 모르겠다. 시험성적이 좋았다?). 초급 영어 교과서를 가지고 혼자 공부하다가 이해되지 않는 문장이 있으면 나를 불러내려 해석과 설명을 해달라고 했다. 그의 책상 옆에 있는 조그만 흑판에는 단어와 문장이 어지러이 씌어 있었다. 나는 영어에 자신 있는 편이 아니어서 좀 난감했는데도 불려가는 빈도가 잦아졌다.

그는 영어 공부에 많은 시간을 할애했다. 그러나 그렇게 해서 될 일이 아니었다. 어느 정도 진도가 나갔을 무렵 그는 영어 개인교수 한 사람을 구해달라고 했다. 나는 나의 친우 L 군을 소개했다. L 군은 외국에서 공부한 적은 없지만 영어 실력이 출중해 정부 고위층의 영어 개인교수를 했다. 그는 후에 XXX 교회 목사가 됐다. 거기서 주임 목사의 설교를 영어로 동시통역할 정도의 실력이었다.

창업주는 그와 영어 공부를 본격 시작했다. 그와의 공부는 독해였다. 오전에 시간을 정해 놓고 영어신문의 사설을 하나씩 읽는 공부를 했다. 그 실력이 어느 정도였는지는 모른다. 초기 단계에 비하면 크나큰 발전을 한 듯싶었다. L 군도 창업주의 영어 실력이 많이 성장했다고 귀띔했다.

그러나 그는 거기서 멈추지 않았다. 이번엔 영어 회화 선생을 소개해달라고 했다. 내가 배우던 외국인 영어 회화 교사를 소개했다. 그와의 공부 시간은 오후로 정했다. 오전에는 L 군과 독해 공부하고, 오후에는 그와 회화 공부를 했다. 그는 아예 사원들과 같이하자고 했다. 그래서 1기생 몇 사람이 그의 방에서 함께 영어 회화를 공부했다.

창업주는 L 군과의 영어 공부를 몇 년간 계속했다. 그가 병으로 입원할 때까지 지속했다. 후에 L 군이 전해준 바로는 병원에 입원하고도 서너 번을 만났다고 했다. 그것은 영어 공부 때문은 아니고 병문안이었다. 목사로서 기도도 했다. 창업주는 교회에 다니지 않았지만 L 군의 기도를 막지는 않았다. L 군이 최근 술회한 바로는 창업주가 영어 공부를 참으로 열심히 했고, 사례도 충분히 해서 용돈에 큰 도움이 됐다고 했다.

그러나 그의 영어 공부는 그것이 전부가 아니었다. 후에 안 바로는(나에게도 이야기하지 않았다), 청량리 대왕 코너의 학생 영어반(SDI)에서 어린 학생들과 어울려 1년 이상 영어 공부를 했다는 것이다. 출근 전에 들러 공부하고 회사로 출근했다는 얘기다. 아마 초기 단계 때였던 듯하다. 그의 회사 출근은 8시 전이었으니 상당히 이른 아침반이었던 게다. 영어 공부 초기에 실력이 급신장하는 것을 이상하게 여겼는데 다 까닭이 있었다.

그의 영어 공부 욕구는 그렇게 대단했다. 뚜렷한 목표가 있기 때문이었다. 한 가지 목표를 정하면 꼭 그것을 달성하는 그의 자세가 반영된 것이다.

후에 그는 내게 몇 번 영어 편지를 써 달라고 하더니 아예 미국으로 영어 공부를 하러 갔다(1972년 4월). 어찌 된 영문인지 그는 두 달 만에 돌아왔다. 사원회의 때 경영실적을 밝힌 적이 있는데, 그가 없는 사이 회사 적자가 많이 늘어나 있었다고 한다. 그가 일찍 돌아온 것은 그 때문이었는지도 모른다.

2기생 장창용은 그때 현지에서 창업주와 원룸 한 침대에서 1주일을 동거했는데, "밤이면 양말 빨아 창틀에 널고, 아침이면 쌀밥을 지어 간장과 버터에 비벼 먹고 하는 생활을 했다"고 전한 바 있다.

그렇게 시작한 그의 영어 공부는 많은 진척을 보였다. 드디어 그것을 활용할 때가 왔다.

1972년 어느 날 호출받고 그의 방으로 갔더니 스위스 대사(두드리)가 와 있었다. 그러나 그때는 사장이 영어로 대화하지는 않았다.

대사가 통역을 데리고 와서 그를 통해 이야기했다. 대사는 스위스 상품전시회를 매경과 공동으로 하고 싶다며 제의했다. 스위스 대사는 여러 경제신문을 비교한 결과 매경이 제일 영향력 있고, 공신력도 보여서 찾아왔다는 것이었다.

창업주는 대단히 기뻐했다.

'매경을 국제적으로 알아주는구나.'

그 일에 나도 참여했다. 대사를 인터뷰하고 연락도 맡았다. 전시회(SWISS KOR)는 무사히 치러졌다.

전시회가 무사히 끝난 다음에 스위스 정부는 한국 기자들을 스위스로 초청했다.

당시 두드리 대사는 "스위스는 작지만 세계일류상품이 많다. 조그만 공장에서 세계적인 약품이 생산된다. 그것을 보고 오면 좋을 것"이라는 충고까지 했었다.

그러나 한국 기자들을 많이 초청하지 못했다. 5명뿐이었다. 그래서 신문협회 회원사들이 추첨했다. 매경은 내가 나갔는데 다행히 선정됐다. 그러나 나는 그 직전 유럽을 다녀온 터라 다른 기자를 보냈다.

두드리 대사는 전시회가 끝나고 창업주에게 인사를 왔다. 나는 그때 또 불려 갔는데, 그가 대사에게 저녁을 한번 사겠다고 제의해 약속했다. 약속한 그날 스위스 대사도 한 사람을 대동했고, 창업주는 내가 수행했다. 모두 4명이 광화문의 'J원'에 들어갔다.

그런데 거기서 창업주는 영어로 말하기 시작했다. 공식적으로는 통역을 통해 대화했지만, 그런 사적인 장소에서는 직접 영어로 이야기했다. 그가 영어를 실전에 사용하는 것을 처음 보는 순간이었다. 나는 조마조마했지만 그는 상당한 의사소통을 거뜬히 해냈다.

창업주는 그 자신의 공부뿐만 아니라 사원들의 공부도 많이 지원했다. 나를 비롯해 몇 사람이 일어 공부하는 것을 알고는 아예 그 선생을 회사로 초빙해 오라고 했다. 나는 내가 배우던 일어 선생을 추천했는데, 그는 일본에서 중앙대학을 나온 사람으로 연로했다. 그는 일본어도 가르치고, 일본어 관계 자문도 했다. 창업주는 일본어 개인교수를 준사원으로 대우해 주었다. 덕분에 우리는 일본어를 공짜로 배우는 기회를 얻었다.

나는 신문기자 초기 때 일과가 끝나고 야간에 일어학원에 다녔는데, 창업주가 사회를 보는 저녁 좌담회 때문에 절반도 나가지 못했다. 창업주는 그것을 안 후 보상해준다고 했었는데 그 약속을 실천한 것이다.

또한 1기생 3명을 회사 비용으로 야간 대학원(연수 과정)에 보내줬다(나 포함). 1년 과정의 연구생으로 공부하도록 한 것이다. 후에는 다른 사원도 보냈다. 그때 학교 선택은 기자 마음대로 하지 못했다. 본인들에게 희망을 말하도록 했지만 그대로 되지는 않았다. 자기 출신학교를 선택하지 않고 교차 선택을 한 것이다. 깊은 뜻은 모르지만 사람을 폭넓게 사귀라는 것이 표면적인 이유였다.

그리고 역시 1기생 3명(나 포함)을 일본에 단기 연수도 보내주었다. 연수라기보다는 견학이었다. 당시는 해외여행이 어려워 기자가 기자단 공동의 해외 시찰을 하여도 1면에 기사를 내줄 정도였다. 그런데 회사 비용으로 일본 공부를 하라는 것이었다.

지금 같으면 사원교육에 그 이상의 투자를 하는 것이 일반화됐지만 당시의 어려운 신문사 재정 사정으로는 파격이었다.

기간은 3주였다. 그런데 1명이 빨리 돌아가야 한다고 해서 2주

만에 돌아왔다. 창업주는 의아해했다. 그는 우리에게 시찰 내용을
전사원에 보고하도록 했다.

그런 연수(시찰)는 우리가 처음이었고 마지막이었다.

그러나 그는 IPI에서 영어로 연설하는 기회를 얻지 못했다. 그가
일찍 타계했기 때문이다. 아마도 그가 일찍 타계하지 않았다면 IPI
에서 영어로 연설하는 실력을 만방에 선보였을 것이다. 국제회의에
서 연설하고 싶다는 평생소원을 이뤘을 터이다.

4) 관용과 불용(不容)

나는 어이없게도, 아니 불행하게도(?) 기자가 된 후 몇 년 되지
않아 데스크가 됐다. '불행하게도'라는 것은 취재 활동을 많이 하지
못하고 내근하게 된 탓이다. 그것도 정식 데스크 발령이 나지 않았
으면서도 실질적으로 데스크를 본 것이다.

그 때문에 나는 개발 시대, 땀과 환희, 때로는 갈등까지 어우러져
장엄한 오케스트라를 연주하는 '산업화 시대'의 그 생생한 현장을
많이 접해보지 못한 아쉬움이 있다. 그 주인공들을 접하지 못한 것
은 기자로서 불행이다.

그러나 따지고 보면 그것은 나의 업보였다. 앞에 설명한 바와 같
이 그가 직접 연재한 글의 오류를 지적한 후 나는 '오류를 잘 집어
내는 사람'으로 인식된 것 같았다.

'너는 틀린 것을 잘 찾아내니 남의 글을 보라'는 것이었다. 그게 처
음엔 무슨 뜻인지 몰랐다. 특히 어떤 기자의 글을 잘 보라고도 했다.
박스 기사나 좌담회 기록 기사였다. 단순 교정이 아니고 교열이었다.

그러면서 자연스럽게 한 부문의 글을 전부 보게 됐다. 말하자면 데스크 보조였는데 실질적으로는 데스크였다. 기자들의 글을 내 책임으로 편집에 넘긴 것이다.

그는 그 후에도, 때로는 복도에서도 대수롭잖게 말했다.

"아무개 글을 잘 보라."

"X기생들 글을 조심해서 보라."

일테면 '아무개의 글은 주의해야겠다'라는 식이었다. 그는 기자들의 글을 다 읽고 있었다. 사원과 기자 각자의 장단점과 업무를 머릿속에 넣고 있었다. 그래서 개개인에 관한 구체적인 일이 즉시 나왔다.

나는 업무량이 무더기로 쌓이기 시작했다. 그러면서 나의 취재 활동은 소홀해졌다.

좀 다른 이야기인데, 그는 약간 철학적인 성향이 있었다. 그는 이야기하기를 좋아했는데, 일상적인 일들을 추상화하는 능력이 있었다. 그래서 말이 많아졌다. 그가 철학을 좋아하는 것은 기자를 뽑는데도 나타났다. 그는 기자를 출신 학교별로 안배해 뽑을 정도로 전략적이었다. 나와 같은 학교의 같은 과(철학) 출신이 전체 기자 24명 중 3명이나 됐는데, 후에 우리 과 출신을 또 한 사람 특채했다. 그것은 아마 피치 못할 사정 때문인 듯했다.

의문이었지만, 융통성이 있다고 할까? 그는 마음이 넓은 사람, 가슴이 넓은 사람일까?

그는 일하다가 실수한 것에는 관대한 편이었다. 잘못을 징계하지는 않았지만 시정은 꼭 하게 했다. 그는 인간은 실수할 수 있다는 것을 인정했다. 문제는 실수한 다음이었다. 그것을 얼마나 성실하게 고치느냐에 더 관심을 두었다. 그래서 '정정란'을 고정으로 두었다('사시와 사훈' 참조).

이는 그가 '신의 성실한 보도'를 사시의 머리에 놓은 정신, 바로 그것이었다. 그는 신속한 보도 대신 '신의 성실한 보도'를 더 중시했다. 문제삼지 않을 터이니 틀린 것은 성실하게 신고하고 고치라는 얘기였다. 틀렸음에도 고집으로 밀고 나가지 말며 틀린 것은 즉시 바로잡고, 잘못했으면 솔직하게 사과하라는 것이었다. 기자들의 그런 실수에 대해서는 문책하지 않았다.

그것은 경제 기사의 특성을 감안해 설정한 목표였다. 경제 기사는 대부분 한 사건으로 끝나지 않는다. 살인이나 화재 등 사회 사건은 대부분 한 사건으로 끝날 수 있는데, 경제 기사는 원인과 결과가 서로 물리면서 끝없이 계기(繼起)해 일어난다. 그래서 한번 틀리면 그 파급효과가 대단히 크다. 잘못 보도되는 경제 기사는 기업을 죽일 수도 있다는 사실을 중시한 것이다.

그러나 용서하지 않는 부문도 있었다. 하루는 그가 1기생에 점심을 사기로 약속했다. 신문이 발행되는 대로 사장실로 모이라는 것이었다. 내가 연락책이었다.

그런데 신문이 나오고 1기생들이 사장실로 다 모였는데 한 사람이 오지 않았다. 연락한즉슨 기자실에 있었는데 올 형편이 아니라는 것이었다.

창업주는 그가 무엇을 하고 있는지 알았다. 기자 출신 사장이 아니라면 적당히 둘러대는 말에 그냥 넘어갈 일이었지만, 그는 기자실 분위기를 알고 있었다. 그가 오지 못하는 이유가 취재 때문이 아니라는 사실도 익히 알았다. 그의 표정이 달라졌다. 그렇게 화난 얼굴은 처음이었다. 그래도 나머지 사람들과는 예정대로 식사했다.

결국 그에게는 2달 정직이라는 중징계가 내려졌다. 업무에 관한 것도 아닌 일에 그런 징계는 과한 것으로 생각됐는데, 곰곰 생각해보니 그는 사장과의 식사도 업무의 연장으로 보았고, 또 무엇보다도 신의를 중시한 것이다. 그는 '약속'을 어기는 것을 용서하지 않았다. 사장과의 약속을 어긴다면 다른 사람과의 '약속'은 어찌 지키겠는가. 더욱이 정당한 이유가 아닌 것은 용서하지 않는다. 그에 대한 징계는 그가 잘못을 깨닫고 달라지라는 벌이었지 '괘씸죄' 같은 벌이 아니었다. 그는 업무 이전에 인간교육이라는 차원에서 징계했다.

그 사건을 계기로 그의 생각이 변하는 모습도 나타났다. 사원 주례가 그 하나다. 그는 처음 1기생들이 결혼할 때 주례를 서주었다.

그러나 어느 날 갑자기 앞으로는 사원 누구에게도 주례를 서주지 않겠다는 방침을 밝혔다. 잘 살라고 축복해주었다가 회사 사정으로 퇴사시킬 일이 생기면 어떻게 하느냐는 이유에서였다.

시간이 지나면서 애정만으로 사원을 대할 수 없고, 때로는 징계하며 극단적으로는 사원을 퇴직시키는 일들이 벌어진 것이다. 사원들을 하나둘 내보내야 하는 일도 일어났다. 사원에 대한 그의 애정과 조직구성원으로서 어떤 선 밖에 날 때 취해야 하는 단호한 조치 속에서 그는 고민하는 일들이 늘어갔던 듯싶다.

사원들이 대량으로 나가야 하는 사태가 벌어졌을 때 그의 고민은 대단히 컸던 것 같다. 그가 마지막 결단을 내린 후 내게 물었다.

"사원들이 나를 어떻게 생각하겠나?"

그런 반응은 전에 없는 것이었다. 초창기엔 사원들의 들고 남이 잦았다. 사원 스스로 '좋은 곳'을 찾아가는 일도 있었고, 내보내야 하는 일도 있었다. 그렇게 내보낸 사원들은 돌아서서 좋지 않은 이야기를 하는 때도 있었다. 그래도 그는 단호했다. 그런 경우 사원들이 어떤 감정을 품고, 회사에 대해 어떤 험담을 하는지를 들어 알고 있을 터였지만 그 반응을 물어본 적은 없었다.

그런데 이때는 크게 고민하는 기색을 보였다. 마음에 큰 부담을 안고 있음을 엿볼 수 있었다.

"사원들이 나를 어떻게 생각하겠나?"

"사원들도 사장님의 고민을 이해할 것입니다."

나는 그렇게 말했을 뿐이다. 그러나 그런 말로 위로가 되는 것 같지 않았다. 그의 얼굴에 드리워진 깊은 우수는 걷어지지 않았다.

그는 그 문제에 대해 더이상 묻지 않았고, 다른 말도 하지 않았다.

5) 효자의 길(?)… 공과 사

매경의 창간기념일은 3월 24일이다. 생각해보면 창간일이 이상하다. 1일이나 10일, 15일 등 보통 많이 정하는 그런 날이 아니다. 무슨 사연이 있음직한데, 모른 채 몇 년이 지났다. 아무도 묻지 않았다. 1기생도 그랬다.

그것을 알 수 있는 날이 왔다. 어느 일요일, 편집국에서 예의 사장과의 대화시간에 자연스럽게 나왔다. 분위기가 부드러운 시간, 한 당직 후배 기자가 스스럼없이 물었다.

"왜 창간일이 3월 24일입니까?"

창업주는 약간 놀라는 기색이었지만, 주저하는 기색이 없이 바로 대답했다.

"그날이 내 어머님 생신이셔."

그러니까 그해 어머니 생신(음력)을 택해 창간일을 정한 것이다.

그리고 양력으로 그날이 창간일이 된 것이다.

모두 아하~ 했다. 그랬었구나. 누군가 또 물었다.

"왜 그것을 말씀하시지 않았습니까?"

"물어보는 사람이 있어야 말을 하지."

공식적으로 할 수 있는 이야기가 있고, 할 수 없는 이야기가 있다. 창간일을 그의 모친 생신일로 정한 것은 사적인 동기였다. 그것을 자진해서는 말할 수 없는 것이었다.

그러나 얼마나 이야기하고 싶었을까. 누가 물어주기를 바랐는데 물어주지 않았다는 표정 같았다. 그는 비밀 한 가지를 털어놓아 후련하다는 인상이었다. 진작에 물었어야 했을 것을…. 그는 효자였다(?).

그러나 처음부터 이날을 창간일로 정한 것은 아니었다. 처음엔 1966년 1월 15일. 그러나 일본의 항만노조 파업으로 윤전기 도입이 늦어지자 창간호 발행일을 연기해서 다시 잡은 날이 3월 24일이다.

그는 그날을 지키기 위해서 얼마나 애를 썼는가.

1기 수습기자 교육은 윤전기가 들어오는 때에 맞춰 끝나게 돼 있었다. 그런데 윤전기는 들어와야 할 때 들어오지 않고 계속 늦어짐에 따라 1기생 교육은 가외로 연장됐다. 임시변통으로 교육을 연장하는 데 애를 먹는 듯했다.

사실 수습기자 교육 1개월은 너무 짧았다. 1기생은 교육기관이 끝나고서도 기자가 무엇인지, 기사를 어떻게 쓰는 것인지, 취재를 어떻게 하는 것인지 알 수 없었다. 좀 멍한 상태였다. 1기생으로서는 윤전기가 늦게 들어오는 것이 다행이었다. 그러나 그 보충 교육이 그렇게 짜임새가 있어 보이지는 않았다.

윤전기는 늦춰 잡은 창간일 하루 전에야 들어왔다. 겨우 조립하고 나니 시운전할 시간이 없었다. 신문 견본을 만들어보지 못했음은 물론 시쇄(試刷)도 한번 하지 못한 채 창간호를 인쇄했다. 윤전기를 조립하고는 바로 창간호를 찍은 것이다. 무모했다. 위험부담이 너무 컸다.

그러나 그는 어머니 생신일을 창간일로 지키기 위해 큰 위험부담을 안고 창간호 발행을 강행했다. 효자라면 효자고, 무모하다면 무모했다.

인쇄가 제대로 될 리 없었다. 창간호에는 상징적으로 굴에서 나오는 기차(기관차) 사진을 곁들여 '내일은 밝다'라고 했는데, 지면이 시커멓게 먹칠이 돼 있었다. 당시 기차는 석탄을 연료로 움직였다. 시커먼 연기가 푹푹 나오는 낭만적인 기차였는데, 그 시커먼 연기가 지면에 그대로 쏟아진 듯했다. 산과 굴과 기차를 구분할 수 없었다. '한국경제의 앞날이 밝다', '매경은 씩씩하게 전진하겠다'라는 상징이 아니라 암흑이 되고 만 것이다. 그게 창간호였다.

창업주는 두고두고 이야기했다. 그 때문에 창간호를 내고도 인사를 다니지 못했다. "이것이 내가 만들어낸 창간호요" 하고 다닐 수 없었다는 것이다. 그래서 두어 달 동안 밖으로 나갈 수 없었다는 것이다.

신문의 창간호뿐 아니라 모든 제품의 첫 작품은 중요하다. 첫선을 보이는 것이기 때문이다. 개인도 첫인상이 얼마나 중요한가. 그런데 창간호를 그렇게 만들다니. 그는 평소 공과 사를 엄격히 구분했는데 효심 앞에서만은 마음이 좀 흔들렸던 것 같다.

창간호를 그렇게 낸 것은 그에게 제일 큰 책임이 있었지만, 그는 자기의 책임을 인정하지 않고 담당 사원을 질책했다. 그것은 좀 의외였다.

공과 사로 고민하는 예는 또 있었다. 창간 때 초대 편집국장 K는 그가 기자 초년병 시절 근무하던 신문사에서 모시던 부장이다. 그는 그를 초대 편집국장으로 모셔 왔고(그것은 '모셨다'고 하는 표현이 적절했다), 그 부장 밑에서 배운 기간만큼 편집국장으로 모시려고 했다. 창업주는 그를 편집국장 자리에 '모시는' 것이 은혜를 갚는 것으로 생각했던 듯하다. "그가 부장으로 나를 이끌어주시던 기간만큼은 편집국장으로 모셔야 한다"고 여러 번 강조했다.

K 편집국장은 그때 연로해서 창간신문의 편집국 일을 역동적으로 추진하기에는 힘이 달렸을 것이다. 그래도 그 기간만큼 모셔야 한다는 생각이 뚜렷해 보였다. 공적으로 엄정한 인사와 사적 감정이 섞이는 듯했다. 그는 공정한 인사를 위해 "친인척을 멀리하겠다"라고 공언했지만, 그 역시 철저히 지키지는 못했다. 약간의 예외가 있었다.

그는 조직의 원활한 운영을 위해 하지 않음직한 이야기도 하곤 했다. 후에 다른 K 편집국장을 임명할 때다. 발령 직전, 그는 편집국을 돌다 내 자리에 와서 새로 임명할 편집국장은 이런 장점과 저런 단점이 있으니 그 단점을 잘 보필해 달라고 부탁하는 것이었다. 윗사람에게 아랫사람 이야기하기는 쉬워도 아랫사람에게 윗사람 이야기를 하기는 어려울 터인데….

"새로 임명하려는 편집국장은 대외활동을 많이 해야 하니, 안에서 챙기는 일은 네가 해주어야겠다. 네가 적격이다."

그러나 그것은 다른 충정이 있는 듯했다. 자칫 사원(기자)들간에 일어날 수 있는 불화나 불협화음을 사전에 차단하려는 충정으로 보였다. K 국장은 개성이 강한 사람이었다. 좋아하는 사람은 많이 좋아하고, 싫어하는 사람은 아주 싫어했다. 포용적 리더가 되기에는 좀 부족했다.

"그를 잘 보필할 사람은 너야."

그는 부탁 아닌 부탁을 했다. 그는 세심하게 배려했다.

창업주도 공사를 칼로 무를 자르듯 완전히 구분하지는 못했다. 사적 감정이 전연 개재되지 않았다고 할 수는 없다.

창업주가 가장 기뻐하던 때는 새 빌딩을 지을 때로 기억한다. 그는 새로 짓는 건물의 골조가 어느 정도 올라갔을 무렵, 1기생 몇 명을 부르더니 그의 차에 타라고 했다. 신축공사장으로 데리고 가서 빌딩이 올라가는 것을 보여주고는, 현관을 만들어야 하는데 어떤 식으로 했으면 좋겠는지 다른 신문사 현관을 보러 가자는 것이었다. 그래서 몇 개 신문사 빌딩을 순회했다. 전에 보았던 것이지만 다시 찬찬히 관찰했다. 매경 신축공사장으로 다시 돌아와서 여러 가지를 비교해서 이야기했다.

그러나 이미 설계는 다 되어 있을 터였다. 그는 건물이 올라가는 데서 느끼는 기쁨을 사원과 함께하고 싶었던 것으로 보였다. 나도 이만큼 할 수 있다는 것을 사원들에게 보여주고 싶은 마음도 있었을 것이다. 그가 그렇게 흡족해 하는 표정을 전에는 본 적이 없었다. 너희들도 이제 자긍심을 가져라. 그런 뜻 같았다.

그 빌딩을 기공할 무렵, 상량식 때도 간부와 사원 일부가 참석했었다. 그때도 만족해 하는 표정이 역력했었다. 왜 아니겠는가. 그러나 그때는 실감이 덜했던 모양이다. 다른 신문사 현관을 보러 다닐 때의 그 흐뭇해 하는 표정은 꿈이 실현됐을 때 나타나는 그런 것이었다.

6) 애증, 1기생

창업주는 수습기자 1기생에 많은 애증을 가졌었다. 1기생은 매경이 발행되기 전에 선발한 사람들이다. 그는, 이 1기생은 신문을 보고 온 것이 아니라 '인간 정진기를 보고 왔다'로 믿고 있었다. 그는 1기생을 모집하기 위해 신문광고를 냈다. 조선일보에 매경을 창간하는 취지문을 광고했었다.

그러나 응모해 합격한 사람들이 모두 창업주의 취지문을 본 것은 아니었다. 그것을 본 사람도 그 내용을 다 이해하지 못했을 것이다. 또 창업주는 사회적으로 명망이 알려진 인물도 아니었다. 형식으로 보면 창업주를 보고 온 것이지만 정황으로는 대부분 단순히 모집 광고를 보고 온 것이다. 창업주 개인을 보고 온 것은 아니었다. 특별히 부담을 가질 일은 아니었다.

그러나 창업주는 그렇게 믿고 싶어 했다. 그도 수습기자 시험 응모자들이 창업주 개인을 보고 온 것은 아니라는 사실을 잘 알고 있었지만, 고마운 정을 느낀 것은 사실 같았다. 그는 분명히 말했다.

"1기 수습기자들은 직장을 못 구해서 왔건, 내 이념에 동조했건 일단 나를 믿고 찾아온 사람들이다."

그는 '인간 정진기'를 보고 응모해 왔다고 믿기 때문에 부담을 갖고, 1기생에 특별한 애정을 가진 것이다. 사적인 접촉도 많았고, 사적으로 만날 때는 스스럼없어 친근한 형 같은 감정이 우러나오게도 했다. 업무상으로도 배려했다.

1기생과는 회식도 잦은 편이었다. 부인들까지 초청해 점심을 사주기도 했다. 이후에는 그런 일이 없었다. 집에서 잘 도와줘야 한다는 것. 공식적으로 사장과 사원(기자) 이상의 인연으로 여기는 것이 분명했다.

그러나 실력은 그가 기대하는 만큼 실력을 발휘하지 못했다. 그래서 답답해하는 듯했다.

면접시험 때 창업주가 신문사에 얼마나 근무하고 싶으냐고 물었다. 나는 5년이라고 대답했다. 말이 씨가 된 것일까. 그 5년이 지나고 얼마큼 되었을 때 사직하려고 했다. 그래서 사표를 제출했다. 부장, 국장 등 윗사람들이 극구 말렸다. 그래도 고집을 꺾지 않았다. 당시 N 편집국장은 할 수 없다는 투로 말했다.

"네가 없으면 신문을 못 만들 것 같으냐."

편집국장답지 않은 감정이 섞인 말이었다. 화가 나니까 한 소리였을 것이다. 내가 그만두려는 것은 감정이 상해서 그런 것도 아니고, 신문이 타격을 받으라는 것도 아니고, 잘못되기를 바라는 것은 더욱 아니었다. 나 하나 그만둔다고 무슨 타격을 받겠는가. 편집국장도 그것을 잘 알 것이다. 신문이 어디 한두 사람으로 좌우되겠는가. 나는 단지 다른 곳에서 일해보고 싶었을 뿐이다. 당시 좋아하던 부장이 옮기면서 같이 가자고 한 것이 동기였다.

"사장에게 가 봐."

국장은 마지막으로 그렇게 말했다.

사장도 내가 나가기를 바라지 않았다. 그러나 여러 말을 하지는 않았다.

"네가 맡은 일을 대신할 사람이 없다. 대안이 없다. 그래도 가야
    하겠느냐?"

사람이 왜 없고, 대안이 왜 없을 것인가. 그래도 창업주는 그렇게

말했다. 그도 그런 말은 하기 싫었을 것이다. 해서도 안 되었을 것이다.

그러나 사장은 그렇게 솔직하게 말했다. 사실 이상으로 자기를 낮추어 말했다.

'창업주는 진정으로 내가 나가기를 바라지 않는구나.'

그 말에 나는 내 생각을 접지 않을 수 없었다. 나는 주저앉기로 했다. 남자는 자기를 알아주는 사람을 위해서 충성한다는데…. 그는 내가 꼭 필요했는지 어떤지는 알 수 없다. 내가 설령 아무리 유능하더라도 나 하나 없어진다고 무슨 영향이 있겠는가. 나는 나 자신을 남보다 뛰어나게 유능하다고 생각해본 적도 없다. 단지 열심히 한다, 최선을 다한다는 것뿐이었다.

어떤 이유에서건 그는 나를 과대평가하면서 만류했다. 사실이 아닌데도 내가 없으면 타격이 있다고 체면도 버리고 말하는데 어쩔 것인가. 편집국장에게는 미안하고, 면목 없고, 동료들에게도 쑥스러웠지만 주저앉았다. 물론 국장은 그렇게 옹졸한 사람이 아니었다. 그래도 미안했고, 특히 같이 가기로 약속했던 부장에게 실없는 사람이 돼 미안하기 짝이 없었다. 한번 실수하니 여러 사람에게 미안한 일이 됐다.

나의 창업주와의 인연은 그렇게 해서 그가 타계할 때까지 계속됐다.

5. 헤어짐

1) 회자정리(會者定離)

역시 회자정리인가. 당시 창업주와의 헤어짐은 상상도 하지 못했으나 어느 날 갑자기 너무도 빨리 찾아왔다.

창업주는 정신력〔精神一到 何事不成〕을 맹신에 가깝도록 믿었다. 모든 문제를 정신력으로 해결한다는 강한 의지를 갖고 있었다. 그의 인생역정에서 생긴 자신(自信)이기도 했다. 그리고 어느 정도 성공했다.

그러나 신에게는 그것이 완전히 통하지 않았던 것 같다. 그의 질병은 오래전에 위험신호를 보냈다. 밖으로는 드러나지 않았지만 그의 병은 깊어갔다. 대개 그렇듯이 그도 처음엔 몸살인가, 과로인가 했단다. 동네 약방에서 약을 사다 먹는 게 고작이었다.

그러나 병은 점점 깊어졌다. 심상찮은 징후였으나 그는 정신력으로 이긴다고, 말하자면 질병과 투쟁을 시작한 것이다. 병원에 가지 않고 계속 약방에서 약을 사다 먹었다. 주변에서 병원에 갈 것을 강력하게 권고했으나 받아들이지 않았다.

그렇게 병과 대결했으나 무슨 병인지도 몰랐다. 그래도 그는 버티었다. 주변 사람 이야기로는 약방에서 사다 먹은 진통제가 한 가마니는 될 것이라고 했다. 그만큼 그는 고통받고 있었으며, 그의 병은 위중한 상태였다.

그렇게 버티다가 결국은 위험한 순간에 이르러서야 병원에 입원했다. 담낭이 심각할 정도로 상했다는 것이었다. 즉시 담낭 제거 수술을 받았다. 그리고는 완쾌됐는가 싶었는데 그게 아니었다. 그의 병은 속으로 더 깊어지고 있었다.

그의 병을 악화시킨 데는 의사도 한몫했다. 창업주의 병을 신경성으로 진단한 그 의사는 스트레스 푸는 처방을 했다. 운동을 권했다. 대통령 주치의를 한 저명한 의사였지만 오진이었다.

나는 그가 병원에 입원하기 며칠 전에(후에 안 일이지만) 마지막 결재를 받았다. 언제나처럼 자상하고 글자 하나까지 고쳐주었지만 이미 힘이 빠져 있었다. 그는 병색이 완연했다. 완연한 정도가 아니라 심각해 보였다.

그의 병은 계속 악화됐고, 주변 사람들이 강제로 다른 병원(S 대학병원)으로 옮겨 진찰을 의뢰했다. 이틀에 걸친 진찰은 청천벽력으로 그의 병은 췌장암이었다. 이미 막바지에 이르러 절망적이었다.

그 병원은 치료도 거부하고, 입원도 시켜주지 않았다. 인터페론이 마지막 희망이었지만, 의사는 놓아주지 않았다. 치료 가능성이 없다는 이유였다. 가능성이 전연 없는데도 그 주사를 놓아주면 약의 성가(聲價)만 떨어진다고 했다는 것이다.

목숨이 경각에 달렸다. 다른 병원을 물색했는데 다행히 K 대학병원이 받아줘 입원했다. 그 병원에서는 치료해줬다. 그러나 효과는 없었다. 지푸라기라도 잡고 매달리는 심정일 뿐이었다.

그러나 회사는 창업주의 병을 사원들에게 알려주지 않았다. 고위 간부와 측근 몇 사람만 알고 있었다. 국장들도 문병할 수 없었다.

그의 병이 절망적이었을 때에 이르러서야 경영진은 나에게 국장들의 상면을 준비토록 지시했다. 국장 몇 사람이 그의 병실에 들어섰을 때 그는 이미 의식을 잃고 있었다. 그는 의식을 잃은 채 병상에 누워 있었다. 참담했다. 말로 할 수 없는 허탈감이 엄습했다. '마지막이라니', '가망이 없다니'…. 우리는 그의 '마지막 말 한마디'라도 들었으면 했으나 불가능했다. 그는 의식이 없었다.

할 수 없이 그냥 돌아 나오는 참이었다. 나는 맨 뒤에 처졌다. 다른 사람들은 병실을 나가 엘리베이터를 타고 있었다. 맨 마지막으로 내가 막 병실을 나오려고 하는데 창업주가 일어나셨다는 전갈이었다. 병간호에 매달려 있던 창업주의 큰 처남(기획 상무)이었다.

나는 발길을 돌렸다. 그는 다른 사람은 부르지 않았다. 나 홀로 병실에 다시 들어갔을 때 창업주는 침대에서 일어나 앉기는 했는데, 그 초췌한 모습이라니…. 평소의 그 활력이 넘치는 모습은 하나도 남아 있지 않았다.

"최 국장이에요. 최 국장이 왔어요."

그의 처남이 말했다. 그러나 창업주는 고개를 들지 못했다. 눈도 뜨지 못했다. 물론 말도 하지 못했다.

"사장님."

나는 슬픔으로 목이 메었다. 그러나 아무런 의식이 없었다. 나는 아무런 말 한마디도 듣지 못한 채, 눈길도 마주치지 못한 채 그를 하직해야 했다. 그것이 마지막 상면이었다. 살아서 더는 그와 상면

하지 못했다. 병실에 드나들던 실무급 사람 말로는 그가 며칠 전 몸을 간신히 가누는 형편에 바지를 입으려고 했단다. 사원들에게 할 말이 있다고 회사에 나간다는 것이었단다.

그러나 그것은 그의 마음뿐이었다. 그의 몸은 회사에 나올 수 있는 형편이 못 됐다. 그는 몸을 움직일 수 있는 상태가 아니었다. 주변에서 그를 만류했다. 그는 할 수 없이 주저앉았다.

그가 마지막으로 사원들에게 전하려 한 그의 마음은 무엇이었을까. 그러나 그는 끝내 그 마음을 전하지 못했고, 사원들은 그의 마지막 말을 듣지 못했다. 평소 그는 사원들에게 참으로 많은 말을 했었는데…. 그의 마지막 말은 듣지 못했다. 정작 가장 중요한 말은 듣지 못한 것이다. 영원히 아쉬움으로 남는 대목이다.

그를 회고하면서 그의 유언을 듣지 못한 것이 유감으로 남는다. 평소 사원들에게, 특히 1기생들에는 그렇게 말씀이 많았는데, 유언 한 마디가 없었다니? 한국일보 2대 사장 장강재는 암으로 타계하면서 전 사원을 모아놓고 유언했다는 것과 대조적이었다. 아무리 경황 중이라고 했어도 마지막으로 사원들에게 당부의 말을 할 시간이 없었을까. 특히 1기생들에…. 진정 1기생들은 그에게 무엇이었나.

그는 유언을 인척 B가 대필케 하여 기록으로 남겼다고 한다. 사망하기 하루 전인가 의식이 흐려지는 가운데 유언을 구술하고 받아쓰게 했다는 것이다. 주로 경영권을 어떻게 승계할 것인가 등 회사 정리에 관한 것이라고 한다.

1기생에 관해서는 '빨리 국장을 만들어주라'는 한 줄이 들어 있다고 하지만, 나는 그 유언장을 보지 못했다.

창업주와는 그렇게 허망하게 헤어졌다. 그는 그렇게 허무하게 갔고, 신문은 남아서 계속 발전했다. 창간사원들도 하나둘 자기 갈 길을 찾아 나갔다. 나도 매경을 떠났다. 그와 같이했던 많은 시간 속에 우리는 청춘을 묻었지만, 그것을 후회하는 사람은 없는 것 같았다.

그러나 그 시간을 회상해 보면 갈수록 '허망하고, 허망하다'. 솔로몬의 '허망'이 아니라 이루어놓은 것, 남는 것이 아무것도 없어서일 것이다. 마음속이 텅 비는 것 같다. 아마 그와의 일을 더 계속하지 못해서일 것이다.

2) 창업주 사후

매경은 창업주가 설립하고, 그가 정한 방향대로 굴러갔다. 걷지 않고, 뛰어서 달려갔다. 매경은 그의 말대로 그의 생명이었으며, 그의 모든 것이었다. 그는 매경에 생명을 바친 것이다.

매경은 그가 핵이었지만, 그가 떠나고 났을 때 조직의 힘으로 굴러가는 힘이 길러져 있었다. 창업주가 매경을 궤도에 올려놓고 떠난 것이다. 남은 문제는 매경의 체제와 전통을 어떻게 계승하고, 그의 유지를 이어 발전시켜 가느냐는 것이었다.

그런데 창업주는 그 준비는 좀 미흡했다고 할까. 그러나 그런 준비를 완벽하게 해놓는 사람은 극히 드물다. 예기치 못한 채 갑자기 죽음이 닥칠 때 평소와 같이 차분한 마음으로 사후 대책을 마련하기가 쉽지 않을 것이다. 그가 죽음이 다가온다고 느꼈을 때 무엇을 느꼈을까. 그게 너무 늦었던 것 같다. 그때는 이미 정신상태가 정상이 아니었던 것이 아닐까.

자연 회사 체제 문제가 나왔다. 장례를 치르고 며칠 후 회사에서

N 사장, K 전무, L 상무, 그리고 나(관리국장), 네 사람이 모인 자리에서 회사 진로를 의논하는데 재단을 어떻게 구성하느냐는 문제가 초점이었다. N 사장과 K 전무의 의견이 대립했다. 큰소리까지 나갔다. 나는 말할 처지가 아니어서 듣고만 있었고, L 상무 역시 듣고만 있었다. 그는 문제를 잘 모르는 듯했다.

재단을 어떻게 구성하느냐는 문제는 결국은 누가 주도하느냐는 문제였다. 두 사람은 서로 "당신이 알아서 하시오"라고 하기를 기다리는 것 같았다. 그러면 끝날 문제였다. 그러나 서로 그렇게 하지 않았다. 차선책으로는 "우리 협의해서 합시다"라면 될 일이었는데, 누구도 그렇게 하지 않았다. 회의는 감정만 상한 채 결론 없이 끝났다.

나는 후에 K 전무에게 결재받는 자리에서 후계체제 문제에 관해 물었다.

"유언대로 하면 되지 않습니까."

그런데 K 전무는 뜻밖의 말을 했다.

"그 유언장은 법적인 효력이 없어. 너무 촉박했기 때문에 공증을 받아놓지 못했어."

이게 무슨 소리인가. 법적 효력을 따지다니? 형식적으로 법적 효력이 있건 없건 창업주의 유지대로 해야 하는 것 아닌가. 나는 아연했다. 사실 유언장이야 형식적이다. 서류가 아닌 말로 했더라도 창업주의 유지를 받아들여야 하는 것이 아닌가.

그래도 회사는 대외적으로 흔들림 없이 나아갔다. 창업주가 후계 사장을 지명해 놓았기 때문이었다. 그는 그 후 3대까지 사장을 지명해 두었다고 한다. 조직은 조직대로 굴러갈 입지를 마련해 놓고 있었다. 매경의 조직은 그대로 굴러갔다.

3) 낙수

나는 좀 별나다고 할까, 예외적인 일이 많이 일어났다.

(1) 기자 출발 때, 앞에 설명한 바와 같이 선임이 없었다. 그래서 홀로 배워야 했는데 그게 전화위복이랄까, 그렇게 되기도 했다.

그런데 저녁에 과외로 좌담회를 여는 바람에 나는 영어 회화 학원, 일본어 학원에 다니던 것을 희생해야 했다. 창업주는 그것을 알고 말했다.

"내가 보상해줄게."

그는 몇 년 후 그 약속을 지켰다. 내가 배우던 일어 선생을 아예 채용했고, 영어 선생도 회사에 와서 가르치도록 했다. 나는 수업료 없이 영어와 일어 회화를 배웠다. 몇 사람이 같이 배우게 했다.

(2) 나는 담당이 참 많았다. 보통은 자기가 맡은 출입처에서 취재하면 됐지만, 나는 과외의 일이 주어지는 일이 잦았다. 특히 특집을 많이 했다. 매경우 신년호, 3·1절, 창간기념일(3·24), 8·15에 고정 특집을 하고, 그 밖에도 수시로 특집을 했다. 그런 특집에는 거의 빠지지 않고 차출됐다. 특집부가 없으니까 특집부 역할을 하는 것이다. 그러다 보니 전천후사원같이 됐다.

승진이 좀 빠른 편이었는데, 인사도 잦았다. 취재 각부를 다 돌았다. 겸직이 많았다. 각부 데스크를 다 거쳤다. 데스크는 평기자 때부터 맡았다. 데스크는 정경부, 사회생활부, 산업부, 증권부, 문화체육부로 각 부를 다 돌았다.

그러다 광고국으로 갔는데, 그게 인사 방침이었는지 좌천성 퇴출

인지는 알 수 없다. 마음에 걸리는 것은 총괄부장 때 인사고과를 처음 도입했는데, 편집국장이 다른 부장들 채점도 나더러 하라고 했다. 나는 동료 부장을 평가하기가 마음에 걸려 그것은 국장이 직접 하라고 미뤄놓았는데, 표정이 언짢아 보였다. 그리고 얼마 후 광고국으로 발령이 났다.

그런데 나는 국장도 많이 돌았다. 광고국장, 사업(출판)국장, 관리실장, DB 실장을 거쳐 공무국과 판매국만 돌지 않았다. 덕분에 회사 사정을 폭넓게 알 수 있게 됐다. 편집국은 국차장으로 이것도 새로 만든 직제다. 편집국장과 부국장 사이였다. 총괄부장이 나 때문에 만들어진 것과 같이, 국차장 제도도 나 때문에 만들어진 제도 같았다. 둘 다 후에 없어졌다.

(3) 나만 받은 특혜도 있다. 편집국에 있을 때 어느 토요일에 군 관련 사고가 터졌다. 신문에는 보도되지 않는데 통신으로는 속보가 계속 들어왔다. 나는 그 상황을 수시로 사장실에 보고했다. 오후 늦게 상황이 종료됐다. 그래 퇴근하려는데, 전무에게서 연락이 왔다. 같이 가자는 것이었다. 우리는 같은 방향이었다.

그런데 전무는 집으로 가지 않고, 골프 상점으로 데리고 갔다. 그러더니 골프클럽을 주문했다. 그런데 골프채를 나에게 맞춰보는 것이었다. 그는 골프가 싱글 수준이었다. 나에게는 아무것도 물어보지 않고, 골프클럽 한 세트를 주문했다. 그리고 내 것이라고 했다. 졸지에 골프라니. 나는 골프를 칠 생각은 엄두도 내지 못하고 있었다. 그리고는 집까지 실어다 줬다. 나는 그저 어리벙벙했다.

생각해보니 그것은 창업주가 사주는 것 같았다. 보고를 잘하라. 그런 뜻이 아니었을까. 짐작할 뿐이었다.

나는 그 골프클럽이 처치 곤란이었다. 내가 골프를 칠 형편이 아닌데. 나는 골프 백을 그냥 방구석에 처박아 두었다. 창업주가 사준 것이면 인도어에라도 다니며 배워놓아야 하는데. 그러나 그럴 형편도 아니었다.

그런데 두어 달 지나니까 필드에 나가자고 했다. 외부 인사 4명을 초청해 접대하는 것이었다. 회사에서도 네 사람, 두 팀을 짰다. 나는 마음이 조마조마했다. 공을 한 번도 쳐보지 않고 티업하게 된 것이다. 티에 공을 올려놓고 보니 마음이 콩닥콩닥했다. 이 공이 맞을까. 그런데 천우신조로 공은 포물선을 그리며 멋지게 날아갔다.

그렇게 골프를 시작했는데, 얼마 후에 시작된 사내 골프대회에선 내가 유일하게 3번이나 우승하여 우승컵을 집에 가져갔다. 또 얼마 후에는 골프대회(아시아 서킷) 실무를 주관하게 되었다.

(4) 아쉬운 일도 있다. 컴퓨터에 관련된 일이다. 정부가 컴퓨터를 제일 먼저 들여온 곳은 통계청이었다. 계산을 많이 하는 곳이니까 당연했다. 경제기획원, 재무부, 한국은행의 공동작업을 위한 것이었다. 업무는 예산이다. 세 기관을 네트워크로 연결하여 허브로 각자가 자료를 뽑아 쓰도록 한 것이다.

그 작업은 당시 KIST의 S 박사가 주관했다. 그런데 그 허브 '구멍' 하나가 남아 있으니 우리가 쓰라는 것이었다. 나는 횡재하는 기분이었다. 정부예산 원안에 접근할 수 있는 것이 아닌가. 특종이 얼마나 많이 나오겠는가. 그것을 준다는 것은 대단한 호의였다. 그러나 그것은 위험하기도 했다. 정부가 그것을 알면 어떻게 하겠는가. 어떤 조처를 할 것인가. S 박사는 그것을 모르고 기술만 알았다.

그러나 나는 눈 딱 감고 창업주에게 직접 그것을 하자고 제안했다. 특근 휴식 시간에 인근 J 지하다방에서 둘이 있을 때였다. 그에 겐 그 위험성은 이야기하지 않았다. 그러나 그도 알았을 것이다. 그 는 한참 생각하다가 좋은 사업이지만 수용할 수 없다고 했다. 그 위 험성 때문이 아니라 우리가 그런 체제를 갖출 수 없었다.

우선 컴퓨터를 한 대 놓아야 하고, 사람도 한 명 채용해야 했다. 그때 터미널로 써야 할 IBM PC 한 대 값이 500만 원이었다. 회사 재정 형편상 그것을 할 수 없었다.

아마 그것을 했다면 정부에서 타협이 들어왔을 것이다. 지금 생 각해도 아쉬운 일이었다.

(5) 또 하나는 과학기술처에서 있었던 일이다. 당시 외국기관의 연구용역이 많았다. 개발 초기이니까 기술이 부족했다. 그런데 그 외국연구기관의 연구용역이 실효성이 없는 것이 많은 듯했다. 어떤 것은 과기처 창고에 그냥 쌓여 있었다. 나는 그 연구보고서를 역평 가해 보고 싶었다. 국내 전문가가 평가하게 하는 것이다. L 차관에 게 취지를 설명했더니 쾌히 협조하겠다고 했다. 나는 그 보고서 일 습을 빌렸다. 그들은 자기들 보관분까지 내주었다.

나는 편집국장에게 그 이야기를 하고, 전문가팀을 구성했으면 좋 겠다고 했다. 그는 과학기술에 대해서는 잘 몰랐다. 팀을 구성할 수 는 없고, 내가 직접 쓰라는 것이었다. 불가능한 일이었다. 그렇다고 편집국장이 부결한 것을 사장에게 가지고 갈 수는 없었다. 사전에 보고하지 않고 내가 독단으로 추진한 것이 실수였다. 나는 공연히 왕복 택시비만 손해를 봤다.

(6) 나는 어느 부서, 어느 국에 가든지 일 벌이기 좋아했다. 사업

국에 갔는데 같은 해에 미국에서 낭보가 전해졌다. 미국에서 경제학자 이동헌(李東憲) 박사가 미국 10대 경제학자에 올랐고, 교포 기업인 황규빈(黃圭彬, 텔레비디오) 사장이 매년 포춘 지가 뽑는 400대 부호에 올랐다. 나는 이 두 사람을 초청해 강연회를 하고 싶었다.

그런데 내 결재 체계에 있던 윗사람이 나를 보고 답답하다는 듯이 충고했다.

"무엇 때문에 일을 만들어서 하시오. 그건 커다란 위험이오. 잘해야 본전이고, 잘못하면 책임을 다 져야 할 터인데. 월급쟁이는 몸보신을 잘해야 합니다. 위험 부담을 질 필요가 없어요."

그는 전형적인 '월급쟁이'였다. 그리고 그 충고는 순수한 마음에서 같은 '월급쟁이'인 나를 도와주려는 충정에서 나온 것임도 틀림없었다. 그 충고가 고맙기는 하지만 나는 받아들일 생각이 없었다.

나는 창업주에게 직보했다. 그가 새 아이디어의 일을 좋아함을 편집국에서 알게 됐다. 그는 쾌히 응낙했다. 그런데 이 박사는 우리 회사에 상근고문으로 와 있던 최호진 박사의 제자라서 쉽게 연결됐으나, 황사장은 응답이 없었다. 매개자를 통해 우리 뜻을 전달했는데, 거부는 안 했으나 응답도 없다고 했다. 기다리다 나는 직접 찾아가기로 했다.

샌프란시스코에 가서 연락하니 오라고 했다. 그는 대단히 바쁜 사람이었다. 시간을 15분 단위로 쪼개 쓰고 있었다. 그의 과거에 대해 질문했더니 나와 인터뷰가 한 시간이나 길어졌다. 그는 과거를 회상하면서 큰 감회에 젖는 듯했다.

그는 점심시간에 직접 쟁반을 들고 사원 줄에 서서 식사를 타 먹었다. 그는 우리 사장들과 다른 점이 많았다.

한 시간에 걸친 대화 끝에 그는 초청을 받아들였다.

두 사람의 초청 강연은 큰 성공이었다. 청중이 많이 모였고, 강연

후에도 연락이 많이 왔다.

(7) 나는 현장에 가지 못해 큰 오보를 낸 적이 있다. 1960년대 말 국제기능올림픽에서 우리나라 선수들이 우승하고 돌아올 때였다. 불우한 청소년들이 기능을 익혀 건전하게 사회에 참여시키려는 취지로 창설된 이 국제대회에서 우리나라는 몇 년 계속 우승해 신문에서도 비교적 비중 있게 다루었다. 특히 '기술개발의 성공'이라는 사시를 두고 있는 매경은 비중 있게 취급했다.

그들의 김포공항 도착 시간은 신문이 나오는 시간과 비슷했다. 노동청(당시는 노동부가 아님)은 그들이 돌아와 벌일 환영 행사의 상세한 계획표를 내주었다.

그러나 나는 취재차 편이 없어 공항에 갈 수가 없었다. 데스크도 그 자료를 보고 기사를 쓰라고 했다. 나는 신문사에 앉아 그 자료대로 기사를 작성했다. 그날, 사회면 중 톱 크기로 기사화됐다.

그런데 문제가 발생했다. 그들을 태운 비행기가 김포공항 상공에까지 왔다가 착륙하지 못하고 김포로 돌아간 것이다. 나는 큰 오보를 낸 결과가 됐다. 회사 사정으로 현장에는 가지 못했고, 노동청도 연락해주지 않았다. 그러나 최종책임은 나에게 있었다. 확인을 계속하지 못한 책임이다.

다음날 기사를 다시 썼지만 부장도, 국장도, 창업주도 나를 책망하지 않았다. 나는 그 기사 제목을 오려 책상 위에 붙여 놓고, 그런 실수를 다시는 범하지 않겠다고 스스로 다짐하는 징표로 삼았다. 창업주도 그것을 보았으나 아무 말이 없었다.

그리고 다음해(이듬해에도 그들은 우승했다)에는 사장 차를 타고 현장에 갔다.

무엇을 어떻게 할 것인가?

박관식(소설가)

이 책의 저자인 최인수 작가는 매일경제신문 공채 1기생으로 선구자 역할을 한 분으로 내 기억 속에 각인되어 있다.

내가 매일경제신문사에 근무할 때 저자와 함께 근무한 적은 없지만, 월간 『PC 저널』 발행인으로 활동하던 모습을 먼발치로 보면서 그런 신선한 느낌을 받았었다. 사실 컴퓨터가 생소했던 그때만 해도 PC 관련 월간지 발행은 시대를 앞서 바라보지 않으면 불가능한 일이었다.

더욱이 정진기 사주와 얽힌 끈끈한 사연이 담긴 이 책의 원고를 읽고 어떤 장면에서는 콧날이 시큰거리기까지 했다. 그야말로 무(無)에서 유(有)를 창조한 정 사주의 경영전략과 철학은 세월이 한참 흐른 오늘날에도 언론경영의 시금석(試金石)으로 본받을 만하다.

"나는 여기서부터 서울시청 앞까지 걸어가면 기사를 10건은 쓰겠다."

이는 정진기 창업주가 창간 초기 매경 공채 1기생들에 한 말이다.

나는 책 속에 나오는 이 말을 가장 좋아한다. 그 마음을 충분히 이해하고 공감하기 때문이다. 그야말로 사장이 아닌 직원으로서는 죽었다 깨어나도 쉽게 수긍하기 힘든 어려운 경영철학이다.

나는 매일경제신문사에 1986년 7월 1일 입사해서 정진기(鄭進基) 창업주를 뵌 적은 없다. 하지만 나는 정 사주의 친필 원고지를 고이 간직한 적이 있었다.

1987년 1월 사업국 출판부에서 근무하던 시절, 우연히 사옥 옥상 초입의 초라한 창고에서 육필 원고지를 발견했다. 처음에는 어떤 원고를 이렇게 버렸나 싶었는데, 달필의 글솜씨가 예사롭지 않아 그냥 주워 와서 책상 서랍에 간직했다.

물론 직감적으로 창업주의 원고일 것이라고 예상했지만, 중요한 사주의 유품을 어찌 이렇게 방치했을까 하는 아쉬움으로 보관한 것이다. 원고는 세로쓰기로 내용상 사설인데 가끔 꺼내 읽어보는 맛이 쏠쏠했다. 왜냐하면 그 당시 소설 습작을 해온 나로서는 원고지의 행간에 숨어 있는 글쓴이의 숨결을 느끼는 데 익숙해 있었던 탓이다.

그러다가 1988년 7월 17일 발간한 '내가 아는 정진기 사장'『특근기자(特勤記者)』출판 실무 담당을 맡으면서 우연히 주운 그 원고가 소중한 유산으로 내 마음속에 자리 잡았다.

그리고 세월이 한참 흐른 후 어딘가 잘 간직해 두었을 법한 그 원고지를 찾았지만 끝내 발견하지 못했다. 이사를 몇 번 다니는 와중에 분실했는지 기억이 잘 나지 않았다. 정 사주가 타계하신 지 어언 40년이 넘었으니….

그 당시 출판부의 말단 사원이었던 나는 공채 1기생인 배병휴 논설주간의 지시를 받으며 창업주 추모록(追慕錄)을 펴내는 데 일조했다. 그때 배 주간은 중간의 결재 체계를 줄이기 위해 아무도 끼어들지 않게 교정과 교열을 나에게 직접 맡겼다. 그래서 어딘가 부족한 외부의 원고 일부는 단독으로 약간씩 수정한 기억이 난다.

아무튼 입사 초년생인 내가 대선배인 배병휴 주간과 함께 『특근기자(特勤記者)』를 펴낸 것은 개인으로선 영광스러운 일이었다. 그 후 창간한 매일경제신문 사보(社報) 편집 작업도 배 주간의 지시를 받으며 수행해냈다.

그 무렵 배병휴 논설주간이 나에게 『특근기자(特勤記者)』 출간 실무를 맡긴 데는 내가 나름 '고려대(高麗大) 출신'이라는 것도 한몫한 듯싶다. 배 주간은 내가 서울예술대학 문예창작학과 1학년 때인 1984년 11월 '고대신문 주최 전국대학생 현상 문예'에 단편소설 「전당포에 맡긴 여자」가 당선된 사실을 알고 있었다.

아무튼 나는 정진기 창업주의 혼이 담긴 『특근기자(特勤記者)』를 내는 데 최대한 열정과 정성을 쏟아부었다. 처음 길을 잘못 들었던 내가 제대로 된 '출판인의 길'을 찾은 데 대한 충심(衷心)이기도 했다. 제대한 이후 만학의 길로 선택한 서울예대에서 학보사 편집장을 역임한 데다 재학 당시 굴지 출판사 교정일도 수행해냈던 터라 물고기가 물을 만난 격이었다.

배병휴 주간의 호출과 지시를 받으며 원고를 넘긴 후 최종 필름교정을 위해 중구 만리동의 광명인쇄소에 갔다가 막판에 이상한 사진을 발견했다. 당시 고려연초가공㈜ 장지량(張志良) 사장이 제공한 정진기 사주의 중학교 시절 사진 속 제자들의 좌우 이름이 불분명했다.

그래서 큰일 났다 싶어 즉석에서 114 전화로 안내받아 연결해 여쭤보았더니 장지량 사장이 "사진을 직접 봐야 한다"며 빨리 오라고 했다. 다행히 그 회사는 충무로 극동빌딩에 위치해 택시로 가까웠다.

나는 그때 그분이 매일경제신문사 장대환 대표의 부친임을 전혀

장지량 사장이 제공한 사진. 맨 뒤
가 나주중학교 1학년 재학 당시의
정진기 창업주이다.

모르고 있었다. 그것도 한참 후에 알 정도로 나는 그런 관계에 숙
맥이었다. 부자(父子) 두 분의 눈썹 모양이 거의 똑같이 닮았는데도
불구하고….

　결국 내 생각이 맞았다. 장지량 사장이 보내준 사진 속 제자들의
좌우 성명이 애매해 바로잡아야 했다. 오류를 제대로 확인한 이후
내가 "교정일이 급해 이만 가봐야 한다"고 말하자 장 사장은 "책이
나오면 박 군이 직접 한 권 챙겨 찾아오게"라고 했다.

　며칠 후 책이 나와 전화를 드리고 회사로 찾아뵙자 나를 붙들고
한 시간 정도 대화를 나누었다. 당시 태동한 지 얼마 안 된 매경 노
조에 관한 질문에 나는 보수적인 반대 의견을 개진했고, 당신은 내
게 출판일에 대한 여러 의견은 물론 향후 출판계획과 시장현황 등
을 여쭤보셨다.

　그리고 인사하고 나오는데 작은 카드 봉투를 강제로 손에 쥐여줘

244

장지량 사장이 매경 출판부 박관식 동지에게 보내준 연하장.

부득불 받아 나와서 열어보니 십만 원짜리 수표가 들어 있었다. 이러려고 찾아뵌 것이 아닌데….

나는 그 후 출판일을 하면서 내 일처럼 열심히 최선을 다했다. 장지량 사장은 그 이후 나에게 연말이면 연하장을 보내주시기도 했다. 하지만 나는 강대환 대표의 부친인 사실을 알고 더이상 연락드리지 않았다.

그러구러 내가 최인수 작가와 함께 일할 기회가 생긴 것은 한참 후의 일이다. 1997년 5월 퇴사한 이후 국내 최초의 지하철 무가지 『데이트(Date)』를 창간했다가 IMF로 실패한 이후 은둔해 소설을 쓰고 있던 시절이다.

그 당시 그나마 유일하게 연락이 닿았던 최인봉 국장이 ㈜아이스탁 최인수 대표를 소개해 줘 그곳에 취직해 일한 것이다. 그때 내가 맡은 업무는 증권전산에 증권 시황 정보를 제공하고, 노인 대상 월간지를 창간하는 일이었다.

수년 전 타계한 최인봉 국장은 돌아가시기 전까지도 매달 한 번씩 만나 술잔을 기울였던 대선배이다. 천안에 거주하면서도 일부러 서울까지 올라오실 만큼 친분이 가까웠던 이유는 나와 단둘이 매경 주간지 『시티라이프』를 창간한 인연 때문이다.

1990년 6월 4일 창간호를 낸 『시티라이프』는 나 혼자 다 했다고 해도 과언이 아니다. 물론 그 배후에는 일찌감치 일본 주간지 『피아』를 벤치마킹한 최인봉 출판국장이 숨어 있었다. 그때 최 국장은 틈틈이 메모한 친필 노트를 창간 작업하는 데 쓰라고 내게 주었다.

1989년 가을 최인봉 국장은 나에게 그때로서는 파격적인 생활문화정보 주간지를 창간해 보라고 했다. 문제는 정식 직원이 아닌 촉탁과 아르바이트생을 이용해 주간지를 내야 했기에 그 고충은 이만저만이 아니었다. 그래도 어쩔 수 없는 숙명이라 받아들이고 최선을 다했다.

편집 총괄을 담당하던 나는 독자를 늘이기 위해 대학 선배인 영화평론가의 도움을 받아 매주 영화초대권을 배포했다. 한번은 명보극장의 영화 「나의 사랑 나의 신부」가 매진되는 바람에 초대권을 나눠주지 못하는 큰 사고가 날 뻔했다. 그러면 나는 죽음이었다.

그래서 매경 정문부터 중구청까지 길게 늘어선 독자들을 달래기 위해 다른 '최진실 출연' 영화표를 구해 내가 직접 인사하며 나눠주기도 했다. 지금 생각해도 등골이 오싹한 사건이었다.

영화를 맡았던 나는 영화 스틸 사진을 잘 간직했는데, 이따금 본지 영화 담당 김병재 기자가 사진을 빌리러 올라오기도 했다. 그 당시 최인봉 국장은 신성일·박노식·신영균 등 배우와 문여송·임권택

감독 등을 소개해 주며 나의 활동 영역을 늘려주었다.

그리고 나는 신한생명보험 설계사 홍보용 주간지로 수만 부 발행을 직접 섭외했고, 독자 퀴즈잔치의 빈약한 선물을 업그레이드하기 위해 예물용과 뻐꾸기시계 등을 마련해 독자를 늘리는 데 앞장섰다.

야근 수당을 신청하면 되는데도 하지 않고 으레 하는 일로 알고 야근을 밥 먹듯이 했다. 그런 일로 담당 부장에게 출근을 늦게 한다고 허락받았는데도 다른 부서에서 보면 출결(出缺)을 문제시할 법했다.

어쨌든 나는 8년간 밤새워 만들었던 '시티라이프'를 불명예스럽게 퇴진했다. 그 당시 함께 일했던 후배 기자들은 갑작스러운 나의 전보 발령에 의아해 아쉬운 이별의 엽서를 써서 전해주었다. 나는 그 눈물 젖은 아이들의 친필 엽서를 아직도 간직하고 있다.

그런데 이번에 최인수 작가의 책을 읽으면서 그에 대한 숨겨진 철학과 동병상련의 심정을 이해했다. 부럽고 또 부럽다. 결론적으로 내가 정진기 창업주 같은 선배를 만나지 못한 것은 불행이다.

나의 부친과 태어난 해가 똑같고 떠나가신 날도 거의 비슷한 두 분이, 저승에서 만나 친구가 되었으면 하는 엉뚱한 기원을 해본다.

그런 의미에서 정진기 창업주의 휘하에서 배우고 단련된 최인수 작가는 그래도 행복한 행운아였다. 고령에도 불구하고 여전히 왕성한 필력을 자랑하는 저자의 건투를 응원한다.

과연, 무엇을 어떻게 할 것인가?